Jenny Völker

AF237218

Götterflüstern

Band 2: Verlorene Liebe

Götterflüstern – Saga

Band 1: Gefundene Liebe
Band 2: Verlorene Liebe
Band 3: Verfluchte Liebe

JENNY VÖLKER

GÖTTER FLÜSTERN

VERLORENE LIEBE

© Jenny Völker 2022 – alle Rechte vorbehalten

info@jennyvoelker.com

www.jennyvoelker.com

Lektorat: Christoph Stephan

Korrektorat: Christiane Zaremba

Umschlaggestaltung und Amulettgrafik: Juliane Buser – Grafikdesign (jb-grafikdesign.de) unter Verwendung von Bildern von shutterstock, depositphotos und adobe

Herstellung und Verlag: BoD - Books on Demand, Norderstedt

ISBN: 978 – 3754 – 383520

Das Werk und seine Teile sind urheberrechtlich geschützt. Ohne die schriftliche Zustimmung des Autors ist jede Verwertung unzulässig. Dies gilt insbesondere für die elektronische oder sonstige Verbreitung, Vervielfältigung, Übersetzung und öffentliche Zugänglichmachung.

Bibliografische Information der Deutschen Nationalbibliothek:
Die Deutsche Nationalbibliothek verzeichnet diese Publikation in der Deutschen Nationalbibliografie; detaillierte bibliografische Daten sind im Internet über dnb.dnb.de abrufbar.

FÜR ALLE DIEJENIGEN UNTER EUCH,
DIE VON DER GROSSEN LIEBE TRÄUMEN

EIN HERZ, ES ZU FINDEN
IM GÖTTLICHEN SCHEIN,
AUF EWIG GEBUNDEN
IN GLÄNZENDEM STEIN.

DER GÖTTER GESÄNGE,
DER MYTHEN KRAFT,
DIE ZEIT WIRD BRINGEN,
WAS DIE LIEBE ERSCHAFFT.

PROLOG DER GÖTTER

Aphrodite und Athena lagen auf ihren gepolsterten Liegen auf dem Olymp und blickten einander herausfordernd an. Jede hatte in ihrer Hand einen kunstvoll bemalten Kelch, in dem Ambrosia sachte hin- und herschwappte. Zwischen ihnen stand ein Dreifuß, auf dem Schalen mit Trauben, Pfirsichen und Oliven bereit lagen, deren Duft sich miteinander vermischte.

Der Ausblick der Götter auf die Welt der Menschen war atemberaubend. Die Berge und Täler sowie die Inseln breiteten sich malerisch vor ihnen aus und waren mühelos zu überschauen, ja, selbst das türkisfarbene Wasser, das Griechenland umgab, schimmerte so intensiv, als bräuchten sie nur die Hand auszustrecken, um in das kühle Nass zu tauchen.

Doch die beiden Göttinnen würdigten all dem keinen Augenblick ihrer Aufmerksamkeit.

Aphrodites Lippen kräuselten sich überheblich. »Du wirst faltig, Athena.«

Die Göttin der Weisheit blickte ihr Gegenüber so streng an, dass jeder Mensch vor ihr auf die Knie gefallen wäre. »Deine Karten stehen schlecht, Aphrodite. Kein Wunder, dass du um dich schießt.«

»Meine Karten stehen schlecht?« Aphrodite lachte betörend und warf den Kopf in den Nacken, bevor sie seelenruhig nach einer Traube angelte. »Ich würde sagen, Runde eins geht an mich.«

»Dass ich nicht lache!«

Hermes betrat den Raum, gutaussehend wie immer, an den Füßen die Flügelschuhe, die ihn zwischen den Welten wandeln ließen, und strich sich durch das lockige Haar. »Habe ich richtig mitbekommen? Hier wird gespielt?«

»Wird es das nicht immer?« Aphrodite deutete auf die Ruheliege neben sich, auf der sich der Götterbote schmunzelnd niederließ.

»Ich bin offenbar bereits involviert, wie ihr mitbekommen haben dürftet. Und ich ahne schon, auf wessen Seite ich stehe.« Seine Augen funkelten amüsiert.

Athena öffnete den Mund, um ihn über seine Rolle aufzuklären, doch der Gott winkte gelassen ab.

»Verrat mir nichts. Selbst wenn ich mit meiner Vermutung falsch liege, ist es auf diese Weise spannender.« Er nahm sich eine der Oliven und ließ sie genüsslich in den Mund gleiten. Dabei schloss er die normalerweise wachsamen Augen.

Athena warf einen forschen Blick in die Runde. Sie war die einzige der drei Gottheiten, die keineswegs entspannt wirkte.»Ihr müsst subtiler sein. Nicht, dass Zeus von unserem kleinen Wettstreit Wind bekommt.«

Hermes lachte, als wäre das nichts, was es zu befürchten gäbe.»Er ahnt es schon. Wieso sonst kreist sein Adler häufiger als gewöhnlich über –«

»Ach, ihr seid viel zu ängstlich.« Aphrodite machte eine wegwerfende laszive Handbewegung.»Die drei Brüder werden schon nichts erfahren.«

Hermes öffnete den Mund, um der Göttin der Liebe zu widersprechen, doch dann schloss er ihn wieder, ohne ein Wort gesagt zu haben, auf den Lippen ein amüsiertes Lächeln. Schließlich wollte er sich nicht selbst das Spiel verderben. Und da er später eingestiegen war, würde der Zorn des Göttervaters wohl kaum ihn, sondern vielmehr die beiden Göttinnen treffen, die mit dem Spiel begonnen hatten.»Wisst ihr mittlerweile, wo der Stab des Asklepios ist?«

Aphrodite hob fragend die Schultern, die dabei aus ihrem hauchdünnen Gewand rutschten, während Athenas Blick streng wurde.

»Noch nicht.«

»Aber darum geht es gar nicht mehr«, warf die Göttin der Liebe ein. Sie lachte laut und Hermes fiel mit ein. Selbst die Götter vermochten sich ihrem betörenden Wesen kaum zu entziehen, doch Athenas Mimik blieb unnachgiebig.

»Natürlich geht es um den Stab des Asklepios. Mit ihm steht und fällt die Magie unserer Welt. Ich kann nicht verstehen, wie ihr derart ignorant sein und den Ernst der Lage nicht begreifen könnt.«

»Wer hat aus dem Ernst einen Wettstreit gemacht?« Hermes wackelte provokant mit den Augenbrauen. Es war so einfach, die Göttin der Weisheit auf die Palme zu bringen.

Bevor Athena etwas erwidern konnte, traten zwei weitere Göttinnen hinzu. Die erste war Persephone. Sie hatte langes dunkles Haar und stahlblaue Augen. Ihr strenger Blick stand dem Athenas in nichts nach. Auf dem stolz erhobenen Kopf trug sie eine Tiara. Sie war die Tochter von Demeter und die Braut von Hades, dem Gott der Unterwelt, einem der drei großen Brüder. Darüber hinaus war sie die Schwester von Plutos, dem Gott des Reichtums, dem im Zuge des Wettstreits zwischen Athena und Aphrodite die Braut geraubt worden war.

Neben ihr stand eine blonde Schönheit mit heller Haut und golden schimmerndem Haar, deren Name Amphitrite lautete. Sie war die Gattin von Poseidon, dem zweiten der drei großen Brüder. Ihre Mimik war beinahe so streng wie Athenas.

Hermes, Athena und Aphrodite warfen einander verstohlene Blicke zu, Athenas schien zu sagen:»Hab ich es euch nicht gesagt?«

Wenn die Ehefrauen von zwei der drei großen Götterbrüdern Bescheid wussten, wie lange dauerte es, bis sich ihre Ehemänner, Hades, der Herrscher der Unterwelt, und Poseidon, der Herrscher der Meere, in das Spiel einmischten? Und was dann geschah, wollte sich keiner von ihnen ausmalen.

Doch Aphrodite winkte ab. Vielleicht waren die Göttinnen rein zufällig da. Überzeugend unschuldig blickte sie aus ihren strahlend blauen Augen zu den zwei empor.»Wollt ihr euch zu uns gesellen?«

Persephone zog die geschwungenen Brauen streng zusammen, wodurch sich ein dunkler Schatten über ihren Augen bildete. In den Jahren an Hades' Seite hatte sie ihr unschuldiges Wesen abgelegt und machte ihrem Titel als

Herrscherin der Unterwelt alle Ehre.»Wir haben von eurem Spiel erfahren. Was habt ihr euch dabei gedacht? Ihr mischt euch in Dinge ein, die euch nichts angehen.«

Athena presste die Lippen aufeinander, während Hermes scheinbar unbeteiligt einen Schluck Ambrosia trank. Einzig Aphrodite ließ sich von der Zurechtweisung nicht beeindrucken. Sie klimperte mit ihren langen Wimpern, als wäre sie die Unschuld in Person.»Ist nicht auch uns Göttern ein wenig Freude vergönnt?«

Amphitrite ließ sich auf der freien Liege neben Athena nieder und langte nach einem Pfirsich.»Ich habe versucht, größeren Schaden abzuwenden, aber wenn mein Mann davon erfährt, wird das Donnerwetter groß sein.«

»Wohl eher der Tsunami«, scherzte Hermes und nippte erneut an seinem Kelch.

»Nicht auszudenken, dass Hera davon erfährt.« Persephone schielte über die Schulter, doch Hera, Zeus' Gemahlin, befand sich außer Hörweite, worauf sich die Herrscherin der Unterwelt ebenfalls auf einer der Liegen niederließ. Die anfängliche Treue zu ihrem Bruder Plutos schien vergessen angesichts der Vorfreude, ebenfalls bei dem Wettstreit mitzumischen.»Wir müssen verhindern, dass Hera mitspielt, sonst schaltet sich über kurz oder lang auch Zeus ein. Ich muss wohl nicht klarstellen, auf wessen Seite ich stehe.« Ihre Augen funkelten kämpferisch.

Athena war die einzige, die ihre Sorge nachvollziehen konnte. Sie erinnerte sich zu gut, wie aus dem anfänglichen Streit von – wie sie zu ihrer Schande gestehen musste – ihr selbst, Aphrodite und Hera der Trojanische Krieg entstanden war, bei dem unzählige Götter sich entweder auf die Seite der Griechen oder der Trojaner geschlagen hatten. Der anfänglich so unschuldige Wettstreit der drei Göttinnen hatte unzählige Opfer gefordert und eine bedeutende Stadt zerstört.

Es war nicht das, was Athena wollte, aber aufgeben kam für sie ebenso wenig infrage. Schließlich war sie nicht nur die Göttin der Weisheit, sondern auch die der Strategie und des Kampfes. Nicht auszudenken, dass die liebesbesessene und selbstherrliche Aphrodite gewann. Es musste ihr gelingen, die Partie in taktisch klugen Schachzügen rasch für sich zu entscheiden. Denn dass Aphrodite den Sieg davontrug, dass tatsächlich die Liebe wichtiger sein sollte als der Verstand, war unvorstellbar. Allein das Gelächter der hochmütigen Göttin könnte Athena nicht ertragen.

Nein, es musste ihr gelingen, das Spiel für sich zu entscheiden. Und das, so schnell es möglich war. Selbst wenn sie dafür die Regeln ein wenig zu ihren Gunsten verbiegen und direkter eingreifen musste, als ursprünglich geplant – und vereinbart. Aber sie tat es schließlich zum Wohle der Menschen, ihren Schutzbefohlenen, und der Zweck heiligte doch schließlich die Mittel, oder etwa nicht?

KAPITEL 1

Seit Stunden saß Elli in der Bibliothek des Deutschen Archäologischen Instituts in Athen. Auf dem Tisch, an dem sie arbeitete, stapelten sich mehrere Werke so hoch, dass sie dahinter nicht mehr zu sehen war. Die wenigen anderen Studenten und Archäologen, die an den übrigen Tischen saßen, waren ebenso vertieft. Niemand sprach ein Wort, weshalb lediglich das wiederkehrende Blättern von Papier und ein gelegentliches Hüsteln zu hören war. Unentwegt kritzelte sie Notizen in ihren Block. Es war bereits der fünfte, seit sie mit ihren Recherchen begonnen hatte. Zwischendurch beugte sie sich über das großformatige Buch, das aufgeschlagen vor ihr lag.

Die Autofahrt mit Phil nach Athen hatte ihr gereicht, um sich auszukurieren. Schließlich war ihr nicht wirklich etwas

Schlimmes widerfahren. Weder war sie von einem Hund angefallen worden noch hatte sie ausgedörrt und schutzlos, ja nicht einmal bewusstlos für zwei Tage in der griechischen Sonne gebraten. Nein, vielmehr war sie in einer mythischen Götterwelt gewesen, die der klassischen Antike derart ähnelte, dass man sie dafür halten konnte.

Wer wusste schon, ob nicht auch damals – als die Menschen noch beseelt waren vom unerschütterlichen Glauben an die olympischen Götter – deren Macht so enorm gewesen war, dass sie magische Dinge wirken konnten, übernatürliche Situationen geschehen waren und es Götter wie mythische Wesen wirklich gegeben hatte?

Mit solchen Theorien konnte sie bei ihren Fachkollegen natürlich nicht aufschlagen, für die das ausgesprochener Nonsens wäre. Doch seit sie in dieser anderen Zeit gewesen war, schloss sie nichts mehr aus. Alles war möglich. Und so musste es auch möglich sein, das Erlebte aufzuschlüsseln durch das Wissen, das die Menschen über die Jahrhunderte in Büchern und anderen Schriften gesammelt hatten.

»Wie lange brauchst du noch, Schatz?«

Das war Phil. Er war seit ihrer Rückkehr nicht wiederzuerkennen. Fürsorglich und zuvorkommend verhielt er sich, ja, es machte ihm überhaupt nichts mehr aus, sich nach ihr zu richten. Zwar hatte er nach wie vor viel Arbeit, doch es brach ihm keinen Zacken mehr aus der Krone, diese Arbeit hintenanzustellen und auf Elli zu warten.

»Ich lese nur noch das Kapitel zu Ende. Zwei Seiten, dann komme ich. Willst du in der Taverne auf mich warten?«

»Gerne, meine Schöne. Was darf ich dir zu trinken bestellen?« Einem solchen Vorschlag hätte er früher nie zugestimmt.

Manchmal glaubte sie sich kneifen zu müssen, ob sie nicht vielleicht nur träumte.

»Bitte einen Café frappé. Bei der Hitze draußen ist das genau das Richtige«, entgegnete sie gedankenverloren, mit der Nase bereits wieder im Buch.

»Als bräuchtest du einen Grund, dir einen Kaffee zu bestellen.« Phil küsste sie auf den Scheitel und überließ sie ihren Studien, früher ein Ding der Unmöglichkeit.

Sie suchte mit dem Finger nach der Zeile, bei der sie aufgehört hatte, bevor er sie unterbrochen hatte. Das Kapitel erzählte von Melissanthe. Die Nymphe hatte sich in der Grotte das Leben genommen, über die Elli in ihre Zeit zurückgeschickt worden war. Auch wenn in der göttlichen Parallelwelt die Nymphe unter den Lebenden geweilt hatte – was ihre Angriffe auf sie und Stephanos mehr als bezeugt hatten –, erhoffte sich Elli ein paar Informationen über den Mythos.

Stephanos hatte irgendetwas getan, weshalb die Nymphe derart aggressiv auf ihn reagiert hatte. Selbst die andere Nymphe, die möglicherweise Amphitrite höchstpersönlich gewesen war, hatte den Zorn nachvollziehen können und ihn der Höhle verwiesen.

Viel mehr, als sie ohnehin bereits wusste, konnte sie darüber allerdings nicht in der Bibliothek in Erfahrung bringen. Melissanthe hatte sich in Pan, den Hirtengott, verliebt, der sie zurückgewiesen hatte. Daraufhin hatte sich die Nymphe in dem See ertränkt, der daraufhin nach ihr benannt wurde. Melissani-See.

Auf der Insel in der Höhle befand sich eine Kultstätte für Pan. Zumindest hatte man auf besagter Insel eine kleine Statue des Hirtengottes gefunden und darüber hinaus ein Relief, auf dem tanzende Nymphen dargestellt waren.

Die Höhle der Nymphen, auch benannt als Höhle der gebrochenen Herzen …

Selbst wenn Melissanthe noch lebte, war es naheliegend, dass der Teil mit der Zurückweisung stimmte. Was hatte Stephanos damit zu tun? War er derjenige, der sie abgewiesen hatte? Aber nur weil er nicht mit ihr hatte zusammen sein wollen, konnte man ihn doch nicht so abweisend behandeln. Wahrscheinlich gehörten zu der Geschichte wesentlich mehr Details, als in Ellis Büchern standen.

Aber bedeutete das nicht …, dass Stephanos … Pan war?

Moment, Elli, nichts überstürzen.

Schritt für Schritt.

Was wusste sie?

Stephanos hatte Fähigkeiten. Er hatte Zugang zu den Göttern oder zumindest zu den göttlichen Attributen wie beispielsweise die Tarnkappe und die Flügelschuhe von Hermes. Aber er war nicht derart mächtig, dass er Plutos problemlos in seine Schranken verweisen konnte.

Es war möglich. Weder Plutos noch Pan waren einer der großen Zwölf, jedoch die Kinder von einem von ihnen. Plutos stammte von Demeter ab, der Göttin des Ackerbaus, während Pan der Sohn von Hermes war. Demnach könnten ihre Kräfte einander ebenbürtig sein.

Das würde auch erklären, wieso Stephanos damit gerechnet hatte, dass ihnen Hermes helfe, und warum er zu der Herme an der Kreuzung bei Delphi gegangen war. Als sein Vater würde Hermes ihm doch niemals die Unterstützung verwehren. Und die Flügelschuhe und die Tarnkappe würde er ihm auch leihen, keine Frage.

Außerdem war Pan mit den Nymphen befreundet. Als Hirtengott hauste er ebenfalls in der Natur, in Höhlen, im

Wald, auf Weiden und in Gebirgen – in denselben Gebieten, in denen auch die Nymphen lebten.

Und Stephanos hatte sie in zwei einsam gelegene Unterschlupfe gebracht, die in der Bergregion lagen und versteckt waren. »Pan, der in allen Bergregionen zuhause ist«, erinnerte sie sich an eine Textpassage, die sie gestern gelesen hatte. Auch das würde die These, dass Stephanos Pan war, untermauern.

Rasch kritzelte sie das Zitat auf ihren Block.

Hatte die Nymphe, die Elli zurückgebracht hatte, deshalb gelacht, als sie ihn Stephanos genannt hatte? Weil das gar nicht sein richtiger Name war? Unvorstellbar, dennoch musste sie davon ausgehen. Stephanos verbarg seine Persönlichkeit vor ihr, und zu der gehörte wahrscheinlich auch sein richtiger Name.

Stephanos war der Hirtengott Pan.

Eine Theorie, für die einiges sprach.

Aber wenn er in der Höhle verehrt wurde, wieso durfte er sie dann nicht betreten? Moment, vielleicht wurde er vor den Vorkommnissen mit Melissanthe dort verehrt und im Anschluss an seine Tat, die über eine bloße Zurückweisung hinausgegangen sein musste, hatten die Nymphen ihn der Höhle verwiesen.

Elli nickte vor sich hin. Es war durchaus vorstellbar. Stephanos als der Hirtengott Pan. Ein Grinsen zeichnete sich auf ihrem Gesicht ab, während sie mit dem Kugelschreiber auf den Block kritzelte:

STEPHANOS = PAN?

Sie hatte sich den Gott immer ziegenfüßig und mit spitzen Ohren vorgestellt, mit lockigem Haar, kleinwüchsig und zwei Hörnern – und nicht als Gentleman, sondern ausgesprochen lüstern und feierwütig. So wurde er zumindest von den Künstlern und in den überlieferten Schriften beschrieben. Alles Dinge, die nicht zu Stephanos passten, aber schließlich war Plutos in den Darstellungen, die ihr bekannt waren, durchweg als kleiner Knabe abgebildet worden, obwohl er längst erwachsen war.

Womöglich hatten sich die Künstler öfter in der bildlichen Darstellung der Götter geirrt, als sich Archäologen und Kunsthistoriker eingestehen wollten. Schließlich traten die Götter nur selten in Erscheinung. Und wenn, dann vermochten sie ihr Erscheinungsbild zu verändern, wie unzählige Mythen bestätigten. Beispielsweise hatte sich Zeus in einen Stier verwandelt, als er sich Europa näherte.

Rasch kritzelte sie ihre Gedanken auf Papier und hob den Kopf. Beiläufig fiel ihr Blick auf die große Wanduhr. O je, halb zwei. War Phil nicht vor einer knappen Stunde bei ihr gewesen? So lange hatte sie ihn gewiss nicht warten lassen wollen.

Seufzend betrachtete sie den Berg an Büchern, die sie noch durcharbeiten musste. Schade. Lieber, als mit ihm zu Mittag zu essen, würde sie die Mahlzeit ausfallen lassen und weiterlesen, aber sie wollte ihn nicht vor den Kopf stoßen.

Seufzend räumte sie die Bücher in ihr Fach. Ließe sie sie auf dem Tisch liegen, würden die Mitarbeiter sie zurück sortieren, während sie in der Mittagspause war, und dann müsste sie von Neuem sämtliche relevanten Werke heraussuchen. Sie legte zusätzlich ihre vollgeschriebenen Blöcke in das Fach, damit sie nicht hin- und hertragen musste.

»Gehst du schon?«

Elli drehte sich um. Noah, der junge Bibliotheksangestell-
te, stand hinter ihr und betrachtete argwöhnisch den großen
Stapel Bücher in ihrem Fach. »Nur kurz zum Mittagessen.
Ich weiß, es sind etwas viele, aber ich brauche sie alle. Lässt
du sie bitte noch bis heute Abend in meinem Fach?«
Er wiegte den Kopf hin und her, als müsste er erst überlegen, dann grinste er breit. »Weil du es bist, lasse ich sie bis
zum Wochenende da.«

»Du bist ein Schatz.« Sie schenkte ihm ein strahlendes
Lächeln, worauf seine Ohrmuscheln erröteten, und verließ
den Lesesaal.

Rasch machte sie sich auf den Weg in die Taverne, die nur
zwei Straßen von dem Deutschen Archäologischen Institut
entfernt lag. Sie hieß übersetzt »Zum fröhlichen Dionysos«
und hatte sich in der vergangenen Woche zu ihrem Stamm-
lokal entwickelt. Früher wäre Phil nicht in einer so einfachen
Wirtschaft eingekehrt, aber wie bereits erwähnt hatte er sich
verändert. Und so blickte er kein wenig zornig auf, als Elli
endlich die überdachte Terrasse betrat, auf der er jeden Mittag den Platz mit der besten Aussicht reservierte.

»Entschuldige, Phil, ich –«

»– bin auf eine wichtige Textstelle gestoßen.« Er lachte
warm. »Ist schon gut, Elli. Ich kenne dich doch.« Er hob sein
Smartphone. »In der Zwischenzeit konnte ich ein paar wichtige Dinge erledigen.« Im Gegensatz zu früher legte er das
Telefon nicht auf den Tisch, sondern ließ es in der Tasche
seiner Anzugshose verschwinden. Elli registrierte es mit
einem versonnenen Lächeln und ließ sich ihm gegenüber
nieder. Mittlerweile war es entspannend, Zeit mit ihm zu
verbringen.

Während sie in der Antike gewesen war, hatte sie sich vorgenommen, ihre Beziehung zu beenden. Sie hatten nichts mehr gemeinsam, kaum Zeit zusammen verbracht und auch ihre Herzen hatten sich voneinander entfernt. So war der Gedanke, dass er die Verlobung jederzeit lösen könnte, für sie keineswegs erschreckend gewesen. Nein, sie selbst hatte schließlich den gleichen Gedanken gehabt.

Doch nun, da sie zurück war und jeden Tag miterlebte, wie er sich verändert hatte, wie er sie ansah und wie viel Aufmerksamkeit er ihr schenkte, war sie sich nicht mehr sicher, ob es die richtige Entscheidung war. Sie zögerte, jeden Tag aufs Neue.

In den Momenten, in denen sie nicht an ihre Studien dachte, versuchte sie ihre Gefühle zu analysieren. Sie wusste es zu schätzen, wie viel Mühe er sich gab. Und sie waren einmal sehr glücklich zusammen gewesen. Gleichzeitig vermisste sie das Kribbeln, das unvorstellbar intensive Gefühl, das sie empfunden hatte, wenn sie Stephanos' Hand ergriffen hatte.

Stephanos ...

Eine Sehnsucht erfüllte sie jedes Mal, wenn sie an ihn dachte, die ihr Herz schwerer schlagen ließ. Es verging keine Nacht, in der sie nicht wach lag und an den gefühlvollen Kuss dachte, den er auf ihren Handrücken gehaucht hatte, bevor er aus ihrem Leben verschwunden war. Oder an den Augenblick, als sie in seiner Berghöhle gewesen waren und einander beinahe geküsst hätten, wenn Philos, das treue Pferd, nicht unvermittelt gewiehert hätte.

Aber wie viel Sinn hatte es, einem Mann nachzuträumen, der sich in einer anderen Zeit befand, in der Magie zum Leben dazugehörte wie die Luft zum Atmen? Durfte sie diese Magie, die sie bei jeder ihrer Berührungen gefühlt hatte, überhaupt in ihrer Welt erwarten? Und idealisierte sie Stephanos in ihren Gedanken nicht sogar, ja, bewertete die Erinnerungen an ihre seltenen und unschuldigen Körperkontakte über? Waren sie wirklich derart intensiv gewesen oder waren sie es lediglich in ihrer Vorstellung?

Sie würde es nicht nachprüfen können. Stephanos war aus ihrem Leben verschwunden und er würde nie wiederkommen.

Er hatte es ihr gesagt. Sobald sie in ihrer Zeit war, würde er alles daran setzen, dass nie wieder etwas Ähnliches wie mit dem Ring geschah. Dass sie nie wieder in die magische Antike zurückkehrte ...

Aber bedeutete das nicht, dass er über sie wachte? Dass er sich vielleicht doch in ihrer Nähe aufhielt?

Elli reckte den Hals und spähte die belebte Straße entlang. Doch seit dem Moment, als sie in Delphi in Phils Auto gestiegen war und geglaubt hatte, ihn gesehen zu haben, war er nicht ein einziges Mal in ihrem Blickfeld aufgetaucht. Nicht einmal ein Mann, der ihm ähnlich sah.

Nein, er wachte nicht in dieser Welt über sie, das stand für sie fest. Viel mehr bewachte er die Grenze, damit kein weiterer Gegenstand der Götter in ihre Sphäre gelangte. Elli musste aufhören, an ihn zu denken. Ihn aus ihrem Kopf verbannen. Bloß wie sollte ihr das gelingen, wenn sie jede frei Sekunde über ihn und die gemeinsame Zeit recherchierte?

KAPITEL 2

»Ich habe mir gedacht, wir könnten in Athen heiraten. Ich habe einen Priester gefunden, der uns auf der Akropolis trauen würde. Ich weiß, ursprünglich haben wir an einen großen Saal gedacht, aber eine Hochzeit in Griechenland kann mindestens genauso prunkvoll sein wie daheim. Und unsere Freunde und Verwandten lassen wir einfliegen. Wir buchen Zimmer in einem Hotel und … Sag mal, hörst du mir überhaupt zu?«

Elli schreckte hoch. »Wie bitte?« Wieder einmal war sie mit den Gedanken an einem anderen Ort gewesen – besser gesagt in einer anderen Zeit.

Phil legte seine Hand auf ihre und strich mit dem Daumen über den Verlobungsring an ihrem Finger. »Wenn es dir zu viel ist, unsere Hochzeit zu planen, kann ich alles organisieren lassen. Sag mir einfach, was dir wichtig ist, und ich werde es möglich machen.«

Sie blickte ihm in die dunkelbraunen Augen, in denen kein bisschen Zorn lag, sondern vielmehr Fürsorge und Liebe. Erstaunlich, wie sich Menschen veränderten, wenn sie glaubten, jemanden verloren zu haben.

Wollte sie einen derart fürsorglichen Mann überhaupt vor den Kopf stoßen? Ihn verlassen? Oder war es nicht auch möglich, dass die Liebe wieder wuchs?

Sie hatte ihn mal geliebt und wenn er sie so ansah, dann spürte sie, dass dort noch etwas in ihrem Herzen verblieben war, das für ihn schlug. Ob es wirklich Liebe oder Empfindungen wie Dankbarkeit und Freundschaft waren, wusste sie nicht, aber auch die beiden letzteren waren doch eine gute Grundlage für eine Ehe, oder?

Aber wie viel Sinn machte es, einen Mann zu ehelichen, wenn sie von einem anderen träumte? War es nicht größter Verrat? Sowohl an ihr selbst als auch an ihm? Doch seltsamerweise jedes Mal, wenn ihr dieser Gedanke kam und sie sich vornahm, die Verlobung zu lösen, vergaß sie ihr Vorhaben. Nur den Mann, der sie immer wieder auf dieses Vorhaben brachte, den konnte sie nicht vergessen. Niemals …

Ihre Gedanken wollten zu Stephanos schweifen, zu dem Kuss, den Berührungen, seinen Augen und dem Gefühl, das sie dabei erfüllt hatte. Ja, erfüllt. Es hatte nicht nur in ihr gekitzelt, es hatte nicht nur leicht geflattert, nein, die Gefühle hatten sie vereinnahmt, regelrecht verschlungen.

Die Zärtlichkeit, mit der Phil ihr über die Hand strich, ließ sie in das Hier und Jetzt zurückkehren. Sie schluckte und betrachtete den Mann, der vor ihr saß und ihr den Himmel auf Erden versprach.

Sie vermochte es nicht, ihn zurückzuweisen, wie oft sie es sich auch vornahm. Seltsam eigentlich. Normalerweise war sie ein entschlossener Mensch, der nicht zögerte, seine Pläne umzusetzen ... Doch in diesem Fall gelang es ihr nicht. Stattdessen konzentrierte sie sich auf die Zuneigung, die sie in ihrem Herzen für ihn empfand und die wieder zu Liebe werden konnte. »Gestalte die Hochzeit so, wie sie dir gefällt. Ich habe keinerlei Ansprüche.«

Er schmunzelte. »Meine Elli.« Er küsste sie und als seine Lippen ihre Wange berührten, durchzuckte sie für einen Moment etwas. Ein Gefühl, ähnlich einem Stromschlag.

Überrascht starrte sie ihn an, während er sich bereits seinem Café frappé widmete. Was war das gewesen? Etwa eine ähnliche ... Magie, wie sie sie mit Stephanos empfunden hatte? Das war doch nicht möglich – in dieser Welt! Aber es war da gewesen. Sie wusste es hundertprozentig. Nur irgendwie ... anders. Intensiv, ja, aber trotzdem ... anders.

Wo kam es her? Hatte er gespürt, nach was sie sich sehnte? In ihr Herz geblickt und die Sehnsucht erkannt? Und weil er versuchte, ihr alles zu geben, nach dem sie verlangte, hatte er ihr etwas ähnlich Starkes vermittelt? Aber ... wie war er dazu in der Lage?

Zögerlich betrachtete sie ihn. Da er ihr jedoch nicht in die Augen schaute, sondern sich zurücklehnte und den Ausblick genoss, vermochte sie nicht zu ergründen, ob er das Gleiche gefühlt hatte wie sie. Innerlich aufgewühlt tat sie es ihm nach und neigte sich scheinbar gelassen in ihrem Stuhl zurück.

Aber bewies nicht der Umstand, wie entspannt und normal er sich verhielt, dass er nichts von dem ... Stromschlag bemerkt hatte? Hieß das, sie hatte es sich nur eingebildet? Wahrscheinlich.

Unwillkürlich sackten ihre Schultern nach unten. Seit Tagen dachte sie unentwegt über ihre Erlebnisse und Stephanos nach. Ein wenig traurig schüttelte sie den Kopf. Sie musste sich von der Vergangenheit lösen. Unbedingt. Vielleicht wäre es vernünftig, ihre Untersuchungen auf Eis zu legen, bis sie sich emotional von ... allem gelöst hatte ..., auch wenn die Vorstellung nicht half sie aufzumuntern.

»Möchtest du wieder einen Tomatensalat mit paniertem Schafskäse?«

Die Frage riss sie aus ihren Gedanken. Der Blick, den er ihr zuwarf, war derart arglos, dass sie ihre Fragen beiseite wischte und sich die Speisekarte schnappte. »Gerne, und heute möchte ich ein paar Oliven. Und einen Nachtisch.«

»Nachtisch?« Er betrachtete sie versonnen. »Keinen Fünf-Minuten-Snack, damit du so schnell wie möglich zurück zu deinen Büchern kommst?«

»Nein, heute nicht. Ich bin fertig. Ich muss nur noch mal zurück, um meine Unterlagen zu holen. Wir können uns Zeit lassen und die Mittagspause genießen.«

Überrascht hob er die Brauen. Er kannte sie, wusste, wie intensiv sie sich in Themen einarbeitete und wie lange es dauerte, bis sie davon abließ – was so gut wie nie vorkam. Trotz seiner Verwunderung stellte er keine Fragen. Auch das war anders an ihm geworden.

»Dein Wunsch sei mir Befehl.« Er lächelte sie an, glücklich, erleichtert, bevor er dem Kellner winkte. Hatte er nur darauf gewartet, dass sie ihre Studien zurückstellte und ihm ihre Aufmerksamkeit schenkte?

Der frühere Phil hätte ihr das gesagt, aber der heutige Phil wollte offenbar, dass sie es nicht ihm zuliebe tat, sondern selbst den Wunsch danach verspürte.

Sie konnte dankbar dafür sein, wollte es auch. Er war ein wunderbarer Mann und vielleicht war ihr Erlebnis dafür gut gewesen, dass sie einander wieder sahen. Zu schätzen wussten, was sie aneinander hatten.

Während er das Mittagessen bestellte, trank Elli ihren Café frappé. Phil hatte ihr – fürsorglich, wie er neuerdings war – einen neuen bestellen wollen, als sie verspätet angekommen war, aber sie hatte das nicht für nötig befunden. Zwar war das Getränk nicht mehr eiskalt, aber trotzdem schmeckte es noch lecker. Und kam es nicht einem Verbrechen gleich, guten Kaffee wegzuschütten?

Sie genoss die Aussicht und verbot sich jeglichen Gedanken an mythische Welten, Magie und Götter. Nein, sie würde damit vorerst abschließen und die Zeit mit ihrem zukünftigen Ehemann genießen.

Sie hatten den gesamten Nachmittag zusammen verbracht, waren durch Athen geschlendert, hatten Hochzeitstorten probiert und sich am Hafen einen weiteren Café frappé gegönnt. Es hatte Spaß gemacht, sie hatten gelacht und Phil hatte ihre Hand gehalten. Und es war … angenehm gewesen. Ja, angenehm, anders ließ es sich kaum beschreiben.

Erst am Abend kehrte Elli in das Institut zurück, um die Bücher in die Regale zu sortieren und ihre Unterlagen zu holen. Ein wenig beklommen betrachtete sie den Berg an Werken, in die sie es noch nicht geschafft hatte, auch nur einen einzigen Blick zu werfen. Aber sie hatte eine Entscheidung getroffen und wenn sie eins war, dann war das konsequent.

Mit Wehmut im Herzen räumte sie die Bücher an ihre Plätze, drückte die Blöcke an ihre Brust und verließ den Lesesaal. Leise schloss sie die Tür hinter sich, die sie so schnell nicht wieder öffnen würde. Als sie zur Treppe ging – den Aufzug benutzte sie so gut wie nie –, hörte sie laute Stimmen.

»–dich darum!«, donnerte eine energische Stimme, die ihr mehr als vertraut war.

Erstaunt horchte sie auf. Es war Phil. Und der Tonfall entsprach genau dem Mann, der er vor ihrem Ausflug in die Parallelwelt gewesen war.

Hatte er nicht im Hotel auf sie warten wollen?

»Aber –«

Die zweite Stimme erkannte sie nicht. Sie klang verschüchtert und ... jung?

»Kein Aber! Du weißt, uns läuft die Zeit davon.«

Mit einem mulmigen Gefühl in der Brust linste Elli über das Treppengeländer und versuchte einen Blick auf ihren Verlobten zu erhaschen. Vor allem aber auf denjenigen, mit dem er sprach. Leider versank das Treppenhaus in Düsternis, weshalb sie niemanden erkennen konnte, nicht einmal eine Silhouette. Würde sie das Licht anmachen, verriet sie sich nur, weshalb sie auf Zehenspitzen die Stufen hinablief und die Ohren spitzte.

»Natürlich.« Die Stimme klang kleinlauter als zuvor, aber diesmal hörte sie heraus, dass es ein Mann sein musste. Entweder ein junger Mann oder einer mit einer auffallend hohen Stimme.

Schritte entfernten sich und dann wurde es still, weshalb Elli ebenfalls stehen blieb. Sie hörte jemanden atmen, beinahe keuchen, aufgebracht, regelrecht wütend. War das Phil? Was war bloß geschehen?

Bevor sie einen weiteren Schritt tun konnte, fiel eine Tür mit einem lauten Donnern ins Schloss und das aufgebrachte Keuchen war verschwunden.

Verwundert blieb Elli eine Weile stehen, bis sie den Lichtschalter betätigte und die Treppe nach unten stieg. Mit jeder Stufe, die sie nahm, regten sich mehr Zweifel, ob es wirklich Phil gewesen war, den sie gehört hatte. Was sollte ihr Verlobter mit jemandem in dem dunklen Treppenhaus des Archäologischen Instituts flüstern? Es ergab keinen Sinn.

Als sie im Hotel ankam, lag Phil auf dem Bett und blätterte in einem Prospekt des Hotels. Das strahlende Lächeln, mit dem er aufblickte, passte so gar nicht zu dem Mann, den sie soeben im Treppenhaus hatte schreien hören. Womöglich hatte sie sich wirklich verhört.

»Elli, Schatz, schau mal, was mir in die Hände gefallen ist.« Er hielt ihr die Broschüre entgegen, deren Bilder auf Hochglanz getrimmt waren. »Sie richten in diesem Hotel auch Hochzeiten aus. Es gibt einen großen Saal, den wir mieten können, und unsere Gäste bringen wir ebenfalls hier unter. Alles fügt sich.«

Desinteressiert überflog sie die Bilder, die lachende Paare am glücklichsten Tag ihres Lebens zeigten, und ließ die Infobroschüre sinken.

»Seit wann bist du hier?«

Er schielte auf den Wecker, der auf seinem Nachttisch stand. »Ich bin direkt hergefahren, also seit … zwanzig Minuten ungefähr. Das war doch so abgemacht.« Er sprang auf, nahm ihr den Prospekt ab und legte ihn auf einen Beistelltisch. »Alles in Ordnung?«

»Klar.« Sie musste die Stimme verwechselt haben, denn wozu sollte Phil sie anlügen?

»Hast du alles erledigt? Gehörst du nun ganz mir?«

Sie schmunzelte über die beinahe kindliche Freude in seiner Stimme, die sich auf seinem Gesicht widerspiegelte. Seine dunklen Augen, das dunkle, gelockte Haar. Er sah gut aus, zufrieden, selbstbewusst. Und der Glanz in seinen Augen erinnerte sie an frühere Zeiten. »Wollen wir Abendessen gehen?«

Er ergriff ihre Hand und küsste sie, anschließend strich er über den Verlobungsring, der an ihrem Finger steckte und den sie seit ihrem Abenteuer in der Antike nicht mehr abgenommen hatte. Worüber hatte sie sich gerade aufgeregt? Sie konnte sich nicht erinnern.

»Ich reserviere uns einen Tisch. Wie lange brauchst du?«

»Fünfzehn Minuten.«

»In Ordnung, Schatz.« Er küsste sie und neugierig ließ sie sich darauf ein. Doch wie energisch er seine Lippen auch auf ihre drückte, der intensive Funken von heute Mittag kehrte nicht zurück.

KAPITEL 3

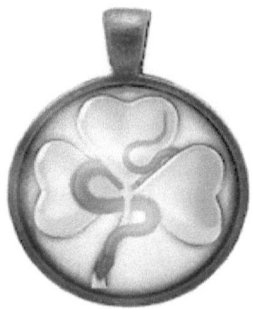

Am nächsten Morgen erwachte Elli und streckte sich. Als sie neben sich niemanden ertastete, schlug sie irritiert die Augen auf. Phil war bereits aufgestanden. Nanu? Wie spät war es denn?

Sie schielte auf den Wecker auf seinem Nachttisch und fuhr erschrocken hoch. Halb zehn? Wann hatte sie das letzte Mal so lange geschlafen? Und wieso hatte er es zugelassen?

Auf Phils Kopfkissen lag ein Zettel. Sie nahm ihn und las.

GUTEN MORGEN MEINE SCHÖNE,

DU HAST SO FRIEDLICH AUSGESEHEN, DESHALB HABE ICH DICH SCHLAFEN LASSEN UND DEN WECKER AUSGESCHALTET. DA DU DEINE STUDIEN BEENDET

HAST, KANNST DU DIR DAS ERLAUBEN. TREFFEN
WIR UNS UM HALB EINS IN UNSERER LIEBLINGS-
TAVERNE?

KUSS, PHIL

Ein Lächeln schlich sich auf ihr Gesicht. Wann hatte er ihr
das letzte Mal handschriftlich einen Brief geschrieben? Heut-
zutage tippte man doch meist nur noch Nachrichten über das
Handy. So romantisch hatte sie ihn gar nicht eingeschätzt,
aber schließlich plante er tatsächlich eine Hochzeit auf der
Akropolis. Wie viel romantischer konnte ein Mann sein?

Kurz überlegte sie, trotz der späten Stunde laufen zu ge-
hen, aber als sie sich ans Fenster stellte und tief die warme
Luft einsog, winkte sie ab. Es war zu heiß – jetzt schon.
Schließlich war immer noch Sommer.

Sie schlenderte ins Bad, duschte ausgiebig und machte
sich fürs Frühstück fertig. Gerade als sie nach dem Zimmer-
schlüssel griff, fiel ihr Blick auf einen Stapel Bücher, der auf
ihrem provisorisch eingerichteten Schreibtisch lag. Stimmt,
sie hatte sich vorgestern ein paar ausgeliehen, um bis spät in
die Nacht zu recherchieren. Nun, dann musste sie eben heute
doch noch mal in die Bibliothek gehen, um sie zurückzu-
geben. Ohne zu zögern, packte sie die Bücher in eine Tasche
und verließ das Zimmer.

Eine Stunde später schlenderte sie zu der Rückgabestelle
im Archäologischen Institut. Die anregende Stille und der
Duft der Bücher vermischten sich und ließen sie augenblicklich entspannen.

Auch wenn all das Wissen rief, das im Lesesaal nur darauf wartete, erkundet zu werden, ignorierte sie den Drang

und stellte sich in die Reihe, bis sie endlich an einen Schalter gerufen wurde.

»Guten Morgen, Hannah. Ich möchte diese Bücher zurückgeben.«

»Gern, Elli.« Hannah rückte ihre klobige Lesebrille zurecht, um die Buchstaben zu entziffern. Ohne Sehhilfe ließen es ihre überarbeiteten Augen nicht mehr zu. Langsam gab sie die Titel im Computer ein. Sie tippte und tippte, und räumte die Bücher auf einen Rollwagen, der neben ihr stand. Schon wollte sich Elli abwenden, als die Bibliothekarin eines der Bücher über den Tresen zurück zu ihr schob. »Das ist deins.«

Elli schüttelte den Kopf. »Nein, nein, das kann nicht sein. Ich habe sie alle von hier ausgeliehen.«

Ungläubig nahm Hannah das Buch zurück, betrachtete den Buchrücken und schlug es auf. »Bist du sicher? Es hat keine Signatur. Moment, ich überprüfe den Katalog manuell. Vielleicht ist es noch nicht im digitalisierten System.« Sie wischte sich eine verirrte braune Strähne aus der Stirn und zog eine Schublade hervor, die von Karteikarten überquoll. Währenddessen schielte Elli auf die Uhr. Womit konnte sie den angebrochenen Vormittag verbringen? Vielleicht sollte sie einen Kaffee trinken gehen und sich auf den Monastiraki Platz setzen. Die Aussicht auf die Ruinen der Hadriansbibliothek von dort aus war fantastisch – weshalb der Kaffee auch mehr als doppelt so teuer war. Aber heute war ein Tag, an dem sie sich das gönnen wollte.

»Nein, das Buch ist nicht im System.« Hannah schob das braune Werk über den Tisch zurück und ihre dicke Brille zurecht.

Elli runzelte die Stirn. »Doch, es muss von hier sein. Ich war in keiner anderen Bibliothek.«

»Ich habe mich vergewissert, Elli. Dir muss ein Fehler unterlaufen sein. Und nun entschuldige bitte, die Schlange hinter dir wird immer länger.« Sie lächelte ihr zum Abschied zu, bevor sie über sie hinweg blickte, um den nächsten in der Reihe vorzuwinken.

Überrumpelt blickte Elli über die Schulter und sah die Leute bereits durch die Tür bis nach draußen stehen. Na schön, dann nahm sie das Buch eben wieder mit. Dabei war sie sicher, dass es von hier war. Sie hatte keine Bücher von Delphi mit nach Athen genommen und war in keiner anderen Bibliothek gewesen. Und Phil besaß keine, von denen zufällig eins auf ihrem Stapel hätte landen können.

Aber vielleicht war es ein Buch vom Hotel, ein Roman oder so, den ihr jemand unbemerkt hingelegt hatte und der irgendwie in ihren Stapel gerutscht war.

Sie trat beiseite, um dem nächsten Wartenden Platz zu machen, und warf einen Blick auf den Titel.

»Dädalos Athenos, Der Raub des Asklepiosstabs«.

Elli erstarrte.

Dädalos Athenos? War das etwa das Werk, an dem Dädalos, der Gelehrte in Athen, gearbeitet hatte? Der, dem sie in der Athener Bibliothek begegnet war und mit dem sie zusammen Mittag gegessen hatte, bevor Plutos sie zurück zu den Priestern gebracht hatte?

Ungläubig strich sie über das in Leder gebundene Buch. Es sah uralt aus. Aber … von diesem Buch hatte sie noch nie etwas gehört. Es hatte es nicht gegeben. Das hätte sie doch gewusst … oder? Und über den Raub des Asklepiosstabs hatte sie auch noch nie etwas gelesen, bevor sie in die Antike gereist war. Hier stimmte etwas nicht.

»Ist es nun dein Buch?«

Elli blickte auf und sah Hannah neugierig zu sich herüberschauen, während bereits der nächste an den Schalter trat.

»Ja, ja, ich hatte es verwechselt.«

Selbst wenn es doch dem Institut gehört hätte, würde sie es jetzt nicht zurückgeben. Sie presste das Werk an die Brust und eilte aus dem klassizistischen Gebäude.

Auf der Suche nach einem ruhigen Ort eilte sie durch die belebten Straßen. Autos hupten, Fahrradfahrer fluchten, weil sie völlig kopflos Kreuzungen überquerte, bis sie sich vor ihrem Hotel wiederfand. Phil erwartete sie erst um halb eins in der Taverne. Ihr blieben also ein paar wenige kostbare Stunden, in denen niemand sie vermisste oder störte.

Sie eilte zurück ins Hotel und entschied sich spontan für den Fahrstuhl. Während sich die Türen schlossen, begann sie zu zittern – und das lag nicht an der engen Kabine, sondern an dem, was sie in den Händen hielt. Am liebsten hätte sie das Buch jetzt schon aufgeschlagen, aber dann wäre sie den restlichen Tag mit dem Lift rauf- und runtergefahren, weil sie sich nicht mehr von dem Text würde lösen können. Nein, sie musste sich beherrschen, bis sie in ihrem Zimmer war und an ihrem chaotischen Schreibtisch saß.

Sie tippelte mit den Fingerspitzen an das Buch, bis es endlich klingelte und die Fahrstuhltüren aufsprangen. Eilig sprang sie aus der Kabine und zu ihrem Zimmer, vor dem eine Angestellte stand, neben sich einen Eimer, Lappen und Schrubber.

»Ich wollte gerade sauber machen.«

»Vielen Dank, aber heute ist das nicht nötig.«

»Wollen Sie nicht wenigstens ein paar frische Handtücher?« Die lächelnde Griechin ging zu dem Wagen, auf dem Seifen, Handtücher und andere Utensilien lagen.

Elli schob den Schlüssel ins Schloss, bevor die Angestellte ihr einen Satz frischer Wäsche in die Hand drücken konnte. »Nein, danke, alles wunderbar.« Mit einem knappen Lächeln schlüpfte sie durch die Tür und schloss sie.

Ohne die Schuhe auszuziehen, setzte sie sich an den Schreibtisch, schob die Blöcke und Stifte achtlos beiseite, wobei zwei Kugelschreiber zu Boden fielen, doch sie beachtete es nicht. Mit klopfendem Herzen legte sie das Buch auf die Arbeitsplatte und schlug es auf.

Als sie die Widmung las, schlug sie die Hände vor den Mund.

FÜR HELENA, MEINE SCHWESTER IM GEISTE

Um Gottes willen. Das Buch war wirklich von ihm. Von Dädalos. Und ihr Treffen hatte wirklich stattgefunden. Falls es noch irgendwelche Zweifel gegeben hätte, hier lag der Beweis!

Ihre Hände begannen zu zittern.

Wie war das Buch in ihre Zeit gelangt? Wie war das bloß möglich?

Bevor sie der Frage nachgehen würde, widmete sie sich dem Text. Sie überflog das Inhaltsverzeichnis und vergaß dabei zu blinzeln. Wahnsinn, wie umfangreich seine Studien geworden waren.

Sofort blätterte sie durch die Seiten. Auf die Einleitung folgte ein ausführliches Kapitel über den Raub des Asklepiosstabs. Darin las sie nichts, was er ihr nicht schon persönlich erzählt hatte. Der Stab war vom Olymp gestohlen worden, weshalb nur jemand als Dieb in Betracht gezogen werden konnte, der Zugang zum Sitz der Götter hatte. Ein separates Kapitel widmete sich den Mutmaßungen, die Dädalos über mögliche Verdächtige aufgestellt hatte. Wie spannend. Aber jedes Kapitel war gleichermaßen aufregend, weshalb sie das Werk von der ersten bis zur letzten Seite in der richtigen Reihenfolge durcharbeiten würde.

Im folgenden Kapitel ging es um die durch den Raub schwindende Macht der Götter, worauf die großen Zwölf zusammengekommen waren, um zu beraten, wie sie ihre Macht erhalten konnten. Das Kapitel endete damit, dass Hephaistos versprach, sechs Gegenstände zu schmieden, in denen sich die Macht der Götter konzentrieren würde und die dazu dienen sollten, die Welt der Gottheiten mitsamt der Gläubigen zu erhalten.

Auch wenn sie all das bereits wusste, las sie gründlich. Vielleicht verbarg sich in dem ein oder anderen Nebensatz noch irgendein Detail, das ihr Dädalos nicht erzählt oder das sie vergessen hatte. Doch sie fand nichts Neues.

Gespannt blätterte sie weiter. Zunächst folgt eine Abhandlung über die Geschmeide, die Hephaistos gefertigt hatte. Neben dem Ring für Plutos, dem Diadem für Persephone und dem Füllhorn für Demeter gab es ein Kapitel über Hades, Artemis und Dionysos. Hatte Dädalos die letzten drei Gegenstände ausfindig gemacht oder waren es nur Vermutungen?

Elli blätterte eilends durch die Seiten, begierig darauf, hinter das Geheimnis zu kommen, als das Telefon klingelte. Erschrocken fuhr sie hoch. Sie war derart vertieft in ihrer Welt gewesen, dass sie die Realität komplett ausgeblendet hatte. Wahrscheinlich war es jemand von der Rezeption oder so.

Mit einem Augenrollen nahm sie den Hörer. »Ja?«

»Elli?« Es war Phil. »Alles in Ordnung? Du hast dein Handy nicht an.«

»Ach, entschuldige. Ich habe es völlig vergessen, weil …« Sie hielt inne. Sollte sie ihm von dem Buch erzählen? Aber er hatte sich so darüber gefreut, dass sie mit ihren Studien aufgehört hatte.

»Was machst du? Hast du bis eben geschlafen? Ich habe dich vorhin nicht auf dem Zimmer erreicht.«

»Nein, ich war unterwegs. Ich habe die letzten Bücher zurück ins Institut gebracht, die noch auf meinem Schreibtisch gelegen haben.«

Sie könnte ihm sagen, was geschehen war. Dass ein Buch offenbar nicht zu den Beständen der Bibliothek gehörte und dass … Nein, dann hätte sie ihm auch erzählen müssen, was in den zwei Tagen geschehen war, als Phil und die anderen sie nicht hatten finden können. Und das würde er ihr niemals glauben.

»Alle Bücher?« Seine Stimme klang, als ahne er etwas. Aber wie sollte er? Außer das Buch war von ihm. Hatte er es in einem Antiquariat oder Buchladen entdeckt und ihr als Geschenk hingelegt, ohne dass es ihr aufgefallen war? Nein, der Zufall wäre zu groß. Zumal sie nie mit ihm über ihre derzeitigen Studien gesprochen hatte und der Mythos in ihrer Welt unbekannt war. Aber wo sollte das Buch sonst her sein?

Da sie es noch nie gemocht hatte, unehrlich zu sein, entschied sie sich für die Wahrheit. »Ich habe alle Bücher zurückgebracht, bis auf eins. Seltsamerweise gehört es nicht dem Institut. Keine Ahnung, wo es herkommt. Ich kann mich nicht erinnern, Bücher aus Delphi mit hergebracht zu haben. Hast du es mir hingelegt?«

»Als müsste ich dich mit zusätzlichen Büchern versorgen.« Er lachte. Es klang nicht so warm wie in den letzten Tagen. »Worum geht es in dem Buch?«

Sie biss sich auf die Unterlippe. »Ich … Es geht um eine Legende, die mir bislang unbekannt war. Der Raub des Asklepiosstabs.«

Bildete sie es sich nur ein, oder wurde Phils Atem unregelmäßig?

»Davon habe ich noch nie etwas gehört.« Sein Tonfall hatte sich verändert, minimal nur, doch etwas stimmte nicht. Sie kannte ihn gut genug, um es zu erkennen. War er sauer, weil sie sich doch wieder der Antike widmete anstatt ihrer Hochzeit? Oder hatte er womöglich schon mal etwas von dem Mythos gehört? Aber das konnte er doch gar nicht …

»Zeigst du mir das Buch beim Mittagessen?«

Sie schluckte. Etwas in ihr, das sie nicht zu erklären vermochte, sträubte sich dagegen. Aber wieso sollte sie es vor ihm verheimlichen?

»Klar …«

»Kommst du um halb eins?«

Sie schielte auf die Uhr. Es war Viertel vor zwölf. Sie würde keine halbe Stunde haben, um in dem Buch zu lesen.

Bevor sie antworten konnte, fuhr Phil fort. »Und Elli? Komm heute nicht zu spät.«

Sie holte Luft und nickte stumm am Telefon. Obwohl er es nicht sehen und von ihrer Einwilligung nichts wissen konnte, legte er auf.

Für eine Weile drückte sie den Hörer an ihr Ohr, ohne das Tuten wahrzunehmen. Wahrscheinlich war er enttäuscht. Trotzdem … Sie wollte nicht den alten Phil zurück, der versuchte sie herumzukommandieren und Verabredungen traf, ohne dass sie ihr Einverständnis gegeben hatte. Enttäuschung breitete sich in ihr aus. Hatte er sich gar nicht verändert? Steckte in ihm noch immer der Mann, der er vor ihrem Verschwinden gewesen war? Wieso war sie eigentlich so überzeugt davon gewesen, dass seine Wandlung von Dauer sein würde?

Sie schüttelte den Kopf, um die Gedanken zu verscheuchen, und legte auf. Die verbliebenen kostbaren Minuten wollte sie sinnvoller nutzen, als über Phil nachzudenken. Das konnte sie nachher immer noch direkt mit ihm klären.

Sie blätterte bis zu dem Kapitel, in dem es um die von Hephaistos geschmiedeten Dinge ging, und las.

HEPHAISTOS, DER GOTT DER SCHMIEDEKUNST, HAT DIE MACHT DER GÖTTER MIT DER SEINEN VERBUNDEN, INDEM ER SECHS MAGISCHE GEGENSTÄNDE FÜR SECHS GÖTTER GESCHMIEDET HAT. WELCHE DAS GENAU SIND, WURDE NICHT ÜBERLIEFERT, ABER DASS DARUNTER EINZELNE DER ZWÖLF OLYMPISCHEN GÖTTER WAREN, DAVON IST AUSZUGEHEN. DEMZUFOLGE HAT ER SEINE MACHT ENTWEDER MIT DER VON ZEUS, POSEIDON, HERA, APHRODITE, ATHENA, ARTEMIS, APOLLON, HERMES, DEMETER, HESTIA ODER ARES GEBÜNDELT.

WELCHEN ÜBRIGEN DREI GÖTTERN HAT ER GESCHMEIDE HERGESTELLT?

WER IST WICHTIG FÜR DEN ERHALT DER MAGIE DER GÖTTER?

DARÜBER LÄSST SICH VIEL SPEKULIEREN, DOCH FANGEN WIR BEI DEM AN, WAS WIR BEREITS WISSEN.

IM LAUFE MEINER STUDIEN BIN ICH AUF HINWEISE GESTOSSEN, DIE NAHELEGEN, DASS HEPHAISTOS FÜR

DEMETER EIN FÜLLHORN GESCHMIEDET HAT, FÜR IHRE TOCHTER PERSEPHONE EIN DIADEM UND FÜR IHREN SOHN PLUTOS EINEN RING, DEN SOGENANNTEN RING DER AUSERWÄHLTEN.

Ausführlich beschrieb Dädalos den Mythos um den Ring des Plutos', den offenbar die meisten Bewohner der Antike kannten, auch wenn er nicht bis in Ellis Zeit vorgedrungen war. Er erzählte von der Frau, die Plutos auswählte und die daraufhin den Ring fand, und davon, dass diese Braut sich den Ring selbst an den Finger steckte. Die ehemaligen Bräute des Plutos' suchten daraufhin die neue, um die Priester zu ihr zu führen. Anschließend wurde die junge Frau Plutos in einer feierlichen Zeremonie übergeben. Sie folgte Plutos auf den Olymp, wo sie ein sorgloses Leben führte, bis sie durch eine andere ersetzt wurde.

Dädalos erwähnte in seinem Buch nicht, dass es einmal eine Frau gegeben hatte, die Plutos entkommen war – nämlich Elli. Entweder er hatte sie bewusst außen vor gelassen oder er glaubte, sie wäre mittlerweile auf dem Olymp. Immerhin hatte der Gott persönlich sie aus Dädalos' Hof entführt. Dass er sie nicht bloß vergessen hatte, bewies die Widmung des Werks.

Wie gerne würde sie ihn wissen lassen, dass dem nicht so war, dass sie dem Gott hatte entkommen können. Er würde sich für sie freuen, davon war sie überzeugt. Aber wie sollte sie es ihm mitteilen? Es gab keine Möglichkeit, mit der Antike zu kommunizieren …

Aufseufzend beugte sie sich wieder über den Text. Die nächsten Absätze beschrieben die verschiedenen Aussagen von Leuten, die meinten, das Füllhorn von Demeter oder das

Diadem von Persephone gesehen zu haben, doch einige widersprachen einander, weshalb sämtliche Hinweise mit Vorsicht zu genießen waren.

Sie überflog den Text begierig, linste jedoch zwischendurch immer wieder auf die Uhr. Heute würde sie pünktlich sein, das nahm sie sich vor. Sie würde Phil keinen Grund liefern, sauer auf sie zu sein – und wenn er es doch war, dann wusste sie, dass das mit ihm keine Zukunft hatte. Es war gewissermaßen ein Test, von dem ihr Verlobter nichts wusste. Die Zeit verflog im Nu, weshalb sie rasch vorblätterte. Sie würde nicht zu dem Mittagessen gehen können, ohne das Kapitel über Hades, Artemis und Dionysos gelesen zu haben. Wenigstens reinblättern wollte sie, auch wenn ihr nur noch fünf Minuten blieben.

ARTEMIS

DA ARTEMIS GEMEINSAM MIT IHREM BRUDER APOLLON EINE DER ZWÖLF GROSSEN OLYMPISCHEN GOTTHEITEN IST, WÄRE ES MÖGLICH, DASS AUCH DEN BEIDEN GESCHWISTERN VON HEPHAISTOS EIN GESCHMEIDE ANGEFERTIGT WURDE.

TROTZ MEINER UMFANGREICHEN STUDIEN GAB ES ALLERDINGS KEINEN ANHALTSPUNKT, DER EIN SCHMUCKSTÜCK FÜR APOLLON NAHELEGEN WÜRDE. HINGEGEN WÄRE ES VORSTELLBAR, DASS HEPHAISTOS WENIGSTENS FÜR EINES DER BEIDEN GESCHWISTER, FOLGLICH FÜR ARTEMIS, ETWAS GESCHMIEDET HAT, BEISPIELSWEISE EIN KLEINES GOLDENES REH. DA ES SICH DABEI JEDOCH LEDIGLICH UM EINE THEORIE HANDELT, KANN ICH NICHT AUSSCHLIESSEN, DASS FÜR KEINEN DER BEIDEN, SONDERN

UNTER UMSTÄNDEN SOGAR FÜR EINE NIEDERE GOTTHEIT WIE PLUTOS EIN GESCHMEIDE GEFERTIGT WURDE.

Eine niedere Gottheit wie Plutos ... Wenn der das lesen würde, wäre er sicherlich nicht begeistert.

Neben dem Text war eine Zeichnung, wie sich Dädalos das Reh vorstellte. Er betonte, dass es lediglich eine Überlegung war, da er niemanden kannte, der das Reh je gesehen hätte.

Bevor sie weiterlesen konnte, wie Dädalos auf das Waldtier gekommen war, wanderte ihr Blick zur Uhr. Zwanzig nach zwölf. Verdammt.

Sie raffte ihre Sachen zusammen, steckte das Buch in ihre Tasche – so schnell würde sie es nicht wieder aus der Hand geben – und stürmte aus dem Hotel. Auch wenn der Wissensdurst bereits wieder in ihr brannte, würde sie ihm heute nicht nachgeben. Heute Mittag ging es darum zu analysieren, ob Phil wirklich wütend auf sie war, und das nur, weil sie sich doch wieder der Recherche hingegeben hatte – was, waren sie mal ehrlich, über kurz oder lang ohnehin wieder geschehen wäre. Falls das tatsächlich der Grund war, das würde sie klarstellen, gab es für sie beide keine Zukunft.

Im Laufschritt eilte sie zu der Taverne und gelangte auf die Minute pünktlich an. Die Hetzerei hatte ihren Entschluss reifen lassen, dass sie Phil keinerlei Vorhaltungen ihr gegenüber gestatten würde. Sie war, wer sie war. Und entweder er akzeptierte sie so oder eben nicht.

Aufgebracht ballte sie die Hände, als sie die Stufen zur überdachten Terrasse hinauftrat, und mit jedem Schritt wurde sie wütender darüber, dass er sie auf die Minute in die

Gastwirtschaft zitiert hatte und sie dem Ruf auch noch anstandslos gefolgt war.

So ließ sie sich nie wieder behandeln. Der konnte was erleben. Sie hätte gleich etwas sagen sollen, am Telefon. Nun vermischte sich ihr Zorn mit ihrer Ungeduld darüber, mehr über Dädalos' Studien erfahren zu wollen. Phil würde –

Als ihr Blick auf ihren Stammtisch fiel, klappte ihr die Kinnlade hinunter. Aufgeblasene Ballons hingen an den Stühlen und eine Girlande aus Oleander wand sich über den festlich gedeckten Tisch, auf dem eine große Torte prangte.

Langsam lief sie näher und überblickte die Tafel, die Phil für sie hatte decken lassen. Die weiße Tischdecke, die Sektgläser, den Goldstaub, die Rosenblätter. Und auf die Torte, auf der Kerzen brannten, die dekoriert war mit Pistazienkrümeln und Erdbeerhälften und auf der die Aufschrift zu lesen war: »Happy Birthday Elli«.

KAPITEL 4

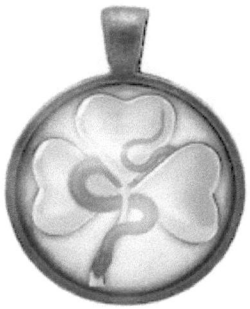

Deswegen sollte sie pünktlich sein. Nicht weil er sauer war, dass sie sich wieder in die Welt der Antike gestürzt hatte und er sich vernachlässigt fühlte, nein. Weil er ihren Geburtstag mit ihr feiern wollte und etwas vorbereitet hatte. Sie selbst hatte den Tag völlig vergessen.

Innerhalb einer Millisekunde verpuffte ihr Zorn und sie suchte den Blick ihres Verlobten, der hinter dem festlich dekorierten Tisch stand und ein Geschenk in Händen hielt – zusätzlich zu einem übergroßen Strauß roter Rosen.

Ach Phil …

Tränen schlichen sich in ihre Augen, als er zärtlich lächelnd auf sie zutrat.

»Herzlichen Glückwunsch zum Geburtstag, meine Schöne.« Er küsste sie und überreichte ihr den Strauß roter

Rosen. Es waren so viele, dass sie beide Hände brauchte, um ihn halten zu können. Der Duft drang in ihre Nase und benebelte sie. Er war so intensiv, dass sie nichts anderes wahrnahm. »Phil ...«

»Hier habe ich noch eine Kleinigkeit für dich.«

Er nahm ihr den Strauß ab und winkte einem Kellner, der offenbar eingeweiht war, denn er hatte bereits eine übergroße Vase bei sich, in die er den Strauß steckte, bevor er ihn auf den Tisch neben die Torte stellte.

Sie registrierte es nur im Augenwinkel, während Phil ihr das Geschenk in die Hände drückte. Der Form nach war es eine Schmuckschatulle, die mit einer breiten Satinschleife dekoriert war.

»Mach es auf.«

Sie lächelte ihn an. »Du brauchst mir nichts zu schenken.«

»Ich bitte dich. Du bist meine Verlobte! Natürlich schenke ich dir etwas zu deinem Geburtstag. Wenn es nach mir ginge, würde ich dich mit Geschenken überschütten, aber da ich weiß, dass du das nicht magst, habe ich mich zurückgehalten.«

Ach Phil. Das schlechte Gewissen brodelte in ihr, worauf sie ihn spontan küsste. Von der stromschlagartigen Energie des Vortags war nichts zu spüren, und ein wenig war sie erleichtert darüber.

Auf Phils Drängen nahm sie das Kästchen an sich, löste die übergroße weiße Schleife und öffnete es. Darin lag ein goldener Armreif, wie er schöner kaum sein konnte. Er war schlicht geschmiedet und dennoch anmutig gewunden.

Phil nahm ihn heraus und legte ihn ihr an. Er hatte keinen Verschluss, sondern wurde angesteckt, da er keine geschlossene Ringform besaß, stattdessen zwei Enden, die in filigranen Verzierungen abschlossen. Einmal schlang sich der Reif um ihren Arm. Das eine Ende lag an ihrem Handgelenk, das andere wand sich in einer Schnecke ihren Unterarm entlang.

Ein Kribbeln wanderte ihren Arm hinauf und wieder hinab bis in ihre Fingerspitzen und bis zu dem Verlobungsring, der an ihrem Ringfinger steckte. Es war kein Ensemble, dennoch erweckte es den Anschein, als gehörten die Schmuckstücke zusammen.

An irgendetwas erinnerte sie die Form des Armreifs. Mit gerunzelter Stirn überlegte sie, bis es ihr einfiel. Auf einigen Statuen trug Aphrodite, die Göttin der Liebe, einen Armreif, und dieser Armreif sah so ziemlich genauso aus wie der, den Elli nun am Handgelenk trug – nur dass ihn die Göttin der Liebe stets am Oberarm getragen hatte.

Als sie aufblickte, sah sie in Phils leuchtende Augen. Er hatte nur auf ihre Erkenntnis gewartet.

»Richtig, es ist eine Replik des Armreifs von Aphrodite.«

Wahnsinn. Ehrfürchtig strich sie darüber, die Stimme nur ein Flüstern. »Er sieht zauberhaft aus. Woher hast du ihn?«

»Ein befreundeter Schmuckschmied hat ihn eigens für mich gefertigt.«

Elli lächelte. Sie konnte gar nicht anders. Sie war kein Fan von teurem Schmuck, aber dieser Armreif bedeutete etwas. Er verdeutlichte, dass Phil ihre Begeisterung für die Antike respektierte.

Als hätte er ihre Gedanken gehört, strich er über den Armreif und ergriff ihre Hand. »Mach deine Studien, stürze dich in die Welt des alten Griechenland. Ich liebe dich so, wie du bist, und deshalb werde ich dich in deinen Studien nie wieder bremsen.«

Ach Phil.

Sie war mit dem Entschluss hergekommen, ihm nichts mehr durchgehen zu lassen, härter mit ihm zu sein, ihn die ganze Zeit auf den Prüfstand zu stellen. Und dann tat er so etwas. Beschämt senkte sie den Blick.

»Hast du Lust auf ein Stück Torte?«

»Liebend gern.« Sie ließ sich von ihm an den Tisch am Kopfende der Terrasse führen und betrachtete mit leuchtenden Augen die Obstschalen, Oliven, den Fetakäse, die überbackenen Auberginen und Fleischspieße. Bei all der liebevollen Dekoration und der riesigen Torte waren ihr die Leckereien noch gar nicht aufgefallen. Doch nun drang ihr der Duft in die Nase, gepaart mit dem betörenden Geruch der roten Rosen, die ein Versprechen abgaben, ebenso wie der Armreif an ihrem Handgelenk. Nun lag es nur noch an Elli, dieses Versprechen anzunehmen.

»Zeigst du mir jetzt das Buch?«

Phils Frage riss sie förmlich aus ihrer rosaroten Welt. Sie hatte das Buch vergessen. Sie hatte tatsächlich das Buch vergessen. Wie war das möglich?

Einen kurzen Augenblick lang taumelte sie und fühlte einen Druck auf sich lasten. Als wäre sie alkoholisiert. Dabei hatte sie nur ein Glas Sekt getrunken und die restliche Zeit Café frappé und Wasser. Dazu das viele Essen. Seltsam. Doch so schnell wie das Gefühl gekommen war, verschwand es wieder und sie richtete ihre Aufmerksamkeit auf das in Leder gebundene Buch, das ihr so viel bedeutete und seit Stunden vergessen in ihrer Tasche lag.

Für einen Moment zögerte sie, doch dann schalt sie sich. Er hatte ihr doch vor weniger als einer Stunde versprochen, dass sie sich so intensiv in ihre Studien stürzen konnte, wie sie wollte, ohne dass er ihr Vorhaltungen machte.

Sie kramte in ihrer stark beriebenen, aber noch immer innig geliebten Ledertasche und zog es hervor. Das Werk war eine Kostbarkeit für sie, weshalb sie ehrfürchtig über den Buchdeckel strich. Ein warmes Gefühl wanderte durch ihre Brust, während sie es in Händen hielt. Etwas hielt sie zurück, etwas in ihr wollte es nicht mit Phil teilen.

Und er? Er schien es zu spüren. Er ließ die ausgestreckte Hand sinken und lächelte sie an.

»Erzähl mir davon, wenn du möchtest. Worum geht es?«

Erleichtert stieß sie die Luft aus, die sie angehalten hatte, ohne es zu bemerken. »Es geht um den Stab des Asklepios. Anscheinend gibt es einen Mythos, der mir erst vor kurzem untergekommen ist, der besagt, dass der Stab dem Gott gestohlen und bis heute nicht gefunden wurde.«

Phil runzelte die Stirn. »Davon habe ich noch nie etwas gehört.«

»Spannend, oder?« Ihre Augen begannen zu leuchten. »Da er vom Olymp geraubt wurde, muss es jemand sein, der Zutritt zum Berg der Götter hat.«

»Ein anderer Gott als Dieb? Wer kommt laut dem Buch infrage?« Kurz streckte er die Hand aus, doch dann zog er sie wieder zurück. Dabei lächelte er unbekümmert. Es war ein Reflex gewesen, nach dem Buch zu greifen, doch er wartete, bis sie bereit war, ihm das Werk in die Hände zu legen.

»Ich habe das Kapitel noch nicht gelesen, aber der Autor hat sich ausführlich mit dem Mythos beschäftigt. Ich bin gespannt, was er herausgefunden hat.« Phil fuhr sich über das glatt rasierte Kinn. »Welche Folgen hatte es, dass der Stab gestohlen wurde? Hat in dem Mythos Asklepios seine Macht verloren?«

»Nicht nur das. Es sind die Kräfte aller Götter geschwunden.«

»Dann wird wohl kaum einer der großen zwölf derjenige sein, der dafür verantwortlich ist. Im Gegenteil, es muss jemand sein, der seine Macht mehren will. Jemand, der sich übergangen oder nicht ausreichend gewürdigt fühlt. Vielleicht der Sohn oder die Tochter eines Gottes?«

»Das wäre naheliegend. Ich hab auch schon darüber nachgedacht. Vielleicht ja Plutos, denn ...« Sie hielt inne. Sie war kurz davor gewesen, ihm von ihrem Abenteuer zu erzählen. Aber das würde er ihr niemals glauben.

Phil nickte unterdessen gedankenverloren vor sich hin. Offenbar war ihm ihr Zögern entgangen. »Plutos könnte es natürlich sein, der Gott des Reichtums und Sohn von Demeter. Persephone, seine Schwester, ist unwahrscheinlich. Als Frau von Hades gebietet sie über die Unterwelt. Sie könnte kaum mehr Macht besitzen. Und dadurch, dass sie mächtig ist, kann sie Plutos schützen – sofern er nicht eifersüchtig auf ihre Macht ist. Was ist mit den Kindern von Zeus? Er hat unglaublich viele und nur ein Bruchteil von ihnen hat Zutritt zum Olymp.«

Neugierig beugte sie sich näher. »Aber wie sollte jemand, der keinen Zutritt zum Olymp hat, den Stab stehlen?«

»Indem er jemanden dazu bringt, der den Berg der Götter betreten kann.«

Nachdenklich nickte sie. Wieso hatte sie nicht eher mit Phil darüber gesprochen? Er war schon immer einfallsreich gewesen. Früher hatten sie sich immer stundenlang über ihre Theorien unterhalten.

»Jetzt verstehe ich, was dich an dem Mythos reizt. Das ist ja ein regelrechter Kriminalfall der Antike.« Er grinste, worauf Elli zögerte. Sollte sie ihm doch erzählen, was geschehen war? Er beugte sich vor und sah ihr tief in die Augen. Ihre Knie wurden weich und ihr Herz klopfte schneller und schneller. Sie fühlte wie nahezu mit jeder Minute ihre Gefühle für ihn stärker wurden. Kurz bevor sich ihre Lippen berührten, durchzuckte sie ein Kitzeln, das von ihrem Arm ausging. Etwas war warm und einladend. Wohlig lehnte sie sich vor, freute sich auf den Kuss, ersehnte ihn so sehr wie nichts anderes, als ein Fauchen ertönte.

Sofort schreckte Elli zurück. Eine schwarze schlanke Katze sprang über den Tisch und stieß die Blumenvase um. Mit einem lauten Klirren landete sie auf dem Boden und zersprang in unzählige Scherben. Die Rosen landeten inmitten des Chaos', die Katze fauchte noch einmal, trampelte über die Blumen und rannte davon.

Elli blinzelte mehrmals. Erneut fühlte es sich an, als läge eine Benommenheit auf ihr, die sie nun endlich zu greifen bekam und die langsam von ihr fiel. Frische Luft drang in ihre Lungen und erst in diesem Moment spürte sie, dass sie zuvor nicht richtig hatte atmen können. Tief sog sie die klare Luft ein und mit jedem Atemzug beruhigte sich ihr Herzschlag und verschwand das Kribbeln in ihrem Arm. Was war das gewesen?

Phil sprang auf und schimpfte der Katze hinterher, von der nichts mehr zu sehen war. Dann trat er an den Kellner und zischte etwas. Es war so leise, dass sie seine Worte nicht verstand, doch sie spürte die Wut, die von ihm ausging. Unbändige Wut, die in keinem Verhältnis stand. Aber nicht nur das fühlte Elli. Sie spürte unendlich viele Schwingungen, den Verkehr, den Kellner, all die Menschen um sich herum. Wie hatte sie all das ausblenden können?

Noch einmal atmete sie tief ein, als sie unvermittelt ein Gefühl traf. Eine Gewissheit. Jemand beobachtete sie. Rasch drehte sie sich um und erstarrte.

Dort vorne, auf der gegenüberliegenden Straßenseite stand er.

Sie erkannte ihn sofort. Seine breiten Schultern, seine sonnengebräunte Haut, die dunklen Augen, deren Blau auf die Ferne kaum zu erkennen war, und die dunklen, dichten Haare, der Bartschatten um die vollen Lippen – und das Wehmütige in seinem Blick, das noch intensiver war als jemals zuvor.

Ihr Herzschlag setzte aus.

Es war Stephanos.

KAPITEL 5

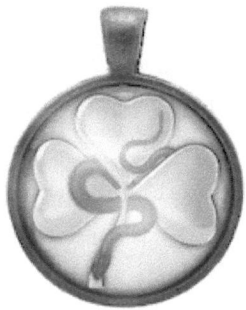

Elli sprang auf und stieß dabei laut krachend den Stuhl zu Boden. Die übrigen Gäste schauten auf. Ohne sich darum zu kümmern, geschweige denn Stephanos aus den Augen zu lassen, rannte sie über die Terrasse bis zur Treppe. Zwei Stufen auf einmal nehmend jagte sie zur Straße hinunter, als ein großer Bus angebraust kam und sie anhalten musste. Sie blickte hinüber auf die andere Straßenseite. Zu ihm. Und er zu ihr. Ihre Blicke trafen sich. Schauer rannen über ihren Körper. Er öffnete den Mund, wollte etwas rufen, als der Bus über die Straße bretterte und sie ihn für einen kurzen Moment aus den Augen verlor. Die Motorengeräusche waren so laut, dass sie nichts von seinen Worten verstand, sofern er überhaupt etwas gerufen hatte. Und als der Bus vorbeigefahren war, war Stephanos verschwunden.

Ihr Herz wollte schreien in einer Lautstärke, die jeder hören musste, tat es auch, doch seltsamerweise blickte niemand auf. Sie sprang über die Straße zu der Stelle, an der er eben noch gestanden hatte. Doch dort war er nicht mehr.

Wohin war er verschwunden? Sie blickte nach links und nach rechts, doch nirgends sah sie ihn stehen. Aufgebracht rannte sie die Straße entlang, erst zur einen, dann zur anderen Seite, doch nirgendwo konnte sie ihn entdecken. Dabei müsste er die meisten Menschen, die über den Gehweg schlenderten, überragen.

»Stephanos? Stephanos? Wo bist du?«

Niemand antwortete.

Nirgends tauchte er auf.

War es nur Einbildung gewesen? Hatte sie ihn gar nicht wirklich gesehen?

Ihr Blick fiel auf den Boden, auf den kahlen Stein, wo ein metallener Anhänger lag. Er war unscheinbar, beinahe wirkte er wie Abfall, verbogen und verrostet, kaum so groß wie ein fünfzig Cent Geldstück. Dennoch bückte sie sich und hob ihn auf.

Bevor sie ihn näher betrachten konnte, rief Phil nach ihr.

»Elli?«

Wie in Trance blickte sie auf. Er stand auf der gegenüberliegenden Straßenseite vor der Taverne und hob fragend die Arme.

»Was ist los?«

Ihr Herz setzte einen Schlag aus, dann stolperte es. Auf einmal fühlte es sich an, als versuche jemand nach ihr zu greifen. Eine Macht sie zu sich zu holen. Woher kam sie? Was war das? Wer war das? Ihre Finger schlossen sich um den Anhänger, als böte er ihr Schutz.

»Elli?« Phil überquerte die Straße und blieb vor ihr stehen. Besorgt streckte er die Hände nach ihr aus. »Was ist passiert?«

Etwas wehrte sich in ihr, etwas schrie in ihr, das sie nicht benennen konnte. Sie blinzelte. Erneut wollte sich eine Benommenheit über sie legen. Was ging vor sich? Sie torkelte, die Sicht verschwamm und sie sackte auf die Knie.

»Elli?« Phil fing sie auf und hob sie mühelos auf die Arme. »Elli?« Sein Atem ging panisch, ihren eigenen spürte sie kaum. »Ruft einen Krankenwagen. Schnell! Meine Verlobte, sie –«

Nein, nicht ins Krankenhaus. Sie musste hier bleiben. Vielleicht kam er zurück.

So schwer es ihr auch fiel, sie blinzelte und öffnete die Augen, die Stimme nur ein Krächzen. »Ist schon gut.«

Die Luft vor ihr flackerte, Lichtblitze zuckten. Mit aller Kraft fokussierte sie sich auf sich selbst, auf ihre Mitte, und endlich wurde die Sicht wieder deutlich. Sie sah Phil über sich und die Sorge in seinem Gesicht.

Das Gefühl, als greife etwas nach ihr, war endlich verschwunden. War … Plutos hier gewesen? Unruhig sah sie sich um und blickte in den Himmel, der harmlos in kräftigem Blau leuchtete. Nirgends war etwas Seltsames zu sehen, die Magie schwand. Ein Hauch davon war zu erspüren, doch als wollte ihr jemand den Zugang verwehren, entfloh ihr das Gefühl, bis nichts davon zurück blieb.

Waren die Grenzen zu der antiken Welt für einen Moment verschwommen? Durchlässig geworden? Hatte Plutos versucht, sie erneut zu sich zu holen? Dabei trug sie doch gar nicht mehr seinen Ring, sondern Phils. War ihm das egal? Konnte er sie trotzdem finden? Aber Stephanos hatte doch gesagt, sie wäre in ihrer Welt sicher. Moment, hatte er das wirklich gesagt? Oder war sie nur davon ausgegangen, weil er alles daran gesetzt hatte, sie zurückzubringen? Waren die Grenzen womöglich durchlässig geworden, weil er hergekommen war, um nach ihr zu sehen?

Menschen drängten sich um sie, die ihre Ohnmacht bemerkt hatten. Deren Unruhe und Rufe nach einem Arzt brachten sie zurück in die Gegenwart, bis sie Phil über sich wahrnahm, der sie besorgt betrachtete.

»Bist du sicher? Elli, du bist vor meinen Augen zusammengeklappt!« Seine Worte unterbrachen ihre Grübeleien.

»Ist schon gut. Es muss die Hitze sein.«

»Die Hitze? Ich bitte dich! Du gräbst seit Jahren jeden Sommer in Delphi aus. Wenn jemand an das Wetter gewöhnt ist, dann doch wohl du.«

»Ich weiß, aber … keine Ahnung. Ich war heute morgen nicht laufen. Vielleicht ist mein Kreislauf im Keller.« Das Argument war naheliegend, selbst Elli ließ sich beinahe davon überzeugen, doch Phil reichte es nicht aus.

»Mir wäre es lieber, du ließest dich durchchecken.«

»Das ist nicht nötig. Und jetzt lass mich runter.«

»Aber –«

»Nein, es ist schon gut, Phil. Wirklich.«

Er zögerte, doch dann ließ er sie hinab auf die Füße. Kurz knickte ihr Knie ein, als sie ihr Gewicht wieder selbst trug, doch sie fing sich, bevor er es bemerkte, und stand fest auf beiden Beinen.

Sobald sie sich stark genug fühlte, schaute sie auf und blickte erneut den Gehweg entlang. Von Stephanos fehlte jede Spur.

Als wäre er nie da gewesen.

Als hätte sie es sich nur eingebildet ...

»Komm.« Phil ergriff ihre Hand und zog sie sanft zurück auf die andere Seite in die Taverne. »Du solltest etwas trinken.«

Gute Idee. Mit jedem Schritt kehrte ihre Kraft zurück, bis sie sich wieder wohl fühlte. Unvermittelt fiel ihr Blick in ihre Hand, in der eben noch der Anhänger gelegen hatte. Er war verschwunden. Panik überkam sie. Sie musste ihn wiederhaben. Er bedeutete etwas. Zwar wusste sie noch nicht, was das war, aber es konnte doch kein Zufall sein, dass er genau an der Stelle gelegen hatte, an der Stephanos gestanden hatte.

Umgehend wollte sie zurückrennen, als sie etwas Warmes in ihrer Hosentasche wahrnahm. Auch wenn sie es sich nicht erklären konnte, der Anhänger befand sich darin. Sie wusste es. Sie spürte es.

Eine allumfängliche Ruhe erfasste sie. Vertrauen. Zuversicht.

Alles in ihr drängte danach, ihn hervorzuholen, dennoch unterließ sie es. Sie wollte ihn Phil nicht zeigen. Wieso auch immer. Etwas in ihr sträubte sich und sie würde dem Gefühl nachgeben. Es war ihr Geheimnis. Ihres und das von Stephanos. Wenigstens etwas, das sie noch miteinander verband.

Tränen bahnten sich ihren Weg und sie schloss die Augen. Stephanos ... Wie sehr sie ihn vermisste. Wie ihr Herz nach ihm schrie. Alles in ihr zog sich zusammen. Wieso war er verschwunden, bevor sie miteinander geredet hatten?

»Entschuldigen Sie, ich weiß nicht, wie das passieren konnte.« Der Kellner verbeugte sich mehrfach vor ihnen, als sie auf die Terrasse zurückkehrten, und wollte ihr die Rosen, die noch unversehrt waren, in die Hände drücken. Dennoch sahen sie … anders aus. Und der intensive Geruch war verschwunden.

»Danke.« Elli nahm die Blumen entgegen und legte sie auf den Platz neben sich. Als ihr Blick auf ihre Tasche fiel, erschrak sie. »Wo ist das Buch?«

»Was meinst du?« Phil runzelte die Stirn, dann riss er die Augen auf. »Ach, dein Buch über diesen unbekannten Mythos. Liegt es nicht mehr auf deiner Tasche? Vielleicht ist es hinuntergefallen, als der Stuhl umgekippt ist.«

Verdammt, wo war es hin?

Panisch suchte sie die Umgebung mit den Augen ab. Sie hatte es in der Hand gehalten, als die Katze auf den Tisch gesprungen war. Es musste hinuntergefallen sein. Rasch bückte sie sich und schaute unter die Stühle und den Tisch, doch es war nirgends zu finden. Selbst Phil half ihr, ging ungeachtet seiner teuren Anzughose auf die Knie und suchte, doch auch er konnte es nirgends entdecken. Fragend sah er sie an, dann zeigte er auf ihren Platz.

»Bestimmt hat es der Kellner zurück in deine Tasche gesteckt.«

»Das glaube ich nicht.« Dennoch durchwühlte sie sie und fand – nichts. »Es ist weg, Phil. Das Buch ist weg!«

Ungläubig schüttelte er den Kopf. »Wer sollte es genommen haben?«

»Derjenige, der die Katze hergescheucht hat, damit sie die Blumen umstößt und ich abgelenkt bin, damit mir jemand das Buch wegnehmen kann …«

Sie hielt inne.

Stephanos?

Hatte er das Buch geholt, damit sie sich nicht erneut mit dem Mythos befasste? Aber er hatte doch auf der anderen

Straßenseite gestanden. Genau in dem Augenblick, als die Katze aufgetaucht war – das war kein Zufall. Bestimmt nicht.

Steckte er mit jemandem unter einer Decke, der das Buch genommen hatte, während sie zu ihm gerannt war? Hatte er sie ablenken wollen?

Verfluchter Kerl!

Phil verdrehte die Augen.»Elli, das war Zufall. Niemand hat die Katze hergescheucht.«

»Doch. Hundertprozentig. Erst taucht das Buch wie aus dem Nichts auf und dann verschwindet es wieder. Das kann kein Zufall sein.«

»Nun komm mal wieder zu dir.«

»Ich bin bei mir, ich denke klar, Phil. Mir wurde mein Buch gestohlen! Hast du es eingesteckt?«

»Ich? Was unterstellst du mir?« Sein Gesichtsausdruck war so empört, dass sie den Verdacht sogleich fallen ließ. Stattdessen sah sie sich auf der Terrasse um.

Die wenigen anderen Gäste warfen ihr irritierte Blicke zu. Niemand von ihnen wirkte verdächtig. Trotzdem suchte Elli nach Taschen und Rucksäcken. Wer von ihnen war in der Lage, ein Buch zu verstecken? Wer wurde rot? Mied ihren Blick? Saß der Dieb direkt unter ihnen?

Doch niemand sah verdächtig aus, vielmehr schienen sie empört, weil sie ihr Essen störte.

»Setz dich und trink etwas. Dann geht es dir besser.« Sanft, aber bestimmt zog Phil sie auf den Stuhl und hielt ihr ein Glas Wasser entgegen. Er mochte Zwischenfälle solcher Art ganz und gar nicht, dennoch blieb er ungewöhnlich ruhig.

Widerwillig nahm sie das Glas und nippte daran. »Phil, hier stimmt etwas nicht. Es ist, als wäre Magie im Spiel.«

»Magie?« Er lachte auf. Es klang herablassend, ein Hauch wie der Phil von früher. »Elli, jetzt hör aber auf.«

Sein Lachen brachte sie in das Hier und Jetzt zurück. Wie hatte sie nur je in Erwägung ziehen können, ihm von ihrem Erlebnis in der Parallelwelt zu erzählen? Niemals würde er ihr das glauben. Niemals. Sie stellte das Glas zurück und griff stattdessen nach ihrem Café frappé. Das Koffein belebte ihre Sinne und vertrieb den letzten Rest, der sich wie Trunkenheit anfühlte, aus ihrem Kopf. Entschlossen stand sie auf.

»Wo willst du hin?« Seine Stimme klang besorgt, doch das war ihr egal.

»Auf die Toilette.« Sie marschierte an den Gästen vorbei, die ihr immer wieder schiefe Blicke zuwarfen. Doch auch das war ihr egal. Das Buch war weg, verdammt. Wer hatte es ihr zugespielt, um es ihr kurz darauf wieder zu entreißen? Oder waren es verschiedene Personen gewesen? Was ging vor sich? Wieso war Stephanos aufgetaucht? Wirklich nur, um sie abzulenken und ihr das Buch wegzunehmen? Irgendwie konnte sie das nicht glauben.

Sie hätte schwören können, was auch immer zwischen ihnen gewesen war, er würde sich nie wieder bei ihr blicken lassen. Er wollte sie schützen, vor Plutos, den anderen Göttern und zum Teufel vor was noch alles. Etwas war vorgegangen in der Parallelwelt. Und sie, Elli selbst, hatte eine Rolle gespielt. Eine bedeutende Rolle. Nicht nur als die Zukünftige eines eitlen Gottes. Wieso sonst hätte Hephaistos persönlich sie zu sich rufen sollen? Nein, das allein war nicht der Grund. Das Abenteuer war nicht abgeschlossen. Etwas ging vor sich. Immer noch. Auch in dieser Welt. Und Elli steckte noch immer mitten drin.

KAPITEL 6

ER

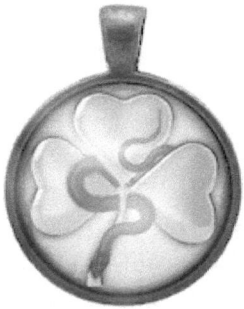

Er wurde festgehalten von einer Macht, die die seine überstieg. Und er wusste, von wem sie stammte. Mit geballten Händen wehrte er sich gegen die Ketten, die seine Handgelenke umfassten, die ihn daran hinderten, noch einmal zu ihr zu springen, und die doch aus nichts als aus Rauch bestanden. »Ich muss zurück!«

»Das darfst du nicht.«

»Ich muss zurück!«

»Nein!«

»Aber sie braucht mich. Er hat es geschafft in ihre Welt zu gelangen und beinahe hätte er sie gehabt. Lass mich ziehen.«

»Du darfst nicht mehr eingreifen. Es geht nicht. Du hast ihr gebracht, was in deinen Augen wichtig war, und das hat bereits gegen die Regeln verstoßen. Mehr kann ich nicht erlauben.«

»Sie ist schutzlos. Sie weiß nicht, was vor sich geht. Sie denkt, sie wäre in Sicherheit, weil …« Er ballte die Hände zu Fäusten, worauf die Muskeln an seinen Armen noch deutlicher als sonst hervortraten.

»Ja?«

»Weil ich es ihr gesagt habe. Verdammt, ich muss das klarstellen. Ich habe sie zurückgeschickt, damit sie vor ihm in Sicherheit ist.«

»Der Rest liegt nicht in deiner Macht.«

»Was fällt dir ein zu entscheiden, was ich tun darf und was nicht?«

Die tiefe Stimme wurde zum Donnergrollen. »Hüte deine Zunge, Sohn!«

Er presste die Lippen aufeinander und obwohl ihm der Sinn nach Kämpfen und Widerstand war, riss er sich zusammen und wurde ruhiger. Es war ein Kampf, wie er keinen zuvor gefochten hatte. Er musste akzeptieren, dass er ihr nicht helfen konnte. Zumindest nicht, solange er beobachtet wurde. Er musste vertrauen, dass sie in der Zwischenzeit ohne ihn auskam. Allein der Gedanke machte ihn verrückt, doch er rang die Sorgen nieder, bis sich sein Atem entschleunigte.

Wenig später verschwand der Rauch, der seine Fessel gewesen war, und mit ihm verschwand derjenige, der ihn zurückgeholt hatte. Sofort versuchte er in ihre Zeit zu springen, doch als er an sich herabblickte, stockte er. O nein, wo war es? Er hatte es verloren. Das konnte doch nicht wahr sein.

Wo war es hin?

Er ging in die Knie, tastete den Boden ab, suchte in jeder Ritze, doch es war nicht da. Er befühlte die Falten, die der Stoff schlug, in den er gekleidet war, schüttelte ihn aus, doch es tauchte nicht wieder auf.

Langsam schloss er die Augen, als die Angst zur Gewissheit wurde. Er konnte nicht mehr zu ihr. Die Macht dazu war ihm genommen worden, das Hilfsmittel fort. Aber er würde nicht aufgeben. Er fand einen Weg, um sie zu warnen, und er wusste schon, zu wem er gehen musste, um die notwendige Hilfe zu erbitten.

KAPITEL 7

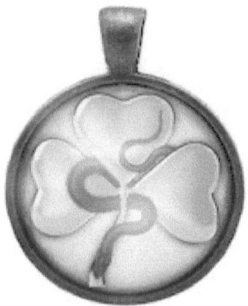

Widerwillig hatte sich Elli überzeugen lassen, den Nachmittag gemeinsam mit Phil zu verbringen. Ihr war nicht nach
Geburtstagfeiern zumute. Sie wollte nicht durch die Stadt
schlendern, Torte essen oder Sekt trinken. Nein, sie wollte
das verdammte Buch zurück.

Dennoch begleitete sie Phil bei der Tour, die er sich für
ihren Geburtstag ausgedacht hatte. Er hatte sich den kompletten Nachmittag freigenommen. Unglaublich. Früher
hätte er das niemals getan. Dennoch wollte sich die versöhn-
liche Stimmung, die sie ihm heute Mittag gegenüber
empfunden hatte, nicht wieder einstellen, seit sie bemerkt
hatte, wie er auf das Wort Magie reagiert hatte. Als hätte er
sie dadurch verraten. Genauso fühlte sie sich. Verraten. Ob
das wirklich nur an seiner Reaktion lag oder nicht eher an

dem verschwundenen Buch, konnte und wollte sie nicht analysieren.

Sie redete nicht mehr von dem Vorfall, von seiner überheblichen Reaktion, dafür dachte sie unablässig darüber nach. Phil musste es bemerken, da er öfters noch als sonst nachfragen musste, wenn er sie ansprach, weil sie nicht reagierte. Dennoch verlor er kein Sterbenswörtchen darüber. Als würde er allein dadurch, dass er es ignorierte, den seltsamen Zwischenfall ungeschehen machen. Die Stimmung vertreiben, die über ihnen lag wie das dringende Gespräch, das Elli längst hatte führen wollen.

Vielleicht hätte seine Tour über die Athener Agora und die Akropolis sie ablenken können wie all die letzten Male – sie liebte diese Orte und könnte jeden Tag dort verbringen –, wenn nicht der Anhänger beinahe ein Loch in ihre Hosentasche gebrannt hätte. Sie spürte seine Energie, als hielte sie ihn direkt in der Hand. Dennoch zögerte sie, ihn erneut zu berühren. Sie wollte ungestört sein, wenn sie es tat. Nicht in Phils … Gegenwart.

Was auch immer geschah, was auch immer das Fundstück zu bedeuten hatte, es war ein Teil der antiken Welt, das wusste sie ebenso sicher, wie die Tatsache, dass sie ihren Traumjob ausübte. Vielleicht war der Anhänger – genauso wie zuvor Plutos' Ring – dazu in der Lage, sie zurück in die Antike zu bringen. Vielleicht. Aber selbst wenn nicht, aus irgendeinem Grund hatte Stephanos ihn ihr gebracht. Und diesen Grund würde sie erforschen, sobald Phil abließ von ihr.

Ob das noch heute geschah, bezweifelte sie allerdings, da er sämtliche Geburtstage der letzten Jahre gutzumachen versuchte. So kam es ihr zumindest vor. Die Aufmerksamkeit, die er ihr schenkte, erdrückte sie. Die Begeisterung, mit der er die Ruinen bestaunte, störte sie. Und die Geduld, die er ihr gegenüber an den Tag legte, obwohl sie sich unhöflich verhielt, brachte sie allmählich auf die Palme.

Immer wieder strich er beiläufig über ihren neuen Armreif, als wollte er ein erneutes Lob dafür kassieren. Dabei hätte sie das Schmuckstück am liebsten vom Arm gerissen und ihm vor die Füße gedonnert, wenn sie dafür nur das Buch zurückbekäme.

»An der Stelle können wir unser Gelübde ablegen, was meinst du? Direkt vor dem Parthenon. Wenn das nicht passend ist.«

Statt zu reagieren, ließ sie den Blick über den altehrwürdigen Tempel schweifen. Sie liebte diesen Ort, den kompletten Hügel, auf dem sich so viele bedeutende Bauten befanden oder zumindest früher befunden hatten, denn natürlich waren von dem Großteil der antiken Bauwerke nur noch Ruinen übrig. Das Erechtheion, das nicht nur durch seinen ungewöhnlichen Grundriss auffiel, sondern besonders durch die Frauenstatuen, die anstatt von Säulen das Dach trugen. Direkt daneben hatte der alte Olivenbaum gestanden, den Athena der Stadt vermacht hatte. Auch heute wuchs dort ein Olivenbaum, als wäre der Standort für alle Zeit dafür reserviert. Vielleicht war es etwas wie dieser Baum, der die beiden Welten miteinander verband und der verhinderte, dass selbst in Ellis Zeit der letzte Rest der göttlichen Herrschaft verschwand.

Die Macht, die insbesondere der Parthenon, der größte Tempel auf dem Stadtberg, ausstrahlte, faszinierte sie jedes Mal, wenn sie ihn sah. Er besaß so große Ausmaße und vermittelte dadurch mehr noch als alles andere die Ehrfurcht, mit der die Menschen schon damals davor gestanden haben mussten, dass einem nichts anderes übrig blieb, als ihn mit offenem Mund zu betrachten und die Baukunst der alten Griechen zu bewundern.

»Elli?« Phil strich ihr über die Schulter. Sanft, viel zu sanft, angesichts der Unhöflichkeit, wie oft sie mit ihren Gedanken bereits abgedriftet war.

»Ja?« Sie wollte nicht so genervt klingen, aber sie konnte ihr Temperament nicht zügeln. Er hatte es nicht verdient, nur weil er dem Wort Magie nicht dasselbe beimaß wie sie. Elli wusste, sie war ungerecht, aber sie konnte nicht anders. Verdammt, sie wollte einfach nur ihre Ruhe haben. Wieso musste gerade heute ihr Geburtstag sein? Aber würde es je einen perfekten Moment geben, um ihm zu sagen, was sie sagen musste?

»Was hältst du davon, wenn wir uns an dieser Stelle das Jawort geben?«

Sie seufzte schwer. »Phil …« Sie schüttelte den Kopf, suchte nach Worten. Nichts kam ihr in diesem Moment ferner vor, als an eine Hochzeit mit ihm zu denken. Sie waren zu verschieden.

Sogleich hob er die Hände, als ahne er, welche Worte auf ihren Lippen lagen, und als hoffe er, sie vom Gegenteil überzeugen zu können, sofern er nur ausreichend Zeit dafür bekäme. »Schon gut, heute ist es dir zu viel. Ich merke schon. Wie wäre es, wenn wir zurück ins Hotel gingen, uns ein Bad einlassen und ich dich massiere?«

Im letzten Moment konnte sie ein genervtes Stöhnen verhindern. »Entschuldige, aber mir ist heute nicht nach …« … Nähe.

»… Baden?«

»Genau.«

»Was möchtest du stattdessen machen? Ich habe den ganzen Tag frei.«

Sein Telefon klingelte, wie um ihn Lügen zu strafen. Noch nie war es ihr derart willkommen gewesen.

»Entschuldige, meine Schöne, ich habe es vergessen auszumachen.«

»Nein, ist schon okay, geh ruhig ran.«

»Aber heute ist dein Geburtstag.« Er warf einen Blick auf das Display und seine Brauen zogen sich zusammen. »Es ist wichtig, oder?«

Er wandte den Blick vom Display ab und lächelte sie an, bereits dabei, das Smartphone in der Hosentasche verschwinden zu lassen. »Heute bist nur du wichtig, Elli.«

»Es ist okay. Ich bin keine fünf Jahre alt. Mir ist bewusst, dass sich die Welt an meinem Geburtstag nicht nur um mich dreht. Geh ran.«

»Aber –« Er zögerte.

»Geh ran, Phil. Es ist in Ordnung.«

Er seufzte auf, musterte sie, doch als sie ihn erneut ermutigte, ergab er sich und drehte ihr den Rücken zu. Er redete so leise, dass sie seine Worte nicht verstand. Vielleicht lag es aber auch an dem Wind, der über den Stadtberg blies und zahllose Strähnen aus ihrem unordentlichem Zopf löste.

Sie schloss die Augen und lauschte. Wie auch in Delphi glaubte sie die Stimmen der Menschen von früher flüstern zu hören. Als riefe jemand nach ihr. Doch im Gegensatz zu früher schrieb sie es nicht ausschließlich ihrem Wissensdrang und ihrer Begeisterung für das antike Griechenland zu.

War auch sie in der Lage, die andere Welt wahrzunehmen? Konnte auch sie zwischen den Zeiten wandeln? Wenn ja, wieso? Wegen ihrer Leidenschaft für die Antike oder weil sie … auf irgendeine Weise damit verbunden war? Moment, Hephaistos hatte sie dazu gedrängt, ihre eigene Geschichte zu erforschen. In der antiken Bibliothek in Athen war ihr das schlecht möglich gewesen, doch jetzt, in ihrer Zeit, war sie dazu in der Lage. Vielleicht sollte sie das tun – sobald sie sich ausgiebig dem Anhänger gewidmet hatte. Denn nichts drängte sie im Moment so sehr, wie hinter das Geheimnis des Schmuckstücks zu kommen.

Phil legte ihr die Hand auf den Oberarm und holte sie damit in die Wirklichkeit zurück. »Entschuldige, Elli, aber ich muss noch mal los. Nur kurz, ich verspreche es dir, aber es ist wirklich dringend.«

Er fragte sie nicht, ob sie ihn begleiten wollte, was er nie tat, doch heute hätte sie damit gerechnet. Er war derart anhänglich, als hinge sein Leben davon ab, ihr am heutigen Tage nicht von der Seite zu weichen.

Sie gab sich Mühe, darauf nicht zu fröhlich zu reagieren. »Schon okay.«

»Aber es fühlt sich falsch an, dich an deinem Geburtstag allein zu lassen.«

»Das macht nichts. Ich glaube, ich leg mich einfach mal für eine halbe Stunde hin. Die Ruhe tut mir gut.« Und sie würde endlich den Anhänger genauer untersuchen.

»Wenn es dir wirklich nichts ausmacht?«

»Nein. Jetzt geh schon.«

»Danke, Elli. Es dauert auch bestimmt nicht länger als eine Stunde. Ich verspreche es dir.«

»Mach dir keinen Kopf. Und wenn es doch ein paar Minuten länger werden, ist das kein Problem. Bis später, Phil.«

Er wollte sich zu ihr beugen und sie zum Abschied küssen, doch sie tat so, als bemerke sie es nicht. Sie ertrug es heute nicht. Sie brauchte Luft zum Atmen. Und wenn sie ihn nicht augenblicklich von sich stoßen, ja, sogar die Verlobung an diesem absolut unpassenden Ort auflösen wollte, brauchte sie Abstand.

Deshalb winkte sie ihm nur und lief rasch auf den Parthenon zu, als wolle sie den berühmtesten Tempel der Antike noch ein wenig länger betrachten. Und zum Glück rannte er ihr nicht hinterher, um auf den Kuss zu bestehen. Wahrscheinlich fühlte er, was in ihr vorging. Er musste es fühlen. Aber ob er zugleich die Konsequenzen bedachte, das wusste sie nicht.

Sie beide hatten sich in den letzten Tagen durchaus angenähert, ja, Elli hatte wirklich erwogen, seine Frau zu werden. Aber nach dem heutigen Tag, nach dem Erlebnis beim Mittagessen kam es für sie nicht mehr infrage.

Die Gefühle, die durch sie hindurchgeströmt waren, nur weil sie Stephanos gesehen hatte, waren unvergleichlich. Die Unruhe, in die er sie versetzte. Der Drang, den er in ihr auslöste. Die Magie …

Phil winkte ihr lediglich zu und verließ den Stadtberg. Jeden Schritt, den sie sich voneinander entfernten, ließ Elli freier atmen, als hätte seine Anwesenheit ihr die Luft zum Atmen geraubt. Einen solchen Mann konnte sie nicht heiraten. So etwas durfte man nicht fühlen. Vielleicht mal nach unzähligen Ehejahren. Krisen gab es, klar, aber nicht in der Verlobungsphase.

Und in diesem Augenblick stand es für sie fest. Sie würde die Verlobung lösen. Und sie würde die Beziehung aufgeben. Wem machte sie etwas vor? Außerdem entschied sie, dass sie es ihm noch heute sagte. Er plante die Hochzeit, investierte Zeit und Geld. Es war nicht fair.

Bis zum heutigen Mittag hatte sie ihm eine Chance geben wollen, hatte die Erlebnisse in der Antike als einmalig abgestempelt und die Möglichkeit, erneut Stephanos zu begegnen oder mit der anderen Welt Kontakt aufzunehmen, als unwahrscheinlich eingeschätzt. Sie hatte sich erneut auf Phil eingelassen, weil all das andere unwirklich erschien. Zu gut und fantastisch, um wahr zu sein ...

Und nun? Nun hatte sie in ihrer Hosentasche einen Anhänger, den sie dort nicht hineingetan hatte und der von Stephanos stammte. Er hatte ihn ihr gebracht.

Und sie hatte ihn gesehen. Selbst wenn er es nicht wirklich war, sondern eine Art Fata Morgana. So wie damals, als Phil sie in sein Auto gesetzt hatte und sie von Delphi fort nach Athen gefahren waren. Es bewies unumstößlich, dass sie nicht bereit war, einen anderen zu ehelichen.

Langsam ließ sie die Hand in die Tasche gleiten. Als ihre Finger das Metall berührten, kitzelte es in ihren Fingerkuppen. Langsam fuhr sie über das Schmuckstück, das sich glatt und rein anfühlte. Sorgsam legte sie die Finger darum und zog es hervor. Ihr Herz klopfte mit jedem Schlag schneller, Hitze breitete sich in ihrem Nacken aus, in ihrem Kopf, in ihrem Herzen. Ein Prickeln wanderte durch ihren Körper und ihm folgten Schübe reinster Energie.

Rührten all diese Empfindungen nur von dem Anhänger?

Sie holte ihn hervor und öffnete die Hand. Er lag auf ihrer blanken Haut und sah völlig anders aus, als sie ihn in dem flüchtigen Augenblick am Mittag wahrgenommen hatte. Von Rost oder anderen Alterserscheinungen keine Spur. Und war er nicht verbogen gewesen, als sie ihn aufgehoben hatte? Nun erstrahlte er wie eben erst geschmiedet oder frisch poliert.

Der Anhänger bestand aus Gold, besaß eine Öse, um ihn an einer Kette zu befestigen, und war klein und rund wie ein fünfzig Cent Stück. Darauf abgebildet war ein Symbol, das Elli von keiner Zeichnung oder Darstellung kannte. Es waren drei Herzen, die wie ein dreiblättriges Kleeblatt zusammengesetzt waren. Und über diese drei Herzen wand sich etwas wie eine Schlange.

Ein Schaudern ergriff Elli, von dem sie nicht wusste, woher es kam. Dieser Anhänger bedeutete etwas, davon war sie überzeugt, und vielleicht hatte Stephanos ihn ihr zugespielt, damit sie herausfand, was das war ...

KAPITEL 8

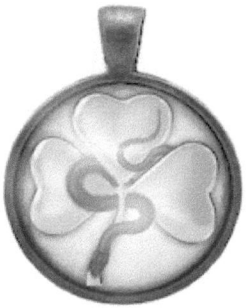

Ohne nachdenken zu müssen, was sie als nächstes zu tun hatte, eilte Elli in das Archäologische Institut. Dort würde sie dem Geheimnis des Anhängers am ehesten nachgehen können. Während sie den Stadtberg hinunterlief, überlegte sie fieberhaft, ob sie einen solchen Anhänger schon mal irgendwo gesehen hatte, doch ihr fiel kein Beispiel ein.

Sie winkte nach einem Taxi – zu Fuß war es zwar nicht weit, aber sie wollte die Fahrtzeit nutzen, um nachzudenken – und ließ sich auf den Rücksitz gleiten. Während der Fahrer sie kutschierte, war sie nicht in der Lage, den Blick von dem Anhänger zu nehmen. Drei Herzen und eine Schlange. Was konnte das bedeuten? Drei Liebende? Oder eine Familie? Mutter, Vater, Kind? Oder drei Geschwister? Drei Räte, Hüter oder Götter?

Wofür stand die Schlange? Für Asklepios in Anlehnung an seinen Stab? Oder vielleicht für Verrat? Hatte neben Asklepios auch ein anderer Gott die Schlange als Symbol? In welchen Mythen kam das Reptil vor? Sie musste es herausfinden. Wollte es. Am liebsten sofort. Ihr Blick fiel auf den Armreif, den Phil ihr geschenkt hatte. Er wog schwer, ebenso wie der Ring an ihrem Finger. Am liebsten hätte sie beides abgezogen und achtlos in den Fußraum geschmissen, aber sie bremste sich. Sie würde ihm die Schmuckstücke nachher zurückgeben. Es gab keinen Grund, sie zu behalten – auch wenn ihr der Armreif außerordentlich gut gefiel.

Sobald sie an der Bibliothek ankam, marschierte sie hinauf in den Lesesaal und durch die Reihen, zog ein Lexikon nach dem anderen hervor, ein Nachschlagewerk nach dem nächsten, bis sie ergebnislos innehielt. Sie musste ruhiger werden. So kopflos fand man keine Antworten, das war klar.

Zuerst musste sie sich konzentrieren, nachdenken. Welcher Gelehrte könnte etwas darüber geschrieben haben? In welchem Buch könnte sie Antworten finden? Erinnerte sie sich vielleicht selbst an einen Mythos mit einer Schlange?

Ein paar Studenten unterhielten sich. Zwar leise, dennoch störten sie Elli, weshalb sie den Lesesaal verließ und Richtung Treppenhaus lief. Dort war sie in der Regel für sich, da jeder vernünftige Mensch die Fahrstühle benutzte.

Schon wollte sie sich auf die oberste Treppenstufe sinken lassen, um in absoluter Stille nachzudenken, als sie laute Stimmen hörte.

»… doch eindeutig gewesen!«

Elli erstarrte. Als stünde die Zeit für einen Augenblick still, sackte die Erkenntnis in ihr Bewusstsein, wen sie dort reden hörte.

Es war Phil.

Eindeutig.

Schon wieder.

Was tat er und mit wem redete er? Sie war davon ausgegangen, dass der wichtige Termin in seinem Büro stattfand. Weshalb hielt er sich in der Bibliothek auf und weshalb schrie er zum wiederholten Male jemanden in der Abgeschiedenheit eines Treppenhauses an?

Sie linste über das Geländer und diesmal entdeckte sie ihn. Er befand sich zwei Stockwerke unter ihr. Sie sah ihn von hinten – trotzdem war er es. Unverkennbar. Allein an der Stimme hatte sie es erkannt, auch wenn sie diesen Tonfall schon lange nicht mehr aus seinem Mund gehört hatte.

»Es tut mir leid. Ich habe es nicht kommen sehen.«

Die zweite Stimme war männlich, aber dennoch hoch. Derjenige hatte Angst, richtig große Angst, vor ... Phil? War es derselbe Mann, mit dem er beim letzten Mal geredet hatte?

»Ich hatte sie fast soweit. Wenn die verdammte Katze nicht gekommen wäre, dann wäre die Sache erledigt gewesen.«

Die Sache wäre erledigt gewesen? Was zum Teufel meinte er? Sprach Phil von dem Vorfall in der Taverne? Er machte doch nicht etwa den Kellner noch mal zur Schnecke?

Unweigerlich beugte sie sich weiter vor.

»Es tut mir leid, aber wenigstens habe ich das hier an mich nehmen können.« Nein, die Stimme war nicht die des Kellners, zumindest nicht die desjenigen, der sich bei ihr entschuldigt und ihr die verbliebenen Rosen überreicht hatte.

Als sie beobachtete, was der Mann, von dem sie nur die ausgestreckte Hand sah, Phil überreichte, hielt sie überrascht die Luft an.

Es war das Buch.

Das Buch, das wie durch ein Wunder auf ihrem Schreibtisch erschienen und das nach dem Vorfall mit der Katze und Stephanos unauffindbar gewesen war.

Ihr Buch!

Jemand hatte es genommen. Und dieser Jemand hatte nichts mit Stephanos zu tun, sondern mit Phil.

Aber wieso?

»Na wenigstens. Bring es zu mir nach Hause. Sie darf es nicht noch mal in die Finger kriegen. Du kannst froh sein, dass sie bisher kaum darin gelesen hat.«

WIE BITTE?

Das konnte doch nicht wahr sein. Wieso wollte Phil nicht, dass sie darin las? Er hatte so getan, als kenne er den Mythos nicht. Stimmte das überhaupt? Wohl kaum, wenn er von dem Buch wusste. Aber wieso wusste er davon? Woher?

Moment, alles auf Anfang. Sie schloss die Augen und massierte sich die Schläfen. Er wusste von dem Buch – wie hing er mit den Geschehnissen zusammen? Wusste er, wo sie gewesen war? Die zwei Tage? Warum hatte er sie dann nicht darauf angesprochen?

Wieso sollte sie nicht lesen, was in dem Buch stand? Und wer hatte es ihr zugespielt, wenn er es nicht gewesen war?

Oder war das Buch doch von ihm? Hatte er es aus Versehen auf seinem Nachttisch liegen gelassen und eine Putzkraft hatte es zu ihrem Stapel auf den Schreibtisch gelegt? Aber wie sollte er an ein Buch von Dädalos kommen? Und wieso machte er dann den anderen im Treppenhaus dafür verantwortlich, dass sie es in die Finger bekommen hatte – so zumindest interpretierte sie seine bisherigen Worte.

»Natürlich, ...os. Ich bringe es in dein Zuhause.«

Sie verstand den Namen nicht, den der verschüchterte Typ sagte, oder vielmehr stotternd verschluckte. Der Name endete auf os wie die meisten griechischen Männernamen. Der Unbekannte hatte folglich ihren Verlobten definitiv nicht Phil genannt. Hatte er womöglich Philos oder Philippos gesagt? War Phil nur die Abkürzung, die er ihr gegenüber verwendete? Wer war ihr Verlobter? Wieso hatte er ihr seinen richtigen Namen nie verraten und von welchem Zuhause war die Rede? Dem Hotel? Würde er das Hotelzimmer als sein Zuhause bezeichnen? Irgendwie glaubte sie das nicht. Und das hieß, ihr blieb nur eins übrig: Sie musste die Gelegenheit nutzen und den Unbekannten verfolgen bis zu dem Gebäude, das für Phil offenbar ein Zuhause war.

Ohne groß nachzudenken, verließ sie auf Zehenspitzen das Treppenhaus und eilte zu den Fahrstühlen. Dort fuhr sie zwei Etagen tiefer und wartete in einer Nische in der Nähe der Tür, die zum Treppenhaus führte. Es war riskant, klar, Phil konnte genauso gut gleich aus der Tür stürmen und der andere einen der weiteren Ausgänge benutzen, doch ihr fiel keine bessere Möglichkeit ein. Und zumindest konnte sie sich so weit in die Ecke drängen, dass jemand, der das Treppenhaus verließ, sie nicht entdeckte.

Und siehe da, sie hatte Glück. Es war nicht Phil, der aus dem Treppenhaus stürmte, sondern ein untersetzter Mann, der ihr bekannt vorkam. Hatte sie ihn nicht doch in der Taverne gesehen? War er einer der Kellner? Sie war sich nicht hundertprozentig sicher.

Kurz schaute er über die Schulter, als fürchte er, Phil folge ihm und blaffe ihn erneut an, doch die Tür schlug hinter dem jungen Mann zu und öffnete sich nicht wieder.

Wohin Phil verschwand, war ebenfalls interessant, doch zuerst wollte sie herausfinden, welchen Ort ihr Verlobter als sein Zuhause bezeichnete. Soweit sie wusste, besaß er kein Eigenheim in Athen. Sonst würden sie doch dort wohnen und nicht in einem Hotel! Wohin also brachte der Fremde ihr Buch?

Hoffentlich war es kein modern gesichertes Anwesen, aus dem es ihr unmöglich war, das Buch zu stehlen. Sie konnte sich nicht dabei vorstellen, wie sie unsichtbare Schranken überwand und sich mittels Seil in den Tresor hinabließ. Aber vom Schlechtesten wollte sie nicht ausgehen.

Positiv denken, Elli, das wird schon. Immerhin gab es auch noch andere Möglichkeiten. Hauptsache, sie bekam ihr Buch wieder in die Hände!

Sie könnte es dem Unbekannten schon vor besagtem Zuhause entwenden. Aber da der Typ sie offenbar kannte, war die Idee schlecht, ihn unterwegs anzurempeln und das Buch aus den Händen zu reißen, ohne dass Phil davon erfahren würde. Die Idee war trotzdem verlockend. Wenn Phil auf keinen Fall wollte, dass sie weiter in dem Buch las, dann musste sie genau das tun. Weiter in dem Buch lesen. Offenbar enthielt es Antworten, die relevant waren.

Während sie sich an die Fersen des Fremden heftete und die Bibliothek verließ, überlegte sie angestrengt, wie es ihr trotzdem gelingen konnte, das Buch zurückzubekommen. Der Fremde eilte durch die Straßen, weshalb sie schlecht nach Jemandem suchen konnte, der ihn an ihrer statt ausraubte, ohne ihn aus den Augen zu verlieren. Und sie konnte sich auch keine Tarnung kaufen wie einen übergroßen Hut und eine Sonnenbrille, um es selbst zu erledigen. Verdammt, aber dass er sich unterwegs eine Kaffeepause gönnte und den Auftrag auf später verschob, obwohl er sich offensichtlich vor Phil fürchtete, war mehr als unwahrscheinlich.

Der Namenlose eilte durch die Straßen, als wäre der Teufel persönlich hinter ihm her. Sie hatte Mühe, ihn nicht aus den Augen zu verlieren. Er drängte sich durch Fußgängergruppen, als wüsste er, dass sie ihn verfolgte – dabei achtete sie darauf, nicht zu nah hinter ihm zu laufen und jedes Mal den Kopf einzuziehen, wenn er sich umdrehte. Dafür wenigstens waren die Massen an Einheimischen und Touristen gut, die sich durch die Straßen schoben. Klar, es war später Nachmittag. Die Leute gingen zu einem Kaffee oder frühen Abendessen aus. Die Gehwege waren deutlich belebter als zur Morgens- und Mittagszeit, in der Elli normalerweise unterwegs war.

Kurzerhand zog sie ihr Zopfgummi aus dem Haar und löste den Knoten am Hinterkopf. Mit offenem Haar lief sie nie herum, weshalb der Typ sie hoffentlich nicht sogleich erkannte, sollte er doch einen Blick auf sie erhaschen. Doch er schien sie nicht zu bemerken.

Mit der Zeit wurde er langsamer, beinahe trödelte er. Er verschwand hinter einem Laternenpfahl, an dem ein Werbeplakat von einer neuen Schuhmarke hing. Es war so ausladend, dass er für einen Augenblick nicht zu sehen war. Doch seltsamerweise tauchte er nicht wieder auf.

Elli beschleunigte ihre Schritte. Wenige Sekunden später erreichte sie den Laternenpfahl, doch von dem Fremden fehlte jede Spur. Das konnte doch nicht wahr sein. Was war geschehen?

Gab es eine Luke im Boden? Nein, das war ein völlig normal gepflasterter Bürgersteig. Nirgends gab es einen Ritzen im Boden, der auf eine geheime Tür schließen ließ, oder auch nur einen Gullideckel. Und das Geschäft dahinter war geschlossen. Zur Sicherheit rüttelte sie am Knauf, worauf sogleich eine schlanke Dame erschien. Sie schloss die Ladentür mit einem hörbaren Klick auf und steckte den Kopf heraus. Unter ihren stark geschminkten Augen waren dunkle Ringe, als hätte sie in den letzten Jahren zu viel gearbeitet und zu selten ausgeruht.

»Wir haben bereits geschlossen.«

»Entschuldigung, ich wollte sie nicht stören, aber ist gerade ein Mann zu ihnen in den Laden gekommen? Kaum größer als ich, korpulent und dunkles Haar?«

»Nein, die Tür war zugeschlossen.«

Das stimmte. Das Klicken, mit dem die Verkäuferin aufgeschlossen hatte, war laut und deutlich zu hören gewesen. Trotzdem schielte sie an ihr vorbei in den Laden, in dem jede Menge Miniaturstatuen und Amphoren verkauft wurden. Ein Souvenirladen. Und er war leer, das erkannte Elli auf den ersten Blick.

»Okay, vielen Dank. Entschuldigen Sie die Störung.«

Die Verkäuferin winkte ab und schloss wieder zu.

Ratlos blickte sie sich um. Von dem Typen fehlte jede Spur. Wie war das möglich? Und verdammt, wie kam sie jetzt an ihr Buch?

Sie wartete noch eine Weile, ob der Fremde wieder auftauchte, doch irgendwann gab sie auf. Wie durch Zauberhand war er verschwunden.

Oder wie durch göttliche Magie.

KAPITEL 9

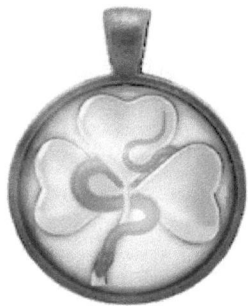

Nachdenklich spazierte Elli zurück zum Archäologischen Institut. Sie hatte noch eine Weile gewartet, doch als der Fremde nicht wieder aufgetaucht war, hatte sie aufgegeben. Irgendwie war er aus ihrem Blickfeld verschwunden, ob auf normalem oder magischem Wege, spielte letztendlich keine Rolle. Er war fort mitsamt des Buchs. So ein Mist!

Ihre Gedanken kreisten um die Publikation, um Phil und um den Anhänger, der in ihrer Hosentasche verborgen lag. Wenigstens er war ihr geblieben. Zum Glück hatte sie ihn Phil nicht gezeigt. Nicht auszudenken, dass er ihn ihr auch noch wegnahm!

Aber wieso? Wie steckte Phil in der Geschichte mit drinnen? Er war Geschäftsmann, erfolgreich, außergewöhnlich wohlhabend, viel auf Reisen und hatte Kontakte in die ganze

Welt. Er trug schicke Anzüge, liebte gutes Essen und war es gewohnt, dass jeder spurte, sobald er ihn streng anschaute.

Klar, er hatte sich früher immer gerne mit ihr über die Antike unterhalten und sie hatten sich auf einer Fachtagung in Athen kennengelernt. Das war die Anfangsphase ihrer Beziehung gewesen. Aber in den Monaten unmittelbar bevor Elli mittels des Rings verschwunden war, hatte er sich überhaupt nicht mehr für ihre Studien interessiert.

Die Antike mitsamt ihren Hinterlassenschaften war zeitweilig ein Hobby für ihn gewesen ... oder etwa nicht?

Womöglich hatte er erfahren, irgendwie, aus irgendeinem Grund, wohin sie verschwunden war. Und er wollte nicht, dass das ein weiteres Mal passierte, und hatte sich unabhängig von ihr schlau darüber gemacht, was mit ihr geschehen sein könnte. Im Zuge dieser Studien war er möglicherweise auf das Buch gestoßen, das ihr in die Hände gefallen war. Aber wieso wollte er dann nicht, dass sie selbst darin las? Wieso redete er nicht mit ihr darüber? Aus welchem Grund versteckte er sich in dunklen Treppenhäusern und schrie irgendwelche Leute an?

Und was hätte er fast geschafft, wenn die schwarze Katze heute Mittag in der Taverne nicht über den Tisch gerannt wäre? Was war geschehen? Sie war kurz davor gewesen ihn zu küssen, aber alleine das konnte schlecht der Grund sein. Schließlich hatten sie sich in den letzten Tagen öfters geküsst. Zwar nicht leidenschaftlich, aber einen kleinen Kuss hier und da hatten sie miteinander getauscht.

Doch die große Frage vor allen anderen war: Was stand in dem Buch, das sie nicht erfahren sollte?

Eine Wärme drängte sich in ihre Gedanken, die von ihrer Hosentasche herrührte. Der Anhänger. Wenigstens über ihn konnte sie recherchieren. Stephanos hatte ihn ihr sicherlich nicht grundlos geschickt.

Kurzerhand stieg sie die Treppen hoch in die Bibliothek und zurück in den Lesesaal. Selbst wenn sie deshalb erst später ins Hotel kam, war ihr das egal.

Sie vergewisserte sich, dass ihr Handy ausgeschaltet war, damit Phil sie nicht störte, und setzte sich an einen Tisch. Dummerweise hatte sie weder Block noch Stift dabei, aber wenigstens konnte auf diese Weise niemand dahinterkommen, womit sie sich beschäftigte und was sie herausgefunden hatte.

Kurz schielte sie über die Schulter. Stand sie unter Beobachtung? Verfolgten Phils Leute sie? Außer ihr befanden sich vereinzelt andere Leute in der Bibliothek, die völlig selbstvergessen über Büchern brüteten. Innerlich lachte sie auf. Sie durfte nicht übertreiben und Gefahren sehen, wo gar keine waren. Verfolgungswahn war selten dienlich.

Sie atmete tief durch und ging in den Forscher-Modus über. Eins nach dem anderen. Der Anhänger. Drei Herzen und eine Schlange. Sie lief in den Gang der Standardnachschlagewerke. Mit dem Finger überflog sie die Buchrücken, bis sie beim Buchstaben S angelangte, und zog den Wälzer hervor. Sie blätterte bis zu dem Eintrag über Schlangen und las.

ANDERS ALS IN DER NEUZEIT GALT DIE SCHLANGE IN DER ANTIKE KEINESWEGS ALS SYMBOL DES VERRATS. SIE WAR EIN POSITIVES ZEICHEN UND STAND FÜR HELLSICHTIGKEIT UND HEILUNG, WESHALB SIE EIN SYMBOL DER ÄRZTESCHAFT WAR. SIE GALT ALS HEILIG UND STAND IN MANCHEN TEXTEN ODER KUNSTWERKEN FÜR VERSTORBENE HEROEN. AUSSERDEM BEWACHTE IM GARTEN DER

HESPERIDEN EIN SCHLANGENARTIGER DRACHE DEN APFEL-
BAUM, DER ALS DAS SYMBOL DES LEBENS GALT.
SCHLANGEN GEHÖRTEN ZU DEN GÖTTERN APOLLON UND
GAIA IM ZUGE IHRE HELLSICHTIGKEIT UND ZU DEN GÖT-
TERN ASKLEPIOS UND HYGIEIA ALS ZEICHEN DES HEILENS.
APOLLON SCHICKTE BEISPIELSWEISE ZWEI SCHLANGEN ZU
DEM HELLSEHER LAOKOON UND SEINEN SÖHNEN, UM IHN
ZU BESTRAFEN. DARÜBER HINAUS HATTE MEDUSA
SCHLANGEN ALS HAARE.

Ohne zu filtern, was davon mehr oder weniger infrage
kam, speicherte sie das Gelesene ab und stellte das Buch
zurück. Dann marschierte sie weiter durch die Reihen, bis sie
in die Abteilung der Mythen gelangte. Dort durchforstete sie
verschiedene Werke, las Götter- und Heroensagen, die sie
nicht mehr detailliert im Kopf hatte, und blätterte durch
Kataloge, auf der Suche nach einem Symbol wie dem auf
dem Anhänger. Ohne Erfolg.

Womöglich gehörte auch der Anhänger zu einem Mythos,
der es nicht in ihre Zeit geschafft hatte. Der nicht überliefert
war. Ähnlich wie der Mythos über den Ring, den gestoh-
lenen Stab des Asklepios und den anderen Gegenständen,
die Hephaistos für die Götter geschmiedet hatte.

Die Stunden vergingen und ihr Kopf rauchte allmählich.
Sie war kaum mehr dazu in der Lage, klar zu denken. Vielleicht, weil heute unglaublich viel passiert war.

Morgen war auch noch ein Tag.

Kurzerhand verließ sie den Lesesaal und tappte durch das
dunkle Treppenhaus. Mit jedem Schritt wurde ihr bewusster,
dass Phil an diesem Ort zweimal – oder noch öfter – mit
einem Fremden gestritten, oder besser gesagt ihn ange-
schnauzt hatte. Sie versuchte sich zu erinnern, worum es in

dem ersten Gespräch gegangen war, das sie bruchstückhaft belauscht hatte. Bruchstückhaft fiel es ihr ein. Phil hatte den anderen angeblafft, dass ihnen die Zeit davonlief. Hatte sich auch das Gespräch um Elli gedreht? Wieso lief die Zeit davon?

Unwillkürlich kam ihr die Sanduhr in den Sinn, die sie bei Stephanos in der Hütte gesehen hatte, worauf er seltsam reagiert und damit verschwunden war. Vielleicht hatte die Sanduhr etwas damit zu tun. Oder sie bewertete mittlerweile Dinge über und sah Verbindungen, wo gar keine waren.

Tief durchatmend lief sie bis ins Erdgeschoss und verließ das Institut. Ratlos blickte sie hinauf in den Himmel, der noch immer blau erstrahlte. Es war Abend, ein leichter rosafarbener Schimmer zeichnete sich am Firmament ab. Keine Ahnung, wie spät es war. Phil vermisste sie mit Sicherheit längst.

Phil. Eigentlich hatte sie sich von ihm trennen wollen, diesen Abend. Sie hatte nicht nur die Verlobung lösen, sondern auch die Beziehung beenden wollen. Aber jetzt? Wäre es nicht klüger arglos zu tun, ihm vorzugaukeln, sie wüsste von nichts, um ihn in Sicherheit zu wiegen und gegebenenfalls belauschen zu können?

Konnte sie ruhig schlafen, wenn sie wusste, er führte etwas im Schilde, das mit ihr zu tun hatte? Wie würde er sich ihr gegenüber verhalten, wenn sie sich von ihm trennte? Wäre sie in Gefahr?

Ein Gedanke stahl sich in ihren Kopf. Sie könnte den Spieß umdrehen. Immer, wenn er nicht an ihrer Seite war, konnte sie ihn verfolgen. Immer, wenn sie zusammen waren, würde sie die Augen offenhalten, ob sie jemand beobachtete, und zuhören, wenn er telefonierte. Während er duschte, konnte sie seine Taschen durchsuchen. Und sie würde jeden, der ihnen über den Weg lief, genau betrachten. Womöglich scharwenzelten immer dieselben Leute um sie herum, ohne dass sie es bemerkte.

Ein zartes Lächeln legte sich auf ihre Lippen und sie nickte. Wenn sie herausfinden wollte, was vor sich ging, musste sie Phil einen Schritt voraus sein. Und das war sie, denn er wusste nicht, dass sie wusste, dass er irgendwie in der Sache mit drinnen steckte.

Worin genau das auch immer war …

Wenig später erreichte sie das Hotel und blieb gedankenverloren auf dem großzügig gestalteten Vorplatz stehen. Teure Autos fuhren vor und eifrige Angestellte kamen angesprungen, um die Luxusschlitten zu parken. All dem Geschehen schenkte sie keinen einzigen Blick.

Sie legte den Kopf in den Nacken und schaute die helle Fassade hinauf bis zu dem Stockwerk, in dem sich ihr Zimmer befand. Hinter unzähligen großen Fenstern brannten Lichter. Sie überflog die Räume und dort, wo sie glaubte, ihr Zimmer zu finden, stand jemand am Fenster.

War das Phil?

Unwillkürlich lief ihr Gänsehaut über den Rücken und sie schlang die Arme um sich. Wer war er? Warum hatte er Geheimnisse vor ihr? Und welches Ziel verfolgte er? Welche Rolle spielte sie dabei?

Die größte Frage, die sich ihr aufdrängte, war jedoch, wie lange er dieses Ziel schon verfolgte. Wahrscheinlich erst, seit sie verschwunden war, sonst hätte er ihr doch in den letzten Jahren mehr Aufmerksamkeit geschenkt. Vor ihrem Trip in die Antike hatte sie das Gefühl gehabt, er könnte jeden Tag ihre Verlobung lösen. Erst seit sie sich wieder in dieser Zeit befand, wich er nicht mehr von ihrer Seite.

Womöglich hatte er sie damals auf der Tagung, als sie sich kennengelernt hatten, aus einem anderen Grund angesprochen, als er ihr weisgemacht hatte. Vielleicht hatten nicht ihre Wissbegierde gepaart mit ihren leuchtenden Augen dazu geführt, dass er auf sie zugekommen war, sondern etwas anderes. Oder war es Zufall, dass gerade sie plötzlich in diese antike Welt gesprungen war und er seither wieder Interesse an ihr zeigte?

Hatte er es vorhergesehen oder nicht?

Ein Druck bahnte sich ihren Nacken hinauf und legte sich wie ein zu enger Helm um ihren Schädel. Sie massierte sich den Hinterkopf, die Schläfen und strich sich über die Brauen, doch es half nichts. Der Schmerz nahm zu. Sie brauchte dringend eine Tablette. Oder ein heißes Bad. Das war auch sein Vorschlag gewesen.

Aber sie könnte sich niemals derart verstellen, dass sie mit ihm in die Badewanne stieg und sich von ihm massieren ließ. Niemals. Vor allem wäre sie dabei so angespannt, dass ihre Kopfschmerzen auf gar keinen Fall verschwinden würden.

Nein, baden kam nicht infrage. Überhaupt kamen keine Körperlichkeiten infrage. Aber das würde ihn nicht groß erstaunen, da sie seit ihrer Rückkehr nicht mehr miteinander intim gewesen waren.

Die Gestalt hinter dem Fenster verschwand.

Ohne länger darüber nachzudenken, betrat Elli das Foyer und lief zum Treppenhaus. Auch wenn es eng und abgelegen war, nutzte sie nur ungern die Fahrstühle – nicht einmal in einem Luxushotel mit verglaster Kabine. Außerdem begegnete ihr dort niemand, was ihr mehr als willkommen war.

Stufe für Stufe stieg sie hinauf in den dritten Stock und mit jedem Schritt wuchs ihre Nervosität. Wer war Phil? Mit wem hatte sie es zu tun? War er harmlos oder … nicht?

So ängstlich, wie der Typ im Treppenhaus reagiert hatte, lag die Vermutung nahe, dass Phil gefährlich werden konnte. In welchem Ausmaß war reine Spekulation. Und das wollte sie nicht tun … spekulieren. Was auch immer sie sich ausmalte, es würde nur ihre Angst befeuern.

Sie erreichte die Etage und ging durch den Flur. Ihre Schritte wurden von dem hellen Teppich verschluckt, der seltsamerweise zu jeder Zeit sauber aussah. Aber womöglich war das Hotel so edel, dass selten Kinder vom Spielplatz kamen und durch die Gänge auf ihr Zimmer stürmten.

Vor ihrer Tür blieb sie stehen. Sobald sie den Raum betrat … ja, was dann? Phil durfte nicht wissen, dass sie wusste, dass er irgendwie mit drinnen steckte. Dass er von dem Buch wusste. Dass sie ihn belauscht hatte.

O Gott, worauf ließ sie sich ein?

Aber welche Alternative blieb ihr? Zur Polizei zu gehen? Mit welcher Begründung sollten sie ihn verhaften oder verhören lassen? Weil ihr Verlobter im Treppenhaus jemanden angemeckert und ihr ein Buch weggenommen hatte? Die Beamten würden sie auslachen.

Nein, sie musste das allein klären.

Tief atmete sie durch.

Sie war nicht abgebrüht und als Geheimagentin hatte sie sich auch nie bewerben wollen, nicht einmal Filme über solche Personenkreise interessierten sie, aber sie hatte keine andere Möglichkeit. Punkt.

Sie holte den Schlüssel aus der Tasche und zögerte einen Augenblick, bevor sie ihn in die Tür steckte. Das Geräusch musste Phil gehört haben. Es gab kein Zurück mehr. Während sie das Schloss öffnete, holte sie ein letztes Mal tief Luft, und als sie den Raum betrat, lag ein unbekümmertes Lächeln auf ihrem Gesicht, das sie sich selbst nie zugetraut hätte.

»Schatz, da bist du ja. Wo bist du gewesen?« Phil stürmte auf sie zu, umarmte sie und betrachtete sie besorgt. »Du siehst müde aus. Ich dachte, du wolltest dich ein wenig hinlegen.«

»Ach, ich war unterwegs. Bin ein wenig umhergeschlendert.« Moment, vielleicht ließ er sie bespitzeln. Sie musste aufpassen, was sie erzählte. »Ich war noch mal kurz im Institut.«

Er schmunzelte. »Kannst es nicht lassen, was?«

Als sie ihn fragend ansah, deutete er mit dem Kopf in Richtung ihres Schreibtischs.

»Deine Recherchen. Hast du noch etwas zu diesem Mythos gesucht? Zum Raub des Asklepiosstabs?«

Er betrachtete sie derart arglos, dass sie für einen Moment zweifelte, ob sie sich nicht vielleicht doch verhört oder sich sogar alles nur eingebildet hatte. Aber das hatte sie nicht. Er war im Treppenhaus gewesen. Zum zweiten Mal. Und er hatte ihr Buch.

»Ja, aber ich habe nichts gefunden.«

Phil lächelte sie scheinbar mitfühlend an. »Ist das Buch wieder aufgetaucht?«

Wie konnte er sie derart unschuldig angucken, als wüsste er nicht, wo es war? Als hätte nicht einer seiner Schergen es ihr weggenommen und in sein Zuhause gebracht – was auch immer das war und wo es sich befand, verfluchter Mist.

Es kostete sie mehr Kraft, als erwartet, mit den Achseln zu zucken und ihn nicht zur Rede zu stellen. »Leider nicht.«

Sie beobachtete jede seiner Regungen. Er blinzelte nicht, keines seiner Lider zuckte und auch sonst wirkte er kein bisschen nervös. Wie konnte er derart abgebrüht sein, während sich ihr Puls mit jeder Minute beschleunigte?

»Schade. Aber bestimmt findest du es in einer anderen Bibliothek. Es wird wohl kaum die einzige Abschrift gewesen sein.« Er lachte, dabei musste er wissen, dass es genau so war. Das Buch von Dädalos gab es nur ein einziges Mal – zumindest in dieser Zeit.

Verfluchter Mistkerl!

»Bestimmt. Bis dahin recherchiere ich einfach weiter über den Asklepiosstab. Hoffentlich finde ich etwas Interessantes.«

Er nickte und lächelte arglos. Wenn sie nicht gewusst hätte, dass er etwas im Schilde führte, könnte sie es ihm nicht ansehen. Wieso nicht, war die Frage. Kannte sie ihn so wenig oder war er geschult darin sich zu verstellen?

»Dein Geburtstag ist noch nicht vorbei. Ich habe einen Tisch bei deinem Lieblingsitaliener reservieren lassen. Was meinst du? Ein Teller Spaghetti Carbonara und dazu ein Glas Rotwein? Aber wenn es dir zu viel ist, können wir uns ebenso gut etwas Leckeres liefern lassen und den Abend entspannt und unter uns auf dem Zimmer ausklingen lassen.«

Ihr Hals wurde trocken, weshalb sie schluckte, bevor sie in der Lage war zu antworten. »Wärst du nicht enttäuscht?«

»Schon, du kennst mich, ich will meine wunderschöne Verlobte am liebsten ausführen und jedem zeigen, was für ein Glück ich habe. Aber du bist mir wichtiger, Elli. Wenn es dir zu viel ist, verbringen wir deinen Geburtstag zu zweit. Wir könnten in den Whirlpool oder die Sauna gehen. Noch eine Idee: Bestimmt kann ich für einen Extraschein eine der Masseurinnen des Hotels überreden, dich ordentlich durchzukneten. Wäre das etwas? Du hättest den kompletten Spa-Bereich für dich. Niemand, der redet oder auf andere Weise deine Ruhe stört. Klingt das nicht verlockend?«

Das klang in der Tat verlockend. Und es war kein bisschen verdächtig. Anschließend war sie sicherlich fit genug, um jedes Gespräch mitzubekommen, das er führte.

»Ich habe starke Kopfschmerzen. Eine Massage würde bestimmt helfen.« Und sie bräuchte keine Schmerztablette zu nehmen, die sie möglicherweise benebelte und viel zu tief schlafen ließ, weshalb sie ihren Verlobten nicht würde belauschen können.

Phil strahlte. Man könnte wirklich den Eindruck gewinnen, es wäre das Größte für ihn, ihr einen Wunsch zu erfüllen.

»Ich kümmere mich sofort darum.« Und das tat er. Er trat ans Telefon und wählte die Nummer der Rezeption. Er flüsterte in den Hörer, worauf Elli unweigerlich ein paar Schritte nähertrat.

»Wäre es möglich, dass ich meine Verlobte, die heute zufällig Geburtstag hat, in den Spa-Bereich bringe, wo sie eine Ihrer Angestellten massiert? Sie klagt über Kopfschmerzen, eine denkbar schlechte Voraussetzung, um ihren Geburtstag angemessen zu zelebrieren.« Seine Stimme klang nicht, als würde er fragen, obgleich er seine Forderung mehr als höflich formulierte. So war Phil. Der Schein musste gewahrt werden, aber seine Wünsche durfte niemand ablehnen.

Die Reaktion der Rezeptionistin hörte sie natürlich nicht, doch die Art, wie er sich lächelnd zu ihr umdrehte und den Daumen nach oben streckte, war Antwort genug. Wunderbar. Sobald ihre Verspannungen gelöst waren, würde sie bereit sein, hinter das Geheimnis ihres Verlobten zu kommen. Und bis dahin würde sie sein Spiel mitspielen – auch wenn sie die Regeln nicht kannte.

KAPITEL 10

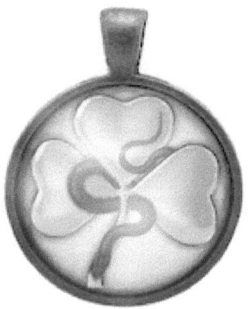

Phil begleitete sie in den Spa-Bereich, doch bei der Massage ließ er sie zum Glück allein. Kurz hatte sie mit einer Pärchenmassage gerechnet und schon nach einer Ausrede gesucht, was offenbar nicht notwendig war. Ob er in der Zwischenzeit etwas ausheckte? Sich mit Leuten traf? Krampfhaft schloss sie die Gedankenflut aus ihrem Kopf aus, um sich voll und ganz den heilenden Händen der Masseurin hinzugeben.

Die junge Frau träufelte Duftöle in kleine Schälchen und kurz darauf erfüllte der intensive Duft von Rosen den Raum. Der Geruch ließ Elli entspannen, abdriften, entspannt die Augen schließen. Er hüllte sie ein, dass sie beinahe tranceartig all ihre Pläne vergessen hätte, wenn nicht der Anhänger in ihrer Faust gewesen wäre, der sie unentwegt in Habachtstellung beließ und den sie einer Eingebung folgend mitgenommen hatte. Nicht, dass Phil währenddessen hoch ins Zimmer ging und ihn ihr wegnahm! Mittlerweile traute sie ihm vieles zu.

Die Masseurin verstand ihr Handwerk, knetete sie, als wüsste sie, wo es Elli schmerzte. Beinahe wäre sie eingeschlafen, so wohltuend war es, doch der Anhänger in ihrer Hand gab unablässig eine anregende Wärme ab, die sie im Hier und Jetzt beließ. Wofür sie dankbar war. Sie wollte nicht vergessen.

Als sie eine gute Stunde später in ein Handtuch gewickelt den Raum verließ, waren ihre Kopfschmerzen wie weggeblasen. Oder besser gesagt wie weggeknetet. Sie tapste in den Schwimmbadbereich, wo Phil Bahnen schwamm. Er war so vertieft, dass er sie nicht bemerkte und sie einen Moment hatte, um ihn zu beobachten.

Sein Kreuz war breit und muskulös, ebenso wie seine Arme. Er schwamm schon immer viel, hatte es früher, soweit sie wusste, im Verein getan. Zumindest hatte er das mal erwähnt. Was von dem, das er ihr über sich erzählt hatte, stimmte und was hatte er sich ausgedacht?

Während sein Anblick früher ein gewisses Verlangen in ihr ausgelöst hatte, blieb sie heute emotional auf Abstand. Ein wenig kam er ihr wie eine Venus-Fliegen-Falle vor, die ihre Opfer durch ihr betörendes Aussehen und ihren Geruch anlockte. Passte der Vergleich? War sie sein Opfer?

Er entdeckte sie und sogleich legte sich ein freudiges Strahlen auf sein Gesicht, das der beste Schauspieler nicht hätte toppen können. »Elli, du siehst entspannt aus. Die Massage hat dir gut getan.«

Es war eine Feststellung, keine Frage, weshalb sie nicht antwortete.

Er schwamm die Bahn fertig und stemmte sich aus dem Becken. Das Wasser rann seinen definierten Körper hinab und tropfte in den Abfluss. »Wie sieht es aus? Darf ich dich ausführen oder bleiben wir auf dem Zimmer?«

Am liebsten wäre sie daheim geblieben, aber nicht mit ihm allein. »Wir können ausgehen. Gib mir fünfzehn Minuten, dann bin ich fertig.«

Er nickte scheinbar zufrieden, griff nach einem Handtuch und trocknete sich ab. Anschließend schlang er es sich um die Hüften, was ein Déjà-vu in Elli auslöste.

Hephaistos. Der Gott der Schmiedekunst.

Er hatte ebenfalls mit nacktem Oberkörper vor ihr gestanden, nur ein Tuch um die Hüften gewickelt. Der Knoten sah ähnlich aus, auch wenn es kein Handtuch gewesen war, das der Gott getragen hatte. Es war das typische Erscheinungsbild einer griechischen Gottheit.

Phils Aura war so gewaltig, dass er größer wirkte, als er war – dabei maß er bereits ein Meter neunzig. Seine komplette Gestalt war beeindruckend. War er womöglich auch … ein Gott?

Oder Moment … die Priester von Plutos … hatten sie nicht ebenfalls nur ein Tuch um die Hüften getragen? Gehörte er womöglich zu ihnen?

Elli schnaubte auf. Was für alberne Gedanken! Sie musste aufpassen, dass sie nicht überschnappte vor lauter blühender Fantasie. Nur weil einige Dinge auf einmal möglich waren, hieß das nicht, dass es keine Grenzen mehr gab. Und eine Grenze existierte zwischen dieser Welt und der anderen. Wie also sollte Phil etwas mit Plutos zu tun haben?

Er lächelte, wobei er seine strahlend weißen Zähne offenbarte. »Was ist?«

»Nichts.« Sie schüttelte den Kopf und wandte den Blick von ihm ab, während er zufrieden die Hände in die Hüften stemmte. Mangelndes Selbstbewusstsein war nie sein Problem gewesen. Wahrscheinlich hatte er ihre Musterung bemerkt.

»Komm, lass uns hinauffahren.«

Er legte ihr die Hand an den unteren Rücken. Es war ein unangenehmes Gefühl, drängend, fordernd. Glaubte er, dass sie nachher mit ihm schlafen würde, nur weil sie seinen Körper gemustert hatte? Er konnte nicht wissen, auf welch abstrusen Gedanken sie gekommen war. Wobei, wenn er wüsste, dass sie für einen Augenblick in Erwägung gezogen hatte, er wäre ein Gott, könnte sein Verhalten kaum selbstgefälliger sein.

Ohne seine Hand abzuschütteln, ließ sie sich nur im Handtuch zu den Fahrstühlen führen. Es gab extra Lifts, die vom Spa-Bereich in die Wohnflure führten, damit kein Hotelgast spärlich bekleidet durch das Foyer laufen musste.

Phil wusste nicht, dass sie immer die Treppen benutzte. Seltsamerweise hatte sie sich in der Hinsicht immer gefügt und den Fahrstuhl genommen. Gut so, sonst hätte er wohl niemals ein Treppenhaus als geheimen Besprechungsort gewählt und sie wäre womöglich nie dahintergekommen, dass er etwas im Schilde führte.

Er ließ sie erst los, als sie sich in ihrem Zimmer befanden. Es gab zwei Badezimmer. Bevor Elli in ihres laufen konnte, beugte er sich hinab und stoppte kurz vor ihren Lippen. Das selbstgefällige Grinsen, das er dabei zur Schau trug, hätte Elli ihm am liebsten aus dem Gesicht geschlagen. Sie konnte ihn nicht küssen. Sie würde es nicht tun, selbst wenn dadurch ihre Tarnung aufflog.

Sie lächelte knapp, murmelte »bis gleich« und ließ ihn einfach stehen. Ein wenig Zurückweisung würde dem Kerl gut tun!

Während sie unter der Dusche stand und das warme Wasser über ihren Körper floss, atmete sie tief durch. Dieser Moment unterstützte die heilende Wirkung der Massage, sodass ihre Kopfschmerzen hoffentlich nicht wiederkamen. Sie seifte sich ein, wusch ihr Haar und brauste sich ab. Als sie aus der Dusche stieg, war das Badezimmer voller Dampf. Ihr war gar nicht aufgefallen, dass sie so lange und heiß geduscht hatte.

Sie griff nach dem Handtuch und wickelte es um ihren Körper, als sich plötzlich eine Silhouette im Nebel abzeichnete. Ein Schrei entfuhr ihr, doch sie presste sofort die Hand auf den Mund, als sie sah, wer vor ihr stand.

»Stephanos?«

Er wirkte durchscheinend, als wäre er nicht wirklich bei ihr, sondern nur eine Erscheinung, die nicht der Realität entsprach. Als wäre der Nebel ein Tor, durch das er gekommen war, und als forme sich der Dampf zu seiner Gestalt.

»Flieh!«, raunte er.

Sie wusste nicht, ob er wirklich gesprochen hatte, oder ob sie seine Stimme lediglich in ihren Gedanken hörte.

»Bist du es wirklich? Bist du wieder hier?«

»Nein, ich kann nicht mehr zu dir kommen. Aber du musst –«

Die Tür schwang auf. Der Dampf entwich zeitgleich mit Stephanos, als Phil den Raum betrat. Und schon war der Mann, nach dem sie sich sehnte, fort.

»Elli, alles in Ordnung?«

Verdammt, wieso war er hereingeplatzt?

»Klar! Was machst du hier?« Ihre Stimme klang patzig, aber das war ihr egal. Er durfte nicht einfach in ihr Bad kommen, das wusste er.

»Du hast geschrien!« Er sah sich um, betrachtete sie fragend und runzelte die Stirn. »Was ist passiert?«

Stimmt. So ein Mist. Was sollte sie antworten? Denk nach, Elli! »Eine Spinne!«

»Seit wann schreist du, wenn du eine Spinne siehst?«

Als Archäologin nicht gerade die passendste Entschuldigung, aber aus der Nummer kam sie nicht mehr raus.

»Sie war verdammt groß und hatte haarige Beine.«

Sein Gesichtsausdruck blieb zweifelnd, dennoch suchte er die Fliesen an den Wänden ab. »Ich hätte nicht gedacht, dass ich dich je vor einer Spinne retten muss ... Wo hast du sie denn gesehen?«

»Da.« Sie zeigte auf die Wand, die tadellos sauber war. Unglaublich, wie leicht ihr die Lüge über die Lippen kam.

Phil lief auf die weißen Fliesen zu und suchte sie mit den Augen ab. Er ging in die Hocke, bevor er sich wieder erhob und auf sie zutrat. Sein Blick war forschend.

»Es ist keine Spinne zu sehen.«

»Danke trotzdem.« Sie lächelte, dann wandte sie sich ab. Wenn sie zu lange auf dem Thema herumritt, wurde er nur hellhörig. »Ich brauche noch ein paar Minuten.«

»Okay.« Es klang mehr wie Ooookaaaay? Dennoch reagierte sie nicht darauf. Da er keine Anstalten machte, das

Badezimmer zu verlassen, ging sie hinaus, um sich anzuziehen, bevor sie ins Bad zurückkommen würde, um sich die Haare zu föhnen und sich zu schminken. Glücklicherweise hatte das Hotelzimmer sogar ein separates Ankleidezimmer, in das sie sich zurückziehen konnte.

Sobald sie die Tür hinter sich geschlossen hatte, ließ sie sich auf den Hocker gleiten und verschränkte die Hände vor dem Gesicht, sank förmlich in sich zusammen, während die Fragen auf sie einprasselten wie rachsüchtige Vögel.

Stephanos, er war da gewesen.

Er hatte gesagt, sie solle fliehen.

Er könne nicht wirklich kommen, nur ein schwaches Abbild war bei ihr gewesen, und dann war ihr verfluchter Verlobter hereingekommen.

So ein Mist.

Wusste er, wer Phil war? Hatte er deshalb gesagt, sie solle fliehen? War die Lage derart brenzlig?

Und wieso konnte Stephanos auf einmal nicht mehr richtig zwischen den Welten wandeln, sondern nur in dieser nebulösen Form? Als sie ihn beim Joggen kennengelernt hatte und er anschließend auf ihrer Ausgrabung aufgetaucht war, bestand er nicht nur aus einem Schein. Er hatte wirklich vor ihr gestanden. Wieso konnte er das nicht mehr? Was war geschehen?

Ihr Puls beschleunigte sich.

Stephanos.

Sorge und Sehnsucht drängten in Wellen durch ihren Körper und zogen ihr Herz schmerzhaft zusammen. Alles in ihr schrie nach ihm, als wüsste ein verborgener Teil in ihr, dass sie zueinander gehörten. Sie wollte bei ihm sein, seine Hand halten.

»Elli? Bist du fertig?«

Nein, verdammt!

Sie schaute auf die Uhr. Seit über zehn Minuten saß sie auf dem Hocker. Trotzdem war das noch lange kein Grund, sie zu drängen. Sie musste mehrmals tief durchatmen, bevor sie antworten konnte, ohne ihn anzuschreien. »Noch einen Moment.«

»Suchst du nach dem richtigen Kleid?« Er war misstrauisch. Sie hörte es an seinem Tonfall – und die Frage selbst war Skepsis pur. Immerhin dachte sie nie lange darüber nach, was sie anzog. Sie griff stets das Erstbeste und das wusste er.

»Hab eins.« Sie stand auf, trocknete die letzten Tropfen an ihren Beinen und Füßen ab und zog wahllos ein Sommerkleid vom Bügel. Sie schlüpfte hinein, wählte ein paar flache Sandaletten und eilte ins Bad, bevor er bemerkte, dass sie das Ankleidezimmer verlassen hatte.

Im Bad angekommen, verschloss sie die Tür und suchte nach Stephanos. Selbst in der Duschkabine schaute sie nach, doch er war nicht da.

»Stephanos?« Ihre Stimme war mehr ein Flüstern, vielleicht sogar nicht einmal das. Ihr Herz rief nach ihm und sie wusste, wenn er da war, würde er sie hören. Doch er reagierte nicht. Er war nicht mehr bei ihr.

Eine Schwere legte sich auf ihre Brust, drückte auf ihr Herz und machte jeden Atemzug zur Mutprobe. Etwas stimmte nicht. Sie wusste es. War er in Gefahr? Wie konnte sie ihm helfen?

Sie musste herausfinden, was vor sich ging, wie Phil in die Geschehnisse involviert war und wie sie zurückkam in Stephanos' Zeit. Sie würde einen Weg finden, das schwor sie sich!

In Windeseile föhnte sie ihr Haar, trug Wimperntusche auf und schnappte sich ein Zopfgummi. Mehr brauchte sie nicht. Als sie das Bad verließ, stand Phil in einem dunkelblauen Anzug vor ihr. Das weiße Hemd betonte seine gebräunte Haut und der Schnitt des Sakkos seine athletische Figur. Das dunklen kurzen Locken hatte er sich zur Seite gegelt und er war frisch rasiert. Er war für Elli das beste Beispiel, dass Aussehen und Geld nicht alles waren. Seine Mimik war freundlich, doch mit einem Mal glaubte sie einen Schatten in seinen Augen zu sehen. Einen Funken Misstrauen, einen Hauch ... Dunkelheit?

Ein unheilschweres Frösteln rann ihren Rücken hinab. Vermochte er sein wahres Ich durch den Vorfall im Badezimmer nicht mehr vor ihr zu verstecken oder erkannte sie endlich seine wahre Gestalt?

»Du siehst atemberaubend aus.«

Das Lächeln fiel ihr schwer, weshalb sie es ließ. »Danke. Wollen wir?«

KAPITEL 11

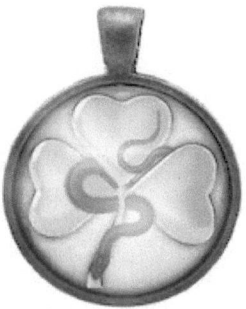

Am nächsten Morgen stand Elli zur gewohnten Zeit auf, schnürte ihre Laufschuhe und verließ das Hotel, bevor Phil aufgewacht war. Natürlich musste sie streng genommen die ganze Zeit bei ihm bleiben, wenn sie ihn erfolgreich belauschen wollte, aber die tägliche Laufrunde war wichtig. Sie brauchte es, um sich wohlzufühlen und den Stress abzuschütteln. Gestern hatte sie das erste Mal seit ewigen Zeiten Kopfschmerzen gehabt und das war zugleich der erste Tag seit ewigen Zeiten gewesen, an dem sie nicht laufen war. Zufall?

Sie lief wie üblich in Richtung Agora und Akropolis. Es war ihre liebste Runde – wo sonst sollte eine Archäologin entlangjoggen, die sich in Athen aufhielt? Während sie in ihren gewohnten Rhythmus verfiel, ging sie den gestrigen

Abend durch. Sie waren essen gewesen, dabei war nichts Seltsames vorgefallen. Weder war ihr einer der Kellner oder der Taxifahrer bekannt vorgekommen noch hatte sich Phil zu einem geheimen Telefonat zurückgezogen. Nicht einmal auf die Toilette gegangen war er.

Zurück auf dem Zimmer hatten sie sich zusammen fertig fürs Bett gemacht und auch wenn Phil sie auf diese Weise angesehen hatte, die verriet, dass er mehr wollte, hatte er es respektiert, dass sie müde gewesen war und rasch schlafen wollte.

Während der ganzen Zeit hatte sie die Augen offengehalten, ob Stephanos noch einmal irgendwo auftauchte. Im Dampf ihrer Spaghetti Carbonara, im Nebel der aufkommenden Dämmerung, im Zwielicht der hereinbrechenden Nacht … Doch weder hatte sie ihn gesehen noch gehört. Nicht einmal nachts, als sie noch einmal ins Bad geschlichen war, hatte sie ihn entdeckt. Als hätte sie sich den Moment am frühen Abend nur eingebildet.

Aber das hatte sie nicht. Und das wusste sie.

Er hatte sie warnen wollen.

Wahrscheinlich vor Phil.

Woher kannte er ihn? Stammte Phil womöglich auch aus der Parallelwelt? Oder war er ein Feind dieser antiken Welt und bedrohte Ellis Unversehrtheit auf andere Weise?

Das Gute am Laufen war, dass man nachdenken konnte. Und das Beste daran war, sobald sie sich forderte, brach die Gedankenflut ab und sie befand sich nirgends als in eben jenem Moment. Und das tat sowohl gut, wenn man sich zu jeder freien Minute in Studien stürzte, als auch wenn man seinen Verlobten der Hinterlist beschuldigte und beschatten musste.

Sie biss die Zähne zusammen, während sie die Akropolis erklomm. Sie passierte den Parthenon und das Erechtheion, ließ die Morgensonne auf ihr Gesicht scheinen und genoss den Augenblick und den Ort, an dem sie sich der altgriechischen Welt verbunden fühlte.

Am liebsten wäre sie ewig dort geblieben, doch die Zeit drängte. Nicht mehr lange und Phil stand auf. Wenn sie nicht im Hotel war, ging er fort, ohne dass sie den blassesten Schimmer hatte wohin. Und das durfte nicht passieren.

Getrieben von der Vorstellung rannte sie zurück, sodass sie erschöpft und verschwitzt im Hotel ankam. Er stand gerade unter der Dusche, weshalb sie ebenfalls schnell ins zweite Badezimmer schlüpfte, sich abbrauste und frische Sachen anzog. Ihr Timing hätte nicht besser sein können, denn sie verließen das Bad zur gleichen Zeit.

»Guten Morgen Schöne. Geht es dir gut?«

»Ja, fantastisch. Ich bin laufen gewesen. Mein Energieschub für den Tag, wie du weißt.«

Er nickte, denn er kannte sie gut genug. Nichts an ihrer Joggingrunde war verdächtig – ganz im Gegenteil, es wäre verdächtig gewesen, wenn sie mit der täglichen Sportstunde aufgehört hätte.

»Was hast du heute vor?«

Sie winkte ab. »Vielleicht ein bisschen in die Bibliothek im Institut, aber nicht zu viel.«

Er grinste. »Das werden wir nachher sehen. Treffen wir uns zum Mittagessen in unserer Stammtaverne?«

»Klar, gute Idee.« So unverdächtig wie möglich. Ruhig atmen, Elli, alles läuft nach Plan.

»Wunderbar, ich freue mich auf später.« Er küsste sie auf die Wange, als wüsste er, dass sie es auf den Mund nicht erlauben würde, und schenkte ihr ein atemberaubendes Lächeln. Ein wenig beeindruckte es sie, auch wenn sie sich nicht erklären konnte, weshalb.

Unvermittelt musterte er ihre Hände. »Du trägst nicht deinen Armreif.«

»Oh!« O Verdammt. »Es ist noch so ungewohnt, ihn anzuziehen. Du weißt, ich bin kein großer Schmuckträger.«

»Solange du meinen Verlobungsring nicht abziehst.« Er schmunzelte halbherzig, worauf sie an ihr Nachtschränkchen trat und sich den Armreif schnappte. Demonstrativ legte sie ihn um ihr Handgelenk.

»Du musst ihn nicht tragen, wenn er dich stört.«

»Er stört mich nicht. Ich liebe ihn, wirklich.«

Er lächelte. »Das freut mich, andernfalls könnten wir ihn umtauschen.«

Beschützend legte sie die Hand darauf. »Niemals. Ich liebe ihn, das kannst du mir glauben.«

»Ebenso sehr wie mich?«

Verdammt.

Sie presste die Lippen aufeinander, bevor sie nickte. Über die Lippen käme ihr die Lüge nicht. Zum Glück hatte Phil es eilig, was der Blick auf die teure Armbanduhr verriet.

»Ich muss los. Bis später, meine Schöne.« Ohne ihr eine weitere Sekunde seiner Aufmerksamkeit zu schenken, verschwand er durch die Tür.

Sie wartete einen Augenblick, bevor sie ebenfalls aus dem Zimmer stürmte. Rasch sprang sie ins Treppenhaus und spurtete bis ins Erdgeschoss. Gerade rechtzeitig erreichte sie das Foyer, um Phil aus dem Hotel hinaustreten zu sehen.

Wunderbar. Jetzt musste sie sich ihm nur noch unbemerkt an die Fersen heften.

Gespannt darauf, welchen Weg er einschlagen würde, beobachtete sie ihn. Unglaublich, dass sie nicht einmal wusste, wo sich sein Büro befand. Besaß er überhaupt eins? Oder führte er jede Besprechung im Treppenhaus des Archäologischen Instituts?

Er winkte nach einem Taxi und stieg ein, worauf sie eilends das Foyer verließ und auf die Straße trat. Zum Glück standen unzählige Taxen bereit, sodass sie in das nächstbeste springen konnte.

»Folgen Sie dem anderen Taxi! Und bitte möglichst unauffällig!«

Der Fahrer grinste, als würde ein Traum in Erfüllung gehen. Er zog sich die Mütze weiter ins Gesicht, startete den Motor und fuhr hinter Phils Taxi her. Ohne zu nah an Phils Taxi heranzufahren, bog er an denselben Kreuzungen ab und schaffte es sogar über dieselben grünen Ampelphasen, bis sie von der gegenüberliegenden Straßenseite aus beobachteten, wie Phil sich – an das Archäologische Institut kutschieren ließ?

Was machte er dort? Wollte er überprüfen, ob sie auch wirklich arbeitete? Hatte er sie all die Tage beobachtet? Beim Institut angestellt war er nicht, das wüsste sie, und es gehörte ihm auch nicht ... soweit sie wusste. Klar, er war reich, aber hier ging es um Forschung.

Würde sie es nicht mit eigenen Augen sehen, würde sie es nicht glauben. Er lief tatsächlich schnurstracks durch das Zauntor und verschwand in dem klassizistischen Gebäude.

Sie zahlte den Fahrer, der sich zu ihr lehnte, die schmalen Lippen zu einem Grinsen verzogen.

»Soll ich warten?«

Einen Moment überlegte sie.

»Gute Idee. Aber falls der Mann einsteigen will, der gerade in das Institut gegangen ist, sagen Sie, Sie machen Pause. Und falls er es nicht akzeptiert oder das Gebäude verlässt, ohne dass ich es bemerke, folgen Sie ihm, selbst wenn Sie ihn doch fahren müssen, und kommen anschließend zurück, um mich dorthin zu fahren, wo Sie ihn hingefahren haben.«

Komplizierter hätte sie es wohl kaum formulieren können, doch der Fahrer nickte. »Verstanden.« Er tippte sich an seine Mütze und beobachtete sogleich den Eingang. Offensichtlich nahm er seinen Job mehr als ernst.

Sie verließ das Taxi und schlich den Weg zum Institut hinüber, bis ihr bewusst wurde, dass es keinen Grund gab, sich zu verstecken. Immerhin hatte sie angekündigt, den Lesesaal aufzusuchen.

Als sie das Treppenhaus betrat, lief sie langsam. Vielleicht hielt er sich bereits wieder mit jemand anderem in der Nähe auf, um geheime Gespräche zu führen. Beinahe rechnete sie damit, doch sie entdeckte ihn nirgends und hörte auch keine Schritte, die sich entfernten, oder flüsternde Stimmen.

Wie konnte sie herausbekommen, wo er sich aufhielt?

Nachdenklich stapfte sie ihren gewohnten Gang den Lesesaal hinauf, in dem sie für gewöhnlich Bücher wälzte. Auf dem Weg dorthin fiel ihr Blick auf einen Plan des Instituts. Interessiert blieb sie stehen und betrachtete ihn.

Neben den Lesesälen waren Lagerräume beim Archiv im Keller eingezeichnet, Büros der Angestellten in nahezu jedem Stockwerk und ein besonderes Highlight war natürlich die Dachterrasse. Hatte Phil womöglich ein geheimes Büro angemietet? Vielleicht in den Lagerstätten im Keller, wenn er schon so heimlich tat. Aber für wen arbeitete er dann? Für die CIA?

Entschieden schüttelte sie den Kopf. Das war Unsinn …
Dennoch machte sie kehrt und lief ins Untergeschoss. Die
Luft war muffig und abgestanden, als hätte jemand seine
Sporttasche stehen gelassen. Es gab keine Fenster, die man
öffnen konnte, und an das Belüftungssystem der Lesesäle
waren die Kellerräume offensichtlich auch nicht angeschlos-
sen.

Achtsam setzte sie einen Fuß vor den anderen, um niemanden auf sich aufmerksam zu machen. Auch wenn es
keine Absperrung oder Schilder gab, war es wahrscheinlich
nicht erlaubt, dass sie hier unten herumstromerte.

Sie erreichte einen düsteren Gang, von dem einzelne
Räume zu beiden Seiten abgingen. Unter einer der geschlos-
senen Türen drang ein Lichtschein hindurch. Auf Zehenspitzen schlich sie näher, legte die Hände an die Tür und das
Ohr gleich mit. Doch es war nichts zu hören, keine Stimmen,
nichts. Wer auch immer dort arbeitete, tat es ruhig.

Leise ging sie tiefer in den Gang hinein, doch weder entdeckte sie irgendwo einen weiteren Lichtschimmer noch
sonst etwas, das auf Phil hindeutete. Enttäuscht machte sie
kehrt, passierte erneut die Tür, an der sie gelauscht hatte und
hinter der nun ebensolche Dunkelheit vorherrschte wie im
restlichen Kellergeschoss. Zur Sicherheit drückte sie noch
einmal das Ohr an die Tür, doch dahinter war es still.

Wenn es still war und das Licht aus, konnte sie niemand
erwischen, wenn sie …

Langsam drückte sie die Klinke auf und öffnete die Tür.
Der Raum war dunkel, doch da niemand zu sehen war,
betätigte sie kurzerhand den Lichtschalter. Die Lampe glühte
auf, hüllte den Raum in weißes Licht und offenbarte Regale
voller Bücher, zwei Schreibtische in der Mitte und jede

Menge Wagen für den Transport von Büchern. Ein Lager, mehr nicht. Zur Sicherheit schlich sie in den Raum, überflog die Sachbücher in den Regalen und die losen Zettel auf den Schreibtischen. Nichts Auffälliges.

Rasch verließ sie den Raum und begab sie sich hinauf in die Etagen, die für Besucher gedacht waren, bevor ihr doch noch jemand über den Weg lief. Angekommen im Foyer warf sie einen Blick aus dem Fenster auf die Straße. Der Taxifahrer stand an derselben Stelle, an der sie ausgestiegen war. Folglich befand sich Phil noch im Gebäude.

Was jetzt?

Kurz erwog sie, hinauf in die Bibliothek zu gehen, um das Geheimnis des Anhängers zu erkunden, doch dann verwarf sie den Gedanken. Sie würde niemals die Ruhe haben, sich auf die Texte zu konzentrieren, sondern vielmehr ständig aus dem Fenster schauen, um sich zu vergewissern, dass ihr Taxi noch da stand.

Das war es. Ihr Taxi.

Darin konnte sie warten, bis Phil das Gebäude verließ. Wenigstens lief sie auf diese Weise nicht Gefahr, ihn aus den Augen zu verlieren.

Kurzentschlossen eilte sie aus dem Gebäude und über die Straße. Der Fahrer winkte ihr unauffällig zu.

Er zog seine Mütze höher. »Bisher ist der Verdächtige nicht rausgekommen – zumindest nicht durch die Vordertür.«

»Okay. Ich warte in Ihrem Wagen, wenn das in Ordnung ist.«

»Klar, machen Sie es sich bequem. Soll ich Snacks holen?«

»Nein, vielen Dank.«

»Kaffee?«

»Danke, nicht nötig.« Sie stieg hinten ein und rutschte auf die Seite, die dem Institut abgekehrt war. Nicht, dass Phil sie in dem Wagen entdeckte. Dann tippelte sie mit den Fingerspitzen gegen die Rückenlehne des Beifahrersitzes. »Sie können ausruhen. Ich behalte die Tür im Auge.« Ausruhen? Es war nicht einmal zehn Uhr vormittags. Irgendwie musste sie die Zeit sinnvoll nutzen. Wie aufs Stichwort vibrierte das Smartphone in ihrer Handtasche. Sie zog es hervor und las die Textnachricht, die von Nora stammte, ihrer liebsten Kollegin von der Ausgrabung in Delphi.

HEY, WIE GEHT'S DIR? HAST DU GESTERN SCHÖN GEBURTSTAG GEFEIERT? SOBALD DU ZURÜCK BIST, FEIERN WIR NOCH MAL. WANN KOMMST DU ZURÜCK? WIR VERMISSEN DICH ALLE SCHRECKLICH. VOR ALLEM FLIRTET THOMAS STÄNDIG MIT MIR, WENN DU NICHT DA BIST, UND DAS IST MEHR ALS ANSTRENGEND. WIE HÄLTST DU DAS NUR IMMER AUS? FÜHL DICH GEDRÜCKT UND KOMM SCHNELL WIEDER HER, NORA

Elli schmunzelte. Thomas meinte es doch gar nicht ernst. Vielmehr war das Flirten sein Naturell. Sie hatte seine Avancen immer für einen Scherz gehalten und sich deshalb darüber amüsiert, als genervt davon zu sein wie die anderen. Zumal er jedes Mal zugehört hatte, wenn sie eine interessante These mit ihm diskutieren wollte.

IGNORIER DEN SCHWERENÖTER EINFACH, DANN GIBT ER AUF. ICH HAB NOCH EIN PAAR DINGE ZU

111

ERLEDIGEN. VERMISSE DICH AUCH. HAB DICH LIEB,
ELLI

Sie blickte auf, beobachtete die breite Eingangstür des Instituts, die schwer in den Angeln hing, und widmete sich wieder ihrem Handy. Was konnte sie während der Warterei erledigen? Endlich kam ihr ein Gedankenblitz.

Es gab etwas, das sie tun musste. Sie hatte es schon in der anderen Zeit recherchieren wollen, doch dafür keine Möglichkeit gehabt. Als sie bei Hephaistos in der Schmiede gewesen war, hatte er sie dazu aufgefordert, ihre eigenen Geschichte zu erforschen. Möglicherweise konnte sie das jetzt tun.

Sie tippte auf den Internetbrowser und öffnete die Suchmaschine. Dann gab sie kurzerhand ihren Nachnamen ein. Achilles. Den gab es oft, vor allem in Griechenland, aber in Deutschland nicht. Leider waren ihre Eltern schon seit Jahren tot, weshalb sie die beiden nicht anrufen und befragen konnte, doch dafür gab es wenigstens das Internet. Ahnenforschung war immerhin für viele ein beliebter Zeitvertreib, weshalb es unzählige Seiten gab, die sich derlei Recherchen widmeten, Tipps gaben und Anlaufseiten zur Verfügung stellten.

Sie klickte sich durch die Websites, suchte nach weiteren Familien mit Nachnamen Achilles, doch sie fand nichts. Moment, das konnte nicht sein. Schließlich hatten ihre Großeltern auch in Deutschland gelebt und die hatten denselben Nachnamen gehabt. Doch wie lange sie auch suchte, außer ihr selbst gab es keinen weiteren Eintrag. Nicht einmal ihre Eltern fand sie.

Seltsam.

Das konnte doch gar nicht sein. Erneut gab sie die Namen ihrer Eltern ein. Hannelore und Heinz Achilles.

Keine Eintragungen.

Nachdenklich hob sie den Kopf. Wieso standen ihre Eltern in keinem Melderegister? Wieso fand sie auch nicht die Namen ihrer Großeltern? Und wieso brach ihr plötzlich der Schweiß aus, als wüsste sie tief in sich etwas, das nicht bis in ihr Bewusstsein vorzudringen vermochte?

Ein Gespräch kam ihr in den Sinn, das sie belauscht hatte. Ihre Eltern, kurz vor ihrem Tod, im Arbeitszimmer ihres Vaters.

»Wir müssen es ihr sagen«, hatte ihr Vater gedrängt.

»Nein, es ist zu früh. Es würde ihr den Boden unter den Füßen wegziehen!«

»Wie lange willst du noch warten? Sie muss vorbereitet sein, bevor sie nach ihr suchen.«

»Vielleicht finden sie sie gar nicht. Schließlich haben wir sie weit fortgebracht.«

»Ich glaube nicht, dass es reicht. Ihre Magie ist grenzenlos, das weißt du, und die Gefühle sind es ebenfalls. Sie wird ihrem Schicksal nicht entkommen können.«

»Aber wofür haben wir das dann getan?«

In dem Moment hatte es an der Haustür geklingelt und Elli war hingerannt, um sie zu öffnen, bevor ihre Eltern sie entdecken konnten. Es war die Nachbarin gewesen, die ihre Mutter gebeten hatte, sie zum Einkaufen mitzunehmen, weil ihr Auto kaputt war. Ihr Vater war mitgefahren, da er noch Erledigungen bei der Bank hatte.

Als wäre es erst gestern geschehen, erinnerte sie sich, wie sie auf der durchgesessenen Couch gewartet hatte, um ihre Eltern zur Rede zu stellen, sobald sie zurück waren. Doch ihre Eltern waren nicht zurückgekommen. Nie wieder. An diesem Tag war der schreckliche Autounfall passiert, der die beiden fürsorglichen Menschen für immer aus ihrem Leben gerissen hatte.

Hatte der Schock die Erinnerung an das belauschte Gespräch überdeckt? Worüber hatten sich ihre Eltern unterhalten? Über sie? Die Ereignisse der letzten Zeit legten es zumindest nahe – und ebenso, dass sie ein Geheimnis vor ihr gehabt hatten. Ein Geheimnis, das so erschreckend war und Gefahren barg, vor denen ihre Eltern sie hatten beschützen wollen – und vor denen sie sich nun nicht länger würde verstecken können. Egal, ob sie es wollte oder nicht ...

KAPITEL 12

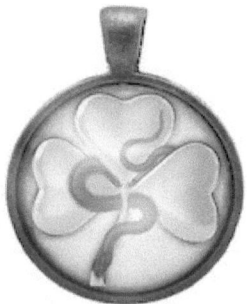

»Alles in Ordnung?«, holte der Ruf des Taxifahrers Elli in die Gegenwart zurück.

Sie blinzelte, bis sie die Gedanken abgeschüttelt hatte, und nickte.

»Wie lange wollen Sie noch auf den Herrn warten?«

Die Frage war berechtigt. Wie viel ihrer kostbaren Zeit sollte sie darauf verwenden, zu warten, dass ihr Verlobter sich von A nach B bewegte? Keine mehr! Vielmehr würde sie Hephaistos' Rat beherzigen und versuchen herauszufinden, wovon ihre Eltern gesprochen hatten. Nur wo sollte sie anfangen?

Eine Floskel ihres Vaters kam ihr in den Sinn. »Wer nach der Vergangenheit sucht, sollte stets zuerst im Archiv nachsehen.«

Im Archiv …

Unrecht hatte er nicht, auch wenn es natürlich unwahrscheinlich war, dass über ihre Familie etwas im Athener Archiv zu finden war. Aber einen Versuch war es wert. Und damit war ihr Entschluss gefallen. Sie würde nicht länger warten. Nein, sie würde wieder den aktiven Part übernehmen.

»Fahren Sie mich ins Archiv.«

»Das Athener Archiv?«

»Ja. Bitte.«

»Wie Sie möchten.« Er startete den Motor und während er sie durch die griechische Hauptstadt kutschierte, überlegte sie, ob sie einen Fehler beging, indem sie Phil nicht länger folgte. Doch wie sie die Gedanken auch drehte und wendete, ihre Entscheidung war richtig. Sie musste herausfinden, wer sie war, was Hephaistos mit seiner Frage gemeint hatte. Wahrscheinlich kam sie auf diese Weise zugleich der Antwort näher, was ihr Verlobter im Schilde führte.

Sie erreichten das Gebäude und Elli zückte ihr Portemonnaie.

»Soll ich wieder auf Sie warten?«

»Nein, das ist nicht nötig, danke.« Sie reichte ihm die Geldscheine, die er nicht nachzählte. Vielmehr schaute er sie aufgeregt an.

»Soll ich dann den Herrn beobachten? Ich könnte zurückfahren. Es macht mir nichts aus.«

»Nein, danke. Schönen Tag noch.«

Auch wenn es ihr leid tat, den Elan des Taxifahrers zu bremsen, musste sie sich auf ihr Ziel konzentrieren. Sie schlug die Tür zu und begab sich in das alte Archiv. Hoffentlich war ihr Ansatz der richtige.

Schnurstracks hielt sie auf die Information zu, an der unzählige Faltblätter hingen und auf kulturelle Veranstaltungen wie Lesungen und Stadtführungen hinwiesen. Unschlüssig, wonach sie fragen sollte, trommelte sie mit den Fingerspitzen auf den Tresen. Die ältere Dame, die ihre grauen Haare zu einem strengen Dutt hochgesteckt hatte und sich einem dicken Ordner widmete, schaute auf und verzog die sorgfältig geschminkten Lippen zu einem warmen Lächeln. An ihrer klassisch geschnittenen Bluse trug sie eine Eule als Brosche, die golden schimmerte. Das Schmuckstück lockte Ellis Aufmerksamkeit auf sich, so schön geschmiedet und vollkommen sah es aus. Erst durch das Räuspern der Archivarin schaffte sie es, den Blick davon abzuwenden.

»Guten Morgen. Führen Sie auch Aufzeichnungen zu deutschen Bürgern in diesem Archiv oder einen Onlinekatalog, den ich nutzen könnte?«

In dem Moment, als sie ihre Frage formulierte, wusste sie, wie absurd das klang. Wieso war sie hergekommen? Sie befand sich schließlich in der griechischen Hauptstadt und nicht in Berlin. Vielmehr sollte sie ein Ticket kaufen und nach Hause fliegen.

Wenn es die Möglichkeit gäbe, würde sie ihr Elternhaus durchsuchen, doch das war kurz nach dem Tod der beiden verkauft und sämtliche Unterlagen ihrer Eltern vernichtet worden. Darüber hinaus wohnten seit Jahren andere Leute dort. Unwahrscheinlich, dass sie ihr erlaubten, die Wände nach losen Steinen abzusuchen, um herauszufinden, ob ihr Vater ein Geheimversteck hatte.

»Wie lautet Ihr Name?«, erkundigte sich die Dame höflich und keineswegs überrascht. Vielleicht war Ellis Anliegen doch nicht so abstrus, wie sie glaubte.

»Helena Achilles. Ich bin Archäologin und grabe seit Jahren in Delphi.«

Ein überraschter Ausdruck trat auf das Gesicht der Archivarin und sie sog lautstark die Luft ein, wodurch zu den Fältchen um ihre schmalen Augen ein paar weitere dazukamen. Trotz ihres hohen Alters – Elli schätzte sie auf um die achtzig – erhob sie sich erstaunlich behände, als könnte sie es selbst kaum abwarten, an die Informationen zu kommen. »Bitte folgen Sie mir.«

Wunderbar, das Glück war ihr hold – auch wenn sie sich noch immer fragte, wie es kam, dass sie an diesem Ort Unterlagen zu ihrer Herkunft finden sollte. Aber offenbar hatte die Archivarin eine Idee. Besser konnte es nicht laufen.

Die betagte Dame eilte vorneweg. Sie war besser zu Fuß, als Elli es ihr zugetraut hätte. Vielleicht ging sie heimlich ins Fitnessstudio oder wie auch immer sich die Leute dieser Generation am liebsten fit hielten. Wahrscheinlich eher mit ausgiebigen Spaziergängen oder Fahrradtouren.

Sie führte Elli in einen Gang, zu dessen Seiten sich ein Schließfach neben das andere reihte. Weder gab es Bücher noch Register oder Ordner, in denen sie hätte blättern können. Als sie in einer Sackgasse angelangten, deren Wände ebenfalls ausschließlich mit Schließfächern gepflastert waren, runzelte Elli verwundert die Stirn. »Was wollen wir hier?«

Die Dame betrachtete sie eingehend aus ihren schmalen blauen Augen, ein zufriedenes Lächeln auf den dunkelroten Lippen. »Ich habe seit Jahren gewartet, wann Sie zu mir kommen würden, Helena Achilles. Nun kann ich endlich in Rente gehen.«

»Wie bitte?« Elli lachte auf. »Was meinen Sie damit? Wieso sollten Sie auf mich gewartet haben?«

»Weil Ihr werter Vater mich darum gebeten hat.«

Ihr Herzschlag setzte einen Augenblick aus. Sie schluckte.

»Mein ... Vater?«

Die alte Dame nickte und zog einen Schlüssel hervor, den sie verborgen in der Hand gehalten hatte. »Er hat mich darum gebeten, diesen Schlüssel aufzubewahren für den Fall, dass Sie eines Tages zu mir kommen würden. Als es an der Zeit war, dass ich in Rente gehen wollte, habe ich versucht ihn zu erreichen, doch es ist mir nicht gelungen. Deshalb habe ich abgewartet.«

Ungläubig sah Elli sie an. Diese Frau hatte weitergearbeitet, obwohl sie seit mindestens zehn Jahren ihren Ruhestand hätte genießen können?

»Das hätten Sie nicht tun müssen.«

»Wissen Sie, in meiner Generation sind Versprechen noch etwas wert. Ein Versprechen, das man gibt, hält man, egal was passiert.«

»Das sehe ich auch so, trotzdem ...« Wärme legte sich um Ellis Herz. Diese Frau kannte sie nicht, dennoch hatte sie auf sie gewartet, weil ihr Vater sie darum gebeten hatte. »Dann ... danke ich Ihnen. Vielen, vielen Dank. Waren Sie miteinander befreundet?«

»Bekannt trifft es eher, deshalb hatte ich auch keine Alternative zu der Telefonnummer, die Ihr werter Herr Vater mir gegeben hat.«

»Mein Vater ... Sie haben ihn nicht erreichen können, weil er gestorben ist. Vor fünfzehn Jahren schon.«

Sie nickte mitfühlend. »Das habe ich mir gedacht. Umso besser, dass Sie trotz der widrigen Umstände zu mir gefunden haben.« Sie wandte sich den Schließfächern zu, steckte den Schlüssel in ein Schloss und zog sich zurück. »Herr

Frisken, Ihr Vater, hat mir keine weiteren Anweisungen gegeben, deshalb lasse ich Sie nun allein. Bitte melden Sie sich,
wenn Sie Hilfe benötigen.«

Perplex blickte Elli der Archivarin nach, die zurück zum
Informationstresen lief. Hatte sie ihren Vater gerade mit
Nachnamen Frisken genannt? Hatte er einen falschen Namen
verwendet, um ... Moment, das ergab keinen Sinn. Ellis
richtigen Namen hatte er doch auch genannt.

War der Name seine Tarnung gewesen, oder ...? Oder ...?

Elli hatte ihre Eltern nicht online im Melderegister gefunden, vielleicht weil sie gar nicht Hannelore und Heinz Achilles hießen, sondern ... Hannelore und Heinz Frisken. Aber
wenn sie einen anderen Nachnamen gehabt hätten, dann
hätte Elli das doch wissen müssen.

Ohne länger zu zögern, trat sie auf das Schließfach zu und
umfasste den Schlüsselkopf. Sie musste das Rätsel lösen. Erst
das Schließfach, anschließend wollte sie online recherchieren,
ob es Einträge zu Hannelore und Heinz Frisken gab, die auf
ihre Eltern zutrafen. Schritt für Schritt.

Ihr Herz klopfte schneller und schneller, während sie den
Schlüssel drehte und das Schloss mit einem Klicken öffnete.
Die Tür schwang mühelos auf, als hätte auch sie all die Jahre
auf Elli gewartet.

Sie musste sich auf die Zehenspitzen stellen, um in das
Schließfach hineinschauen zu können, so hoch lag es – oder
so klein war sie. Seltsam. Es war nichts darin zu finden. Das
konnte doch nicht wahr sein.

Vorsichtig tastete sie ins Dunkle, die Beleuchtung war
extrem schwach, bis sie ein Kuvert unter ihren Fingerspitzen
erfühlte, das im hinteren Viertel lag. Darüber hinaus strichen
ihre Finger über etwas, bei dem es sich vermutlich um ein

Stück Stoff handelte, das innen hart war. Etwas war darin eingewickelt.

Nervös schloss sie die Hand um den Stoff und zog ihn gemeinsam mit dem Kuvert hervor. Der Brief flog ihr förmlich entgegen und landete an ihrer Brust. Rasch hielt sie ihn mit der anderen Hand fest und richtete ihren Blick auf die Rechte, in der sie ein gelbes Stück Stoff fest umschlossen hielt, in das tatsächlich etwas eingepackt war. Langsam öffnete sie die Finger und schlug das Tuch zur Seite. Darin befand sich eine schmale Feder, die fein und sorgfältig geschmiedet war, weshalb sie auf den ersten Blick wie echt wirkte. Sie schimmerte golden und wog schwer. Möglicherweise war sie komplett aus dem kostbaren Edelmetall gefertigt.

Wie auch immer ihre Eltern an einen solchen Gegenstand gekommen waren, sie hatten ihn ihr nicht grundlos hinterlassen. Der Briefumschlag an ihrer Brust fiel ihr ein. Langsam legte sie den Gegenstand samt Tuch auf einen Absatz an der Wand, stellte sich schützend vor ihn, falls die Archivarin oder sonst jemand vorbeikam, und öffnete mit dem kleinen Finger das Kuvert. Es ratschte, als das Papier aufriss, und sogleich drang ihr der Geruch nach Pfeifentabak entgegen. Der Pfeifentabak, den ihr Vater immer geraucht hatte. Lächelnd hielt sie den offenen Umschlag unter ihre Nase und atmete tief.

Ein Gruß aus der Vergangenheit.

Mit klopfendem Herzen zog sie den Brief hervor und erkannte die Handschrift ihres Vaters auf den ersten Blick. Tränen schossen ihr in die Augen. Wie sehr sie ihn vermisste, wurde ihr in diesem Moment bewusst, im Angesicht seiner Zeilen und eingehüllt in den Geruch, den sie auf ewig mit ihm verbinden würde. Sie gönnte sich den Moment, die Erinnerung, die Nostalgie. Dann wischte sie sich über die Augen und begann zu lesen.

MEINE LIEBE ELLI,

WENN DU DIESEN BRIEF LIEST, SIND DEINE MUTTER UND ICH NICHT MEHR DA, UM DIR DIE DINGE, DIE FÜR DEIN LEBEN WICHTIG SIND, PERSÖNLICH ZU ERKLÄREN. DAS TUT MIR LEID. ICH WÜNSCHTE, ICH KÖNNTE DIR ALLES VON ANGESICHT ZU ANGESICHT ERZÄHLEN, DOCH DIESER WUNSCH WIRD NUN LEIDER UNERFÜLLT BLEIBEN.

ZUERST EINMAL SOLLST DU WISSEN, DASS DEINE MUTTER UND ICH DICH AUS TIEFSTEM HERZEN LIEBEN UND IMMER NUR DEIN BESTES IM SINN HATTEN – BEI ALL UNSEREN ENTSCHEIDUNGEN. WIR LIEBEN DICH, WIE MAN NUR EIN KIND ALS ELTERN LIEBEN KANN, AUCH WENN DU NICHT UNSERE LEIBLICHE TOCHTER BIST.

Sie hatte es bereits geahnt. Wieso sonst trugen ihre Eltern einen anderen Nachnamen. Wieso hatte sie das nie bemerkt? Es nun schwarz auf weiß zu lesen, ließ ihr Herz schwer werden. Ihre Eltern waren nicht ihre leiblichen Eltern. Dennoch würden sie es für Elli immer sein.

Aber wer waren dann in Wahrheit ihre Mutter und ihr Vater? Mit aufgeregt schlagendem Herzen beugte sie sich über den Brief.

DU WURDEST UNS ALS NEUGEBORENES ANVERTRAUT UND ALS WÜRDEST DU SELBST EINEN SCHWUR VON UNS EINFORDERN, HAST DU AN JENEM TAG DEINE WINZIG KLEINE HAND NACH MIR AUSGESTRECKT, OBGLEICH DEINE AUGEN FEST GESCHLOSSEN WAREN. ALS ICH DIR MEINEN FINGER GAB, HAST DU IHN SO FEST UMFASST, ALS HÄTTEST DU EINEN VERTRAG MIT MIR GESCHLOSSEN. EINEN VERTRAG AUF LEBENSZEIT – UND DAS HABEN WIR, DEINE MUTTER UND ICH, SEHR ERNST GENOMMEN.

Elli stockte und fuhr sich erneut mit dem Handrücken über die Augen. Die Tränen liefen unablässig, wodurch ihre Sicht verschwommen war. Sie atmete tief durch, sammelte sich und las weiter.

DEIN LEBEN WURDE BEDROHT, WIRD ES HEUTE NOCH IMMER, INSBESONDERE DEINE ZUKUNFT. UND BEVOR ICH WEITERE UNNÖTIGE ZEILEN VERLIERE, ERKLÄRE ICH DIR NUN, DA DU UNSERER UNEND-LICHEN LIEBE GEWISS BIST, WORUM ES GEHT. ES GIBT EINE WELT NEBEN DER UNSEREN. DAS IST DIE WELT DER ANTIKEN GÖTTER. DORT LEBEN UND HERRSCHEN SIE UND VERFÜGEN ÜBER GROSSE MACHT, ALS HÄTTEN DIE MENSCHEN NIEMALS DEN GLAUBEN AN SIE VERLOREN. SIE SIND, WIE WIR SIE AUS DER LITERATUR KENNEN, SELBSTGERECHT UND NICHT IMMER FAIR. SIE TRAGEN MENSCHLICHE ZÜGE, OBGLEICH SIE ZU-GLEICH MAGIE IN SICH BERGEN UND DESHALB ÜBER

UNVORSTELLBARE KRÄFTE VERFÜGEN. DAS HEISST,
SIE BEGEHREN, SIE SPIELEN, SIE RÄCHEN.
ALL DIE DINGE, ÜBER DIE WIR GESPROCHEN HABEN,
SEIT DU EIN KLEINES KIND WARST, UND DIE HEUTE
ALS GRIECHISCHE MYTHOLOGIE ABGETAN WERDEN,
SIND WAHR. SIE SIND WIRKLICH PASSIERT UND IN
DIESER PARALLELWELT EXISTIEREN SÄMTLICHE
HEROEN UND MYTHISCHEN WESEN WIRKLICH.
DU BIST EIN TEIL DIESER WELT. DEIN NAME IST
HELENA UND DU STAMMST, WIE ES DER NAME
NAHELEGT, VON DER MYTHISCHEN HELENA, DER
SCHÖNSTEN FRAU GANZ GRIECHENLANDS, AB. ABER
NICHT DURCH GEBURT. DIE SACHE IST KOMPLI-
ZIERTER.
WIR WURDEN NICHT ÜBER SÄMTLICHE DETAILS
UNTERRICHTET, ALS DU UNS ANVERTRAUT WUR-
DEST, DOCH UNS WURDE GESAGT, DASS DU GEWIS-
SERMASSEN EINE WIEDERGEBURT DER SCHÖNEN
HELENA BIST. DU WURDEST IN DER MYTHISCHEN
PARALLELWELT GEBOREN UND JEMAND, DER IN DER
LAGE IST, DIE GRENZEN ZU PASSIEREN, HAT DICH IN
UNSERE WELT GEBRACHT BIS ZU UNS. ER HAT UNS
SEINEN NAMEN NICHT VERRATEN, DOCH ER WAR
RECHTSCHAFFEN UND WIR HABEN IHM VERTRAUT.
ER WAR BESORGT UM DICH, UM DEINE ZUKUNFT
UND DEINE UNVERSEHRTHEIT. ER MEINTE, EINER
DER SELBSTHERRLICHEN GÖTTER SEI HINTER DIR
HER, BEANSPRUCHE DICH ALS SEINE ZUKÜNFTIGE
UND NUR, INDEM ER DICH ZU UNS BRÄCHTE,
WÄREST DU VOR IHM GESCHÜTZT.

ES IST EIN TEIL DES SPIELS DER GÖTTER UND DIE GÖT-
TER WERDEN NIEMALS AUFGEBEN. WENN DU IN
DIESEM LEBEN DIE DINGE NICHT KLÄRST, WERDEN SIE
DICH IM NÄCHSTEN EINHOLEN. AUS DIESEM GRUND
HAT UNS DER MANN DIE GOLDENE FEDER GEGEBEN,
DIE WIR DIR IN DAS TUCH EINGEWICKELT HINTER-
LASSEN. ER HAT UNS VERBOTEN, SIE ZU BERÜHREN.
SOBALD DU DICH BEREIT FÜHLST, DICH DEINER
VERGANGENHEIT MIT ALLEM, WAS DAZUGEHÖRT,
ZU STELLEN, SOLLST DU SIE ANFASSEN UND DICH AUF
DEINEN ATEM UND DEINEN HERZSCHLAG KONZEN-
TRIEREN. DADURCH GELANGST DU IN DIE ANDERE
ZEIT. IN DEIN WAHRES ZUHAUSE.
ICH HOFFE, DASS ICH ZU DEM ZEITPUNKT AN DEINER
SEITE SEIN KANN. FALLS UNS DEINE GEGNER ENT-
DECKEN, HABE ICH DIESE FEDER NICHT IN UNSEREM
ZUHAUSE AUFBEWAHRT. NUTZE SIE WEISE UND
VERTRAUE DARAUF, DASS DU EIN GUTER MENSCH
BIST. VERGISS DAS NICHT, HELENA, EGAL WAS MAN
DIR ERZÄHLT. UND VERGISS NIEMALS, WIE SEHR
WIR DICH LIEBEN.

IN LIEBE

DEIN PAPA

Sie überflog die Zeilen ihres Vaters ein weiteres Mal und
noch einmal, bevor sie mit zittrigen Fingern nach dem Tuch
mitsamt der Feder langte und den Gegenstand betrachtete.
Da war er. Der Schlüssel, der sie zurückbrachte.
Zu Stephanos …

Sollte sie ihn sofort benutzen? Alles in ihr drängte danach, dennoch hielt sie inne. Wer Phil war, wusste sie immer noch nicht. Womöglich gehörte er zur Gegenseite. War Stephanos derjenige, der sie gemeinsam mit der Feder zu ihren Eltern in diese Welt gebracht hatte? Lebte er seit längerer Zeit, als sie vermutet hatte? Aber wieso eine Feder? War das ein Hinweis darauf, wer er in Wahrheit war? War das einer der von Hephaistos geschmiedeten Gegenstände? Eine Feder erinnerte sie unwillkürlich an Hermes. War Stephanos ... Hermes? Aber wieso hatte er sie dann zu der Herme gebracht und den Zauber, der sie in ihre Zeit zurückgebracht hatte, nicht selbst ausgeführt? Nein, dass er Hermes war, glaubte sie nicht.

Das Klingeln ihres Smartphones ließ sie hochschrecken. Sie holte es aus ihrer Tasche und rollte mit den Augen. Es war Phil ... und es war bereits ein Uhr mittags. Kein Wunder, sie war zu spät zum Essen.

Sie klickte auf Anruf annehmen und hielt sich das Mobilfon ans Ohr.

»Entschuldige, Phil, ich bin noch unterwegs.«

Sein Lachen klang nicht so warm und sorglos wie in den letzten Tagen. »Schon okay. Kommst du jetzt oder treffen wir uns gar nicht?«

Sie überlegte. Theoretisch brauchte sie ihn nicht. Wahrscheinlich gehörte er zur Gegenpartei, diejenigen, die sie schnappen wollten. Deshalb war Stephanos auch im Badezimmer aufgetaucht und hatte sie gedrängt vor ihm zu fliehen. Aber das konnte sie ja jetzt tun, mithilfe der Feder. Nur, dass sie dann womöglich niemals erfahren würde, was Phil im Schilde führte.

126

Vielleicht war dieses Wissen allerdings notwendig, damit sie verstand, was vor sich ging. Kurzerhand fasste sie einen Entschluss. Sie würde ein letztes Mal zu ihm zum Essen gehen und schauen, ob sie etwas herausfand. Und anschließend, ihr Magen kribbelte bereits bei der Vorstellung, anschließend wollte sie die Feder benutzen und in die Welt zurückkehren, in der Stephanos auf sie wartete.

KAPITEL 13

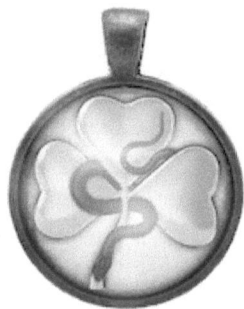

Als Elli das Archiv verließ, stand der Taxifahrer noch vor den Türen. Er winkte ihr zu. Grinsend lief sie zu ihm. »Haben Sie Zeit für einen Auftrag?«

»Auf diese Frage habe ich nur gewartet. Steigen Sie ein.« Während sie sich auf den Rücksitz gleiten ließ, den Briefumschlag im Rucksack und die Feder in der Hosentasche verborgen, nannte sie ihm die Adresse. Auf der Fahrt warf er häufig einen Blick in den Rückspiegel. Als sie vor der Taverne anhielten, zahlte sie und lief die Treppe hinauf auf die Terrasse, wo Phil bereits aufblickte.

Er lächelte, doch er stand weder auf noch kam er auf sie zu. Kein Wunder, egal wer er war, es war nicht nett, dass sie ihn zum wiederholten Male versetzt hatte.

»Entschuldige, hast du dir schon etwas bestellt?«

»Ich habe uns beiden schon etwas bestellt.« Er fixierte sie aus seinen stahlblauen Augen. »Elli, du weißt, ich habe nichts dagegen, dass du so wissbegierig bist. Aber wenn du mich dabei ständig vergisst, was soll mir das sagen? Arbeitest du wirklich an Recherchen für deine Forschung oder steckt mehr dahinter?«

»Wie kommst du darauf?«

»Ich war heute im Institut, aber ich habe dich nicht gefunden. Wo bist du gewesen?«

Ellis Puls beschleunigte sich. War er wirklich deshalb im Institut gewesen? Moment. Drehte er gerade den Spieß um? Wieso fühlte sie sich auf einmal schlecht? Er war derjenige, der ihr das Buch weggenommen und Geheimnisse hatte. Sie durfte sich nicht einschüchtern lassen.

»Ich war im Zuge meiner Recherchen im Archiv.«

»Im Archiv? Du hast mir gesagt, du wärst im Institut.«

Hatte sie das wirklich? Sie war sich nicht mehr sicher. Bevor sie antworten konnte, intensivierte er seine Musterung. Beinahe glaubte sie, er könne allein durch den Augenkontakt ihre Gedanken lesen. Aber das war natürlich Unsinn.

»Versprichst du mir, von nun an ehrlich mit mir zu sein?«

Sie schluckte und atmete betont ruhig. Sie durfte sich nicht die Zügel aus der Hand nehmen lassen. »Bist du denn auch ehrlich zu mir?« Der Satz entwich ihren Lippen, bevor sie ihn aufhalten konnte. Doch nun, da er ausgesprochen war, gab es kein Zurück. Gespannt musterte sie ihn.

Beschwörend legte er die Hände auf die Brust, der Tonfall sanfter. »Meine Liebe zu dir ist aufrichtig.«

Das hatte sie nicht gefragt – und etwas anderes würde er ihr nicht antworten, das war so sicher, wie der Parthenon auf der Akropolis stand. Doch wenigstens schien für ihn damit das Thema ad acta gelegt und die Befragung beendet, denn er schob ihr den Café frappé entgegen, den er bereits geordert hatte.

»Jetzt gönn dir erst mal eine Erfrischung, meine Schöne.« Es war erstaunlich, wie rasch sich seine Stimmung veränderte. Von anklagend zu versöhnlich in wenigen Sekunden. Aber das spielte ohnehin keine Rolle mehr. Sie würde mit ihm noch dieses letzte Essen einnehmen und anschließend ihre Sachen packen, um nicht wie das letzte Mal völlig unvorbereitet in der Parallelwelt zu landen.

In Gedanken ging sie die Liste von Dingen durch, die nützlich wären und die sie unbedingt dabei haben wollte. Der Anhänger von Stephanos natürlich, ebenso wie der Brief ihres Vaters und die Feder – ohne die würde ihr die Reise ohnehin nicht gelingen. Darüber hinaus wären sicherlich antike Stadtpläne nützlich, Nachschlagewerke, bequeme Schuhe, Notizbuch samt Stift – oder besser gesagt Notizbücher. Diesmal würde sie alles aufschreiben, was sie beobachtete. Vielleicht steckte sie sogar ihr Handy ein, um ein paar Fotos zu machen.

Während sie an ihrem Café frappé nippte, trat ein Kellner an ihren Tisch und stellte vor sie einen Salat mit paniertem Schafskäse und Moussaka. Der Duft drang in ihre Nase, dennoch beachtete sie das Mahl nicht. Hatte sie den Kellner nicht schon einmal irgendwo gesehen? Er war nicht derjenige, der das Buch entwendet hatte und den Phil im Treppenhaus des Instituts angeschrien hatte. Trotzdem kannte sie ihn. Woher? Schon wandte er sich ab, wodurch sie sein Profil sah – und da fiel es ihr ein.

Der Kellner war einer der Priester von Plutos.

Hundertprozentig.

Er hatte sie in Delphi in den Apollontempel geführt, als sie die Weissagung erhalten hatte. Und er war direkt neben ihr gelaufen, weshalb sie sein Profil erkannt hatte.

Erschrocken ließ sie die Tasse fallen und sprang auf. Ihr Herzschlag ging rasend schnell, derart präsent war ihr das schaurige Erlebnis in der Parallelwelt.

Ihre Hände zitterten. Plutos. Einer seiner Priester war hier. In ihrer Zeit! War er es dann … auch?

Ihr Blick ging panisch hin und her, bis sie Phil ansah. Und endlich fügten sich die Puzzleteile zusammen. Die Stimme, die sie gehört hatte, Plutos' Stimme. Sie war ihr vertraut vorgekommen. Weil es …

O mein Gott!

… weil es Phils Stimme gewesen war.

Phil … war … Plutos.

Konnte das wirklich sein?

Sie betrachtete Phil, der jede ihrer Regungen beobachtete. Und an seinem Gesichtsausdruck war es eindeutig abzulesen. Das war der letzte Beweis, der ihr gefehlt hatte.

Er war Plutos.

Und er wusste, dass sie es wusste.

Elli sprang auf und rannte von der Terrasse. Hinter ihr schrien Leute auf und Stühle fielen um – was nicht von ihrer Flucht herrührte. Das konnte nur eins bedeuten. Er verfolgte sie.

Sie blickte über die Schulter. Nein, nicht Phil rannte hinter ihr her, sondern sein Priester. Und er war nicht allein. Sämtliche Kellner hatten die Tabletts abgelegt und stürmten hinter ihr her. Herrje, wie viele waren das? Sämtliche Angestellte der Taverne? Und war der eine nicht sogar der Concierge aus dem Hotel?

Sie musste ihnen entkommen. Wenn sie sogar in ihrer Zeit waren, wo war sie dann noch sicher? War Plutos derjenige, vor dem ihre Eltern sie hatten schützen wollen? Der Gott, der den Anspruch auf ihre Hand erhob?

Ohne auf den Verkehr zu achten, jagte sie über die Straße. Autos hupten und Reifen quietschten, als die Fahrer auf die Bremsen traten. Wie durch ein Wunder gelangte sie unverletzt auf der anderen Seite an. Sie rannte ohne Ziel, ohne zu wissen, wo sie vor Plutos und seinen Männern in Sicherheit war.

Sie befand sich in ihrer Zeit. Wie hatte er herkommen können? Plutos war der Gott des Reichtums und kein Weltenwanderer wie Hermes.

Aber Stephanos war auch dazu in der Lage, von der Parallelwelt in ihre zu gelangen. Folglich musste es andere Möglichkeiten geben, die über die Wesensmerkmale der einzelnen Götter hinausgingen. Möglichkeiten wie die Feder, die in ihrer Hosentasche nur darauf wartete, sie zu retten.

Es war ihr Trumpf, von dem niemand etwas wusste. Nicht Stephanos, nicht Phil, keiner seiner Priester. Ihr Vater hatte ihn ihr hinterlassen. Und jetzt würde sie ihn benutzen.

Danke, Papa.

Hastig bog sie in eine Gasse ab, in der große Mülltonnen standen und ein herrenloser Hund umherstreunte. Durch den Verkehr auf der Straße waren die Priester zurückgefallen. Niemand beobachtete sie. Keine Menschenseele befand sich in der Gasse. Es war die perfekte Gelegenheit und die würde sie nutzen.

Im Rennen zog sie die Feder aus der Hosentasche, wickelte sie aus dem Stoff und berührte sie. Intensiv konzentrierte sie sich auf ihren Atem und ihren Herzschlag, und darüber hinaus auf Stephanos, auf das treue Pferd Philos und auf Dädalos. Auf alles und jeden, der ihr einfiel und den sie mit der anderen Welt in Verbindung brachte.

Ein Knistern ging von dem Metallstück aus, ein Schrei war zu hören und dann, von jetzt auf gleich, veränderte sich das Stadtbild. Elli rannte nicht länger über eine geteerte Gasse, in die kaum ein Sonnenstrahl drang. Auch der Hund war verschwunden ebenso wie die stinkenden Mülleimer. Stattdessen befand sie sich auf einer breiten Erdstraße, über sich den strahlend blauen Himmel.

Die modernen Gebäude waren verschwunden, an ihrer statt gab es einfache Steinhäuser. Und die Menschen, die auf der Straße standen und sie aus großen Augen ansahen, trugen Tücher um die Körper geschwungen, mit Gewandnadeln auf den Schultern befestigt, wie es in der Antike üblich war.

Erleichtert rannte sie aus, bis sie mitten auf der Straße stehen blieb, die Arme gen Himmel gestreckt. Es war ihr gelungen.

Sie war zurück in der Antike.

KAPITEL 14

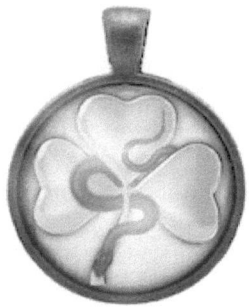

Kurz überschlug sie, wo sie sich im antiken Athen befand –
denn dass sie direkt nach Athen gesprungen war, stand für
sie außer Frage. Sie brauchte nur in die Ferne zu sehen und
schon entdeckte sie die Akropolis samt der Tempel.

Die Blicke der Menschen verfolgten sie auf Schritt und
Tritt. Sie musste dringend verschwinden. Und sich etwas
anderes anziehen. Sonst fiele sie jedem auf.

Rasch schlüpfte sie durch ein angelehntes Holztor in
einen Garten, in dem ein Stapel Tücher auf einem Korb lag.
Dem Geruch nach waren sie frisch gewaschen. Sie schnappte
sich eines, das groß genug aussah. In den Archäologie-
büchern hatte es Zeichnungen gegeben, wie die Griechen die
Stoffe getragen hatten. Bestimmt gelang es ihr sich zeit-
gerecht einzukleiden, sodass sie sich unauffällig unter die

Menschen begeben konnte. Sie entdeckte eine Reihe Pfirsichbäume und auch wenn die Stämme nicht sonderlich dick waren, stellte sie sich dahinter, schlüpfte aus ihrem Shirt und der Hose und wickelte sich das Tuch um den Körper. Schicke Gewandnadeln besaß sie keine. Wie sollte sie das Tuch auf den Schultern befestigen?

Ratlos wühlte sie durch ihre Tasche, bis ihr der Schlüsselbund in die Hände fiel. Wenn sie die Metallringe, an denen die Schlüssel hingen, aufdrehte, könnte sie sie verwenden. Sie löste die Schlüssel, doch die Ringe waren zu steif. Unmöglich, sie zu verbiegen – zumindest für sie. Kurzerhand bohrte sie mit den Enden Löcher in das Tuch und drehte den Ring über der Schulter durch die beiden Stoffteile. Es war nicht optimal, auch nicht sonderlich schick, aber es hielt.

Wunderbar.

Sie stopfte ihre Kleidung in die Tasche. Mist, die sah nicht gerade antik aus, aber wenigstens war sie aus Leder und nicht neu. Und stehen lassen kam nicht infrage. Solange sie sich unauffällig verhielt, würde schon niemand die Tasche intensiver begutachten.

»Was machst du in meinem Garten?«, zeterte eine runzelige Frau und kam schimpfend angelaufen.

Elli zögerte, doch als das alte Mütterchen die Faust erhob, wartete sie nicht länger. Sie rannte an einer anderen Stelle aus dem Garten zurück auf die Gasse. Glücklicherweise schauten die Menschen nicht auf, sodass sie sich unbemerkt unter sie mischen konnte.

Wo sollte sie hin? Ein Name fiel ihr ein. Ein Mann, der ihr helfen würde und von dem sie wusste, wo er wohnte.

Sofort eilte sie die unbefestigte Straße entlang auf das Zentrum zu. Sie brauchte einen Augenblick, um sich zu orientieren. Auch wenn sie die antiken Stadtpläne zuhauf studiert hatte, war es doch etwas anderes, durch die realen Straßen zu laufen. Und leider war ihr durch ihre übereilte Flucht auf die Erkenntnis hin, wer Phil in Wirklichkeit war, die Gelegenheit abhanden gekommen, Pläne und andere nützliche Utensilien einzupacken.

Phil. Ihr Verlobter war Plutos. Ein griechischer Gott hatte sich in ihrer Zeit in Athen aufgehalten. Nicht nur in Athen – überall hatte sie sich mit ihm aufgehalten. Nicht nur in Europa, sondern sogar darüber hinaus. Die ganze Zeit. An seiner Seite. Mehr oder minder zumindest.

Wieso hatte er sie nicht längst mit auf den Olymp genommen? Worauf hatte er gewartet? Und wieso hatte er sie eine Weile derart desinteressiert behandelt? War er sich womöglich nicht sicher gewesen, ob sie wirklich die Wiedergeburt der mythischen Helena war?

Wieso hatten ihre Eltern ihr keinen anderen Namen gegeben? Helena Achilles. Viel auffälliger ging es kaum.

Moment … Achilles. Bedeutete das, sie stammte nicht nur von der sagenumwobenen Helena, sondern auch von Achilles, dem Heros der antiken Mythen, ab? Nein, das war unvorstellbar … Aber war nicht alles, das seit einigen Tagen geschah, unvorstellbar?

Ihr Verlobter war ein griechischer Gott. Und offenbar ein Tyrann, so wie er mit anderen umging und Frauen für sich einforderte.

Fröstelnd blickte sie über die Schulter. Die Priester waren ihr nicht gefolgt, aber wie lange dauerte es, bis sie bemerkten, dass sie in diese Welt gesprungen war? Viele Stunden hatte sie vermutlich nicht, bevor seine Männer sie hierher verfolgten. Sie durfte keine Zeit verlieren.

Endlich entdeckte sie die Straße, nach der sie gesucht hatte, und das Tor, das ihre Rettung sein sollte. Hoffentlich war er zuhause.

Sie klopfte an. Es dauerte einen Moment, bis ihr eine junge Griechin öffnete. Elli erkannte sie nicht, sie war ihr bei ihrem letzten Besuch nicht begegnet. Mist, dann konnte sie wohl kaum erwarten, problemlos hineingebeten zu werden.

»Sie wünschen?«

»Guten Tag, mein Name ist Helena. Ist Dädalos zuhause? Wir sind Studienkollegen.«

Die Bedienstete schüttelte den Kopf. Ellis Schulten sackten nach unten, worauf die Bedienstete hinzufügte: »Aber wenn Sie seine Studienkollegin sind, wissen Sie, wo Sie ihn antreffen können.« Rasch schloss sie die Tür, als hätte sie unerlaubterweise zu viel preisgegeben. Aber der Kommentar genügte. Auf die Idee hätte sie auch selbst kommen können.

Sie eilte die Straße weiter, erinnerte sich an den Weg, den sie das letzte Mal gemeinsam zurückgelegt hatten, bis sie bei ihrem Ziel angelangte. Die Athener Bibliothek. An diesem Ort hatte sie ihn kennengelernt.

Hoffentlich wurde sie als Frau hineingelassen. Das letzte Mal hatte sie Hephaistos direkt in den Lesesaal … gebeamt und sie hatte keinerlei Hürden passieren müssen. Aber offensichtlich war es nicht so ungewöhnlich, wie sie vermutet hatte, denn der ältere Herr, der am Eingang saß, blickte auf und wirkte keineswegs erzürnt oder überrascht eine Frau vor sich zu sehen.

»Guten Tag«, grüßte sie, unschlüssig, ob sie einfach an ihm vorbeigehen sollte oder nicht. Er lächelte gelassen und machte einen derart entspannten Eindruck, dass ihr unweigerlich ebenfalls etwas Anspannung von den Schultern fiel.

»Guten Tag, kann ich behilflich sein?«

»Ich finde mich schon zurecht. Danke.« Bevor er doch noch auf die Idee kam, sie aufzuhalten, schlüpfte sie an ihm vorbei und begab sich in Richtung der Treppen. Das letzte Mal hatte sie Dädalos oben getroffen. Möglicherweise war dort sein Stammplatz. Doch als sie in der ersten Etage angelangte, fand sie sich einem leeren Studienplatz nach dem anderen gegenüber.

Seltsam. Wieso war er nicht da, obwohl die Bedienstete ihr den Hinweis gegeben hatte? War es womöglich ein Missverständnis gewesen? Gab es noch einen anderen Ort, den er als Wissbegieriger regelmäßig besuchte?

Grübelnd lief sie zurück, bis sie bei dem Gemälde angelangte, das sie schon das letzte Mal interessiert betrachtet hatte. Nachdenklich ließ sie ihren Blick über die unkenntlichen Gesichter schweifen, über die Männer, von denen nur noch das dunkle Haar zu erkennen war, und die Frau mit den langen blonden Haaren, die zwischen den beiden stand – bis sie etwas entdeckte.

Die Frau hielt nicht nur den Stab des Asklepios in der Hand, was ihr beim letzten Mal bereits aufgefallen war. Nein. Sie trug eine Kette, eine feine goldene Halskette. Und an dieser Kette hing ein Anhänger.

Elli starrte ihn an.

Mechanisch zog sie den Anhänger, den Stephanos ihr zugespielt hatte, aus der Tasche. Sie hob ihn hoch und hielt ihn direkt neben das Bild.

Der Anhänger war mit dem der Frau auf dem Bild identisch.

Drei Herzen, um die sich eine Schlange wand.

Das konnte niemals ein Zufall sein!

Ihre Augen gingen hin und her, von dem Bild auf das Schmuckstück in ihrer Hand und wieder zurück. Kein einziger Unterschied fiel ihr auf. Der Schwung der Herzformen war identisch, die Windungen der Schlange, als läge in ihrer Hand das Original. Aber das war … unmöglich … Was hatte das Bild zu bedeuten?

Sie suchte die Seiten ab nach einer Signatur. Hatte ihr Dädalos nicht das letzte Mal verraten, wer der Künstler des Gemäldes war? Sie ging das Gespräch durch, bis ihr der Name einfiel. Eirene. Eine Frau.

Dädalos hatte gesagt, das Wandgemälde sei nahezu vergessen. Kein Wunder, es hing im Schatten und die Gesichter der Personen – vermutlich das Hauptaugenmerk einer Malerei von Menschen – waren unkenntlich. Darüber hinaus war Eirene nicht sonderlich bekannt gewesen – soweit Elli wusste.

Sachte strich sie mit den Fingern darüber und stoppte über dem Herzen des einen Mannes. Wer waren die drei? Welche Geschichte verbarg sich dahinter? Und wie war Stephanos darin involviert? Dass er es war, stand für sie fest. Wie sonst wäre er an den Anhänger gekommen? War er einer der drei Personen oder spielte er eine andere Rolle?

So oder so wusste sie nun, was zu tun war. Sie musste die Geschichte hinter dem Gemälde erkunden.

Auf leisen Sohlen stieg sie die Treppe hinunter zu dem älteren Herrn am Eingang, der ihr lächelnd entgegenblickte.

»Entschuldigung, können Sie mir vielleicht sagen, wo ich etwas zu dem Wandgemälde im ersten Stock finde? Das Bild von Eirene?«

Er nickte und erhob sich, als hätte er alle Zeit der Welt. Vermutlich hatte er die auch – im Gegensatz zu ihr. Aber sie würde sich hüten ihn zu drängen, wie schwer es ihr auch fiel. Langsam ging er in einen Gang, der in einen abgelegenen Lesesaal führte. Elli folgte ihm auf den Fuß. Am liebsten hätte sie ihn angeschoben, so ungeduldig wurde sie, aber das verbot natürlich der Anstand.

Als sie endlich das Regal erreichten, das offenbar das Ziel war, griff er ohne zu überlegen hinein und zog eine Schriftrolle hervor. Wie gut kannte er sich in der Bibliothek aus, dass er aus so vielen nach außen hin gleich aussehenden Schriftrollen die eine hervorholte, nach der sie suchte?

»Hier finden Sie Antworten, doch viel ist nicht bekannt. Fragen Sie, wenn Sie noch etwas benötigen.«

Mit klopfendem Herzen nahm sie die Schrift entgegen, worauf sich der Bibliothekar entfernte. Langsam lief sie zu einer Sitzgruppe, die sich in einer Nische befand, während sie die Schrift bereits aufrollte. Als sie den Text vor Augen hatte, musste sie ihn näher ans Gesicht halten. Die Schrift war schlecht leserlich und blass. Wie alt war sie? An wenigen Stellen gab es Flecken, weshalb der Text nicht lückenlos zu lesen war, aber ein Anfang war es allemal.

Die Zeilen stammten von Eirene persönlich, der Malerin des Kunstwerks. Was für ein Schatz. Es kam nicht oft vor, dass Künstler zur Entstehung ihrer Werke eine Schrift verfassten.

Elli begann zu lesen und da die Rolle sehr lang war, rollte sie den Anfang, sobald sie ihn gelesen hatte, wieder zusammen und die folgenden Zeilen erst auf, sobald sie den darüberliegenden Abschnitt studiert hatte. Mit jedem Absatz ging ihr Herzschlag schneller.

Es ging um eine alte Liebesgeschichte, von der Eirene gehört hatte. Eine Liebesgeschichte, wie sie tragischer kaum sein konnte. Eine Liebe, die den Tod überdauern sollte. Sehnsucht. Eine Frau und zwei Männer. Und Rivalität.

Die Namen waren der Malerin entweder nicht bekannt oder sie nannte sie schlichtweg nicht, doch alles begann mit einem Mann und einer Frau, die sich ineinander verliebten. Sie waren ein Paar, wie es mächtiger und schöner kaum sein konnte. Viel zu schnell entzweite sie der Tod, worauf der Mann einen anderen Mann bat, ihm zu helfen, die Frau wiederzuerwecken.

Der andere Mann verfügte über Kontakte in die Unterwelt. Er suchte nach der verstorbenen Frau und als er ihrer gewahr wurde, verliebte er sich unsterblich in sie.

Mehr war über den Mythos nicht bekannt, doch er hatte die Malerin derart ergriffen, dass sie beschlossen hatte, ihn zu malen.

Auf den Text folgte eine Skizze des Wandgemäldes und darauf eine Zeichnung. Sie zeigte die Abbildung des Anhängers von Stephanos, den die Frau an der Kette um den Hals trug. Drei Herzen, die wie ein Kleeblatt verbunden waren, und darüber wand sich die Schlange.

Nun verstand Elli. Die drei Herzen standen für die zwei Männer und die Frau, und die Schlange für den Asklepiosstab, durch den der Konflikt entstanden war. Ohne die Möglichkeit, mittels des Stabs Verstorbene zum Leben zu erwecken, hätte es den Konflikt nie gegeben.

Was für eine tragische Liebesgeschichte.

Unweigerlich schlug ihr Herz schneller. Ein Gedanke kam ihr. War sie in diese Geschichte verwickelt? War sie … die Frau?

Es war absurd und trotzdem flüsterte ihr Herz, dass es genau so gewesen war. Ihr Vater hatte geschrieben, sie sei eine Wiedergeburt der schönen Helena. Auch wenn ihr die Vorstellung schwerfiel, würde ihr Vater sie nicht belügen. Niemals. Auch wenn er einen anderen Namen gehabt hatte, den er ihr nie verraten hatte. Das war etwas anderes und hatte zu ihrem Schutz gedient.

Aber wenn sie doch ohnehin als Baby zu ihnen gebracht worden war, wieso hatte er ihr dann keinen unauffälligeren Namen gegeben?

Elli schnappte sich die Schriftrolle und lief hinauf zu dem Gemälde. Sie wollte es noch einmal betrachten. Aufgeregt erklomm sie die Stufen, aber daran lag es nicht, dass ihr Herz schneller und schneller schlug. Eine Gewissheit breitete sich in ihrem Inneren aus. Das Wissen, dass es hier um ihre Geschichte ging. Eine Liebesgeschichte, die in der Antike, ja, weit vor ihrer Geburt begonnen und die bis heute kein Ende gefunden hatte.

KAPITEL 15

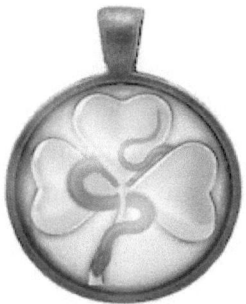

Die Schriftrolle fest in der Hand, sodass niemand sie ihr entreißen konnte, eilte sie zu dem Kunstwerk, das kaum jemand
beachtete. Als sie davor angelangte, legte sich eine seltsame
Ruhe über sie.

Die Frau in der Mitte, das war Elli. Sachte strich sie mit
dem Finger über den Anhänger, das Haar und das unkennt-
liche Gesicht. Dabei drückte sie eben diesen Anhänger, den
die Frau auf dem Bild trug und den Stephanos ihr zugespielt
hatte, an ihr Herz.

Sie wusste es.

Das war sie … in ihrem früheren Leben.

Ihr Blick fiel auf die zwei Männer, die sie einrahmten. Auf
den ersten Blick könnten es Freunde sein oder Geschwister,
doch auf den zweiten analysierte sie ihre Haltung. Der eine

hatte besitzergreifend die Rechte um ihr Handgelenk geschlungen. Der andere hingegen streckte, ebenso wie sie, einen Finger nach ihr aus. Sie berührten sich nicht, oder doch? Das Bild ließ keine eindeutige Antwort darauf zu.

Der Mann, der ihr Handgelenk umfasste ... war das Plutos? Der Mann, der darauf bestand, sie zu ehelichen? Der sie als seinen Besitz forderte? Die Körperhaltung sprach eindeutig dafür. Wieso erhob er diesen Anspruch auf sie?

Auch wenn die Frau scheinbar ungezwungen in der Mitte stand, hatte sie den Körper leicht von diesem Mann fort gedreht. Minimal nur, doch wenn man genau hinsah, war es zu erkennen. Er umfasste sie besitzergreifend. Nicht ihre Hand, wie es ein verliebtes Pärchen tun würde, sondern ihr Handgelenk. Wie ein störrisches Kind, das man mit sich zieht.

Gänsehaut kroch ihren Rücken hinauf. Fügte sich nun endlich eins zum anderen?

Der andere Mann hingegen forderte sie nicht. Er stand ungezwungen neben ihr, nah, doch er fasste sie nicht an. Bis auf den ausgestreckten Finger. Verdeutlichte das die Sehnsucht, die sie beide zueinander teilten?

War das ... Stephanos? War er der zweite Mann?

Die Rivalität zwischen ihm und Plutos. Das Machtgerangel, das über die Entführung von Elli hinauszugehen schien. Wie Plutos reagiert hatte, als ihm bewusst wurde, dass es Stephanos war, der sie beschützte, der sie vor Plutos' Fängen zu bewahren versuchte.

Es war unvorstellbar und trotzdem war sie sicher, genau so musste es sein. Sie war die Frau, die zwischen Plutos und Stephanos stand. Und sie drei waren diejenigen, die Eirene auf diesem Wandgemälde festgehalten hatte.

Sie umfasste den Anhänger fester, drückte ihn an ihr Herz und schloss die Augen. Ihr Kinn sackte auf die Brust, als eine Träne in ihr Auge stieg. Ein Gefühl wollte sich ihrer bemächtigen. Ein Gefühl, das nicht von ihr stammte, aber irgendwie doch. Ein Gefühl aus einer anderen Zeit. Aus einem anderen Leben.

Aus welchem Grund hatte sie ihrem Sehnen nach Stephanos nicht nachgeben dürfen? Warum hatte sie sich nicht abgekehrt von dem Mann, der sie lediglich als seinen Besitz betrachtete, den sie aber nicht liebte? Welche Umstände hatten sie in diese vertrackte Lage geführt?

»Helena?«

Als sie die Augen aufschlug, stand Dädalos vor ihr. Der alte Mann lächelte sie mitfühlend an. Wusste er, was in ihr vorging? Was sie erkannt hatte? Als er die Tränen in ihren blauen Augen schimmern sah, breitete er die Arme aus und trat auf sie zu, ohne auf ihre Zustimmung zu warten. Sie lehnte sich an ihn und er bot ihr Trost, wie es ein Vater tun würde. Er strich ihr über den Rücken, wieder und wieder. Erst jetzt bemerkte sie, dass sie zitterte. Und dieses Zittern ließ unter Dädalos' stetem Trost nach.

»Was ist geschehen? Wie bist du Plutos entkommen?«

»Es ist kompliziert.«

Er strich ihr über den Kopf, als wäre sie seine kleine Tochter. Es tröstete sie, bis der Moment der Schwäche verging und sie sich imstande fühlte fortzufahren. Sie hob den Kopf.

»Hast du Hunger, schöne Helena?« Er sagte es, als hätte er längst Kenntnis davon, dass sie eine Wiedergeburt war. War er selbst im Zuge seiner Recherchen auf die Wahrheit gestoßen?

Sie lächelte ihn an. »Ein wenig Hunger habe ich schon.«

Schließlich hatte sie das Mittagessen in der Taverne stehen gelassen, um Plutos zu entkommen.

»Wie gut, dass ich gerade nach Hause aufbrechen wollte.« Er legte ihr die Hand an den Rücken und schob sie sachte auf den Ausgang zu.

Die Schriftrolle an die Brust gedrückt ließ sie sich von ihm führen. Konnte sie den Text einfach mitnehmen? Nein, das brächte sie nicht übers Herz. Und sie wusste alles, was darin stand. Jede Zeile, jedes Wort hatte sich in ihr Gedächtnis eingebrannt. Sie brauchte die Schriftrolle nicht, um sich zu erinnern.

So schwer es ihr fiel, dieses kostbare Artefakt über ihre Vergangenheit loszulassen, händigte sie es dem Bibliothekar aus und bedankte sich, bevor sie Dädalos zu seinem Haus begleitete.

Stumm liefen sie über die Straßen. Obgleich sich ihr die Welt der Antike zum Greifen anbot, ließ sie den Kopf gesenkt, überließ sich der Führung ihres Freundes, völlig in ihrer eigenen Gedankenwelt versunken.

Stephanos, Plutos und sie. Wie war es möglich, dass sie beide, über Weltengrenzen hinweg, eine gemeinsame Vergangenheit verband? Unvorstellbar und doch wusste sie, dass es der Wahrheit entsprach.

Sie erreichten Dädalos' Grundstück und wieder durfte sie sich zuerst in den Räumlichkeiten seiner Tochter erfrischen. Sie ließ den Anhänger in ihre Tasche gleiten, stellte sie auf den Boden und wusch sich gründlich. Es war belebend, und ein wenig erschien es ihr, als tropfe gemeinsam mit dem Wasser ihre Anspannung und der Schrecken des Tages von ihr ab.

Es war viel gewesen, das sie erfahren hatte.

Ihre komplette Welt hatte sich mal eben auf den Kopf gestellt. Erst das Schließfach mit dem Brief ihres Vaters, der allein schon genügend Sprengkraft enthielt. Dann die Erkenntnis, dass ihr Verlobter Plutos war, anschließend der Sprung in die andere Zeit gepaart mit der Feststellung, dass sie eine Frau zwischen zwei Männern war.

Wie gut, dass sie Dädalos kennengelernt und er sie gefunden hatte. Er war bewandert in der Materie, dem Mythos. Bestimmt konnte er ihr weiterhelfen. Vor ihm brauchte sie keine Geheimnisse zu haben, das bewies das Buch, das er ihr gewidmet hatte – außer natürlich der Tatsache, dass sie in einer anderen Welt versteckt worden war, um Plutos nicht in die Hände zu fallen.

Hatte Dädalos all seine Studien gewissermaßen für sie aufgeschrieben? Als Hilfsmittel, damit sie verstand, um was es ging? Besaß er möglicherweise eine weitere Ausführung des Buchs? Vielleicht durfte sie ein wenig darin lesen. Wobei … wann sollte er das Buch verfasst haben? Es war doch kaum eine Woche her, dass sie aus der Antike zurück in ihre Zeit gereist war.

Eine seiner Dienerinnen brachte ihr ein frisches Gewand mitsamt hübscher Gewandnadeln. Dankbar nahm sie es an und betrat eine Viertelstunde später den Hof, in dem Dädalos bereits auf einem der Ruhemöbel zum Abendessen lag.

»Du machst einen besseren Eindruck. Wie geht es dir, schöne Helena?«

»Besser. Ich war heute Mittag schon hier und habe nach dir gefragt, aber du warst nicht zuhause.«

Er nickte. »Man hat mich darüber unterrichtet. Ich habe einen Freund getroffen, bei dem ich den Nachmittag verbracht habe. Es war ein herrliches Gelehrtengespräch. Dazu gab es Wein aus Apulien. Welch eine Delikatesse.« Er strahlte glücklich. Vermutlich waren solche Nachmittage seine liebste Freizeitbeschäftigung.

Zwei Diener brachten Speisen und reichten Elli eine Trinkschale. Dädalos trank bereits und langte nach dem gebratenen Fladenbrot, weshalb sie ebenfalls nicht zögerte. Die blauen Trauben sahen köstlich aus und schmeckten süß und saftig. Eine Weile naschten sie und erst beim Essen spürte sie, wie hungrig sie war.

Sobald der schlimmste Hunger gestillt war, betrachtete Dädalos sie versonnen. »Seit wann bist du wieder in Athen?«

Er wusste nicht, dass sie aus einer anderen Welt stammte. Vielleicht nicht einmal, dass eine andere existierte. Schade, dass sie ihm nicht die komplette Wahrheit erzählen konnte, doch sie spürte, er würde es ihr nicht glauben. Sie würden die Gemeinsamkeit des Gelehrtenstatus' verlieren, er würde ihr die Ernsthaftigkeit ihrer Studien nicht mehr abnehmen, ja, ihr möglicherweise den gesunden Menschenverstand absprechen. Und damit würde sie einen treuen Verbündeten verlieren.

»Ich bin heute Mittag zurückgekommen.«

»Wie hast du es geschafft, nicht an Plutos' Seite auf dem Olymp zu sitzen?«

»Woher weißt du, dass es mir gelungen ist, ihm zu entkommen?«

»Sonst würde er dich wohl kaum bei mir essen lassen.« Er zwinkerte ihr zu, doch es wirkte nicht so ausgelassen wie normalerweise. Hoffentlich fürchtete er nicht, dass er Plutos' Zorn abbekam, sobald der Gott von ihrem Treffen erfuhr.

Die junge Dienerin aus ihrem Gefängnis in der Nähe von Delphi kam ihr in den Sinn. Sophia. Sie war dafür bestraft

worden, dass Elli hatte entkommen können. Würde Plutos'
erneut jemanden dafür zahlen lassen, weil sie nicht nach
seiner Pfeife tanzte?

Das Bild von Phil kam ihr in den Sinn. Wie brutal konnte
dieser Mann werden? Wie erbarmungslos bestrafte er Menschen? Oder waren es seine Priester, die in vorauseilendem
Gehorsam schlimmer wüteten, als es der Gott persönlich
täte?

Sie erinnerte sich an die Situation im Treppenhaus des
Instituts. Wie zornig hatte Plutos reagiert, und vor allem wie
verängstigt war der andere gewesen … Und wie herablassend er sich früher anderen gegenüber verhalten hatte, bevor
sie in die Antike gereist war. Nein, er war kein guter Mann,
davon war sie überzeugt. Was erneut die Frage aufwarf, wieso sie sich überhaupt auf eine Beziehung mit ihm eingelassen
hatte. Und aus welchem Grund hatte sie sich nicht längst
getrennt? War es seine Magie gewesen, die sie davon abge-
halten, ja sie beinahe gefügig gemacht hatte?

Sie erzählte Dädalos haargenau, was sich zugetragen hatte. Die Flucht von den Feierlichkeiten in Delphi an dem Tag,
an dem sie Plutos heiraten sollte, von ihrer Reise mit Stephanos, der sie vor Plutos verborgen hatte, und von der Nymphe, die sie in Sicherheit gebracht hatte. Sie drehte es so, dass
es der Nymphe gelungen war, den Ring von ihrem Finger zu
ziehen.

»Aber wie kommt es, dass du ihn wieder trägst?« Er deu-
tete auf ihre Hand, an der Phils Verlobungsring steckte. Phils
Verlobungsring. Ihr Knie wurden weich. Phil war Plutos.
War es derselbe Ring?

Zaghaft versuchte sie ihn vom Finger zu streifen, ihn zu
drehen, ihn auch nur um einen Millimeter zu bewegen, doch

es gelang ihr nicht. Sie zog kräftiger, riss förmlich daran, aber das Schmuckstück saß felsenfest. Wieso war ihr das nicht bereits in ihrer Zeit aufgefallen?

»Die Sache ist kompliziert.«

Er lächelte sie aufmunternd an. »Ich höre gern zu.«

Sie schloss die Augen, überlegend, wo sie anfangen sollte. »Ich bin verlobt gewesen. Streng genommen bin ich es immer noch. Ich wollte die Verlobung lösen, ebenso wie mein Verlobter auch, unzählige Male, doch seltsamerweise ist es nie dazu gekommen. Bis sich herausgestellt hat, dass …« Wie konnte sie es formulieren? »Der Ring stammt von ihm.«

Dädalos nickte langsam. »Ich verstehe. Plutos hatte dich bereits vorher in seiner Gewalt.«

Sie ballte die Hände zu Fäusten, zornig über sich selbst. »Und ich habe es zu spät erkannt. Deshalb bin ich wieder da. Ich muss mehr über meine Vergangenheit erfahren. Ich muss wissen, wie es kommt, dass er dieses Anrecht auf mich hat, und wieso ich nicht dagegen vorgehen kann.«

»Wichtige Fragen, wichtige Fragen. Vor allem auch die, wer sich hinter Stephanos verbirgt. Du hältst ihn für Pan?«

»Einiges spricht dafür – auch wenn er so gar nicht dem Bild des Hirtengottes entspricht.«

»Da ich deinen Freund noch nicht zu Gesicht bekommen habe, kann ich dir in dem Punkt leider nicht weiterhelfen. In jedem Fall ist er jemand mit Kontakten bis in die höchsten Ebenen. Ein Gott oder ein Heros, davon bin ich überzeugt.« Er kratzte sich durch den lockigen Bart. »Weshalb hast du erneut vor dem Gemälde von Eirene gestanden? Hängt deine Geschichte etwa mit dem Raub des Asklepiosstabs zusammen?«

Ratlos zuckte sie mit den Schultern.

»Es könnte sein. Mein Vater, er ist bereits tot … Er hat mir einen Brief hinterlassen, der mir erst heute in die Hände gefallen ist. Darin hat er mir gebeichtet, dass er nicht mein leiblicher Vater ist. Angeblich bin ich eine Wiedergeburt der sagenumwobenen Helena. Plutos hat damals schon das Recht auf meine Hand erhoben und um mich vor ihm zu schützen, hat jemand mich als Baby zu meinen Zieheltern gebracht.«

Dädalos lächelte fein. »Interessant. Du bist ein wichtigerer Teil meiner Studien, als ich es vermutet habe. Offenbar reichen die Geschehnisse weiter in die Vergangenheit zurück als erwartet.«

Sie nickte. »Ich denke, die Frau auf dem Bild bin ich, und die Männer, die mich einrahmen, sind Plutos und der Mann, der mir geholfen hat.«

»Wie heißt dieser Mann?«

»Stephanos, aber wie bereits erwähnt, denke ich nicht, dass das sein richtiger Name ist. Nichtsdestotrotz bin ich davon überzeugt, dass wir drei die Personen auf dem Wandgemälde sind.«

Sinnierend betrachtete er sie. »Das hieße, du bist wirklich in den Raub des Asklepiosstabs verwickelt. Interessant und … gefährlich, falls die falschen Leute davon erfahren. Aber keine Sorge, von mir erfährt es niemand.« Er strich sich über den lockigen Bart. »Wieso verbirgt dieser zweite Mann seine wahre Identität vor dir?«

»Das wüsste ich auch gerne.«

»Pan … Wie sollte Pan mit Helena und Plutos zusammenhängen? Wie hängen Plutos und Helena zusammen? Fragen über Fragen.« Seine Augen leuchteten. Offenbar gefiel es ihm, dass die Sache komplizierter wurde als gedacht. »Hast du sonst noch etwas herausgefunden, das uns auf der Suche nach der Wahrheit hilft?«

Schon wollte sie den Kopf schütteln, als ihr das Buch einfiel. »Mir ist eine ausführliche Abhandlung in die Hände gefallen, die von dir stammt. Darin waren sämtliche deiner Studien über den Raub des Asklepiosstabs zu lesen. Leider wurde es mir geklaut, bevor ich mehr erfahren konnte, als du mir bei unserem letzten Treffen bereits erzählt hast.«

Er runzelte die Stirn. »Ein fertiges Buch?«

»Ja, du hast es sogar mir gewidmet. Für Helena, meine Schwester im Geiste. Ich erinnere mich genau.«

Er kratzte sich am Kinn. »Seltsam. Ein solches Buch habe ich nie geschrieben. Meine Notizen sind unsortiert, das meiste existiert nur in meinem Kopf. Es muss von jemand anderem stammen. Aber wer außer mir widmet sich diesem Mythos derart ausführlich?«

Das war eine interessante Frage. Auch wenn Elli schwören könnte, dass er der Autor war, würde sie nicht darauf beharren. Schließlich waren die Dinge komplizierter, als Dädalos wusste. Möglicherweise war die Zeit, aus der Elli kam, später als die Zeit, in der sie sich gerade befand. Schade nur, dass sie von ihm keine weitere Abschrift erhalten konnte.

Ein Gähnen entfuhr ihr und sie legte rasch die Hand auf den Mund. »Entschuldigung.«

Dädalos lächelte mitfühlend. »Es ist bereits spät und du hast viel durchgemacht. Du kannst gerne in den Räumlichkeiten meiner Tochter nächtigen. Allerdings musst du dir bewusst sein, dass ich dich, wie auch beim letzten Mal, nicht vor Plutos schützen kann. Und da du noch immer seinen Ring trägst ...«

Elli wurde blass. Daran hatte sie nicht gedacht. Verdammt. Sie trug den Ring, über den Plutos sie jederzeit aufspüren konnte. Wieso tat er es nicht? Befand er sich noch in der anderen Zeit? Oder spielte er mit ihr? Bereitete es ihm Spaß, sie zu beobachten, sie in Sicherheit zu wiegen, bis er sie endgültig zu sich holen würde?

Sie kannte die Antworten auf diese Fragen nicht, doch woran es auch immer lag, im Moment beließ er sie bei ihrem attischen Freund. Das war zwar kein Trost, sodass sie sich entspannt zum Schlafen legen konnte, aber ihr blieb keine Wahl. Die Hand abhacken würde sie sich nicht.

Ihr blieb nur zu hoffen, dass Plutos ihr unbedacht ausreichend Zeit beließ, damit sie mit Stephanos Kontakt aufnehmen konnte. Sie musste erfahren, was damals geschehen war. Nichts war bedeutender, um ihre Zukunft zu retten. Ihre und seine womöglich auch …

KAPITEL 16

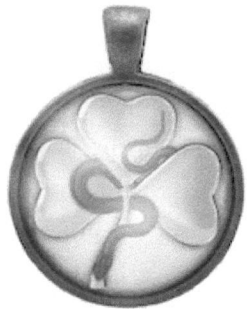

Obwohl Elli erschöpft und das Bett mitsamt der Kissen und Decken mehr als bequem war, lag sie an diesem Abend lange wach. Zu viel war geschehen, das ihr Leben durcheinandergewirbelt hatte. Doch nicht nur all das hielt sie vom Schlafen ab. Vielmehr noch waren es die Frage, wo Stephanos war, und das Wissen, dass Plutos sie jederzeit zu sich holen konnte.

Worauf wartete er? Worauf hatte er all die Jahre gewartet? Dass sie älter wurde und damit ein bestimmtes Alter erreichte? Unwahrscheinlich, schließlich befand sie sich längst im heiratsfähigen Alter – wenn sie es nicht sogar nach antiken Maßstäben zu urteilen längst überschritten hatte.

Dass er früher nicht gewusst hatte, wer sie war, glaubte sie mittlerweile nicht mehr. Derart gezielt, wie er sie damals angesprochen und umworben hatte, das konnte kein Zufall sein. Außerdem war er recht schnell vor ihr auf ein Knie gegangen und hatte um ihre Hand angehalten. Was war damals nur in sie gefahren, den Antrag anzunehmen? Auf die Ferne betrachtet hatte sie sich komplett untypisch verhalten. Weder war sie übermäßig romantisch veranlagt noch hatte sie sich nach einer Beziehung geschweige denn einer Ehe gesehnt.

Hatte er womöglich ... seine Macht eingesetzt, um sie schon vor Jahren an sich zu binden? Wieso sonst hätte er sich mit einer jahrelangen Verlobungszeit zufrieden geben sollen? Er, der alles sofort bekam und niemals wartete!

Ihr Blick fiel auf den Diamantring an ihrem Finger, der ihr schon immer zu protzig gewesen war. Sie hatte es akzeptiert, hatte Phil akzeptiert, obwohl sie nicht der Typ funkelnder riesiger Edelsteine war. Dennoch glaubte sie erst jetzt den Ring in seiner wahren Dimension zu sehen.

Erst jetzt fiel ihr auf, wie groß der Stein wirklich war. Wie übertrieben. Wieso hatte sie es nicht früher bemerkt? Weil es sie nicht gestört hatte? Weil sie geglaubt hatte, den Ring freiwillig zu tragen?

Hätte sie vor ihrer Reise in die Antike noch die Möglichkeit gehabt ihn abzustreifen? Moment, klar, zum Graben hatte sie ihn schließlich immer ausgezogen. Phil hatte nie etwas dagegen gesagt – aber hatte er es überhaupt gewusst? Wenn, dann hätte er sie sicherlich darauf angesprochen. Womöglich war der ursprüngliche Ring, den er ihr an den Finger gesteckt hatte, ein magieloses Schmuckstück gewesen.

In die Vergangenheit gereist war sie ebenfalls ohne den Verlobungsring. Trotzdem war dieser Ring an ihrem Finger derselbe, den sie sich kurz vor ihrer Reise in die Antike angesteckt hatte, obwohl er so aussah wie der Ring, den sie von Phil vor Jahren bekommen hatte.

Seltsam …

Wie hatte sie ihn einerseits in der Statue finden können, in der er seit Jahren, wenn nicht sogar Jahrhunderten unter der Erde verborgen gewesen war, obwohl er zur selben Zeit auf ihrem Zimmer in der Schatulle gelegen hatte? War die Erklärung dafür ähnlich wie die, dass sie ein fertiges Buch in den Händen gehalten hatte, das Dädalos noch gar nicht angefangen hatte zu schreiben?

Als sie zurückgekommen war aus der Antike, hatte sie Phils Verlobungsring am Finger gehabt. Womöglich waren die Ringe durch ihre Rückkehr miteinander verschmolzen. Irgendwie … musste es ihm gelungen sein. Vielleicht hatte sie ihn deshalb vorher abziehen können … weil es nicht der wahre von Hephaistos geschmiedete Ring war.

Besaß Plutos die Kräfte dazu oder hatte Hephaistos ihm geholfen, die Ringe miteinander zu verschmelzen? Aber als sie bei dem Gott in der Schmiede gewesen war, hatte er den Eindruck erweckt, er stünde auf der anderen Seite, nämlich auf ihrer – oder zumindest nicht auf Plutos.

Vielleicht handelte es sich lediglich um einen Scheinzauber und dann … Ja, was dann?

Herrje, ihr Kopf dröhnte, ihre Augen brannten. So kam sie nicht weiter. Zeit, die Fragen für eine Weile ruhen zu lassen. Erschöpft schloss sie die Lider. Sofort trat ihr Stephanos' Gesicht in den Sinn. Wo war er? Ihr Finger näherte sich dem Verlobungsring. Sollte sie ihn benutzen, um zu ihm zu gehen oder ihn zu sich zu holen? Das letzte Mal hatte sie in der Antike auf die Magie zugreifen können. Aber dann wusste Plutos hundertprozentig, wo sie sich aufhielt …

»Ich weiß ohnehin, wo du bist, schöne Helena.« Die tiefe Stimme klang, als flüstere ihr jemand direkt ins Ohr.

Sie schrak hoch und setzte sich in dem Bett auf. »Wer ist da?«

»Das weißt du doch.«

Das stimmte. Sie wusste, wer sprach. Die Angst kroch ihren Rücken hinauf, während sie die Augen durch das Zimmer gleiten ließ. Doch weder auf der Truhe gegenüber noch am Fenster auf der anderen Seite stand jemand.

Hatte Plutos ihre Gedanken gelesen oder hatte sie ihre Überlegungen unbemerkt laut ausgesprochen? Oder hatte die Geste allein ausgereicht, dass er ahnte, was in ihrem Kopf vorging?

»Wo bist du, Phil?«

»Da du nun weißt, wer ich bin, sprich mich mit meinem richtigen Namen an!« Es war keine Bitte, nein, unmissverständlich hatte er es ihr befohlen.

Sie wollte aufbegehren, sich nicht seinem Willen unterwerfen, doch er setzte seine Kräfte ein, anders konnte sie es sich nicht erklären. Die Luft wurde schwer, ihr Hirn langsamer, bis sie den Kopf senkte und nickte. Bevor sie wusste, wie ihr geschah, verließen Worte ihren Mund, die sie nicht hatte sagen wollen.

»Ja, Plutos, mein Gebieter, wie es dir beliebt.«

»So ist es brav, meine Schöne.«

Sie presste die Lippen aufeinander und ballte die Hände zu Fäusten. Sie würde sich nicht unterwerfen, nie wieder. Doch offenbar reichte es ihm, ihr einmal seine Macht zu demonstrieren, denn sein Wille verließ ihren Geist. Um Luft ringend keuchte sie, bis sie wieder frei atmen konnte.

»Wie kannst du es wagen!«, fuhr sie ihn sogleich an.

»Hüte deine Zunge, schöne Helena. Nun, da du weißt, wozu ich in der Lage bin, solltest du respektvoller sein. Andernfalls könnte es mir gefallen, deinen alten Freund dafür zu bestrafen, dass du es nicht bist. Gefügig. Willenlos. Unterwürfig. Wie war noch sein Name? Dädalos Athenos?«

Er benutzte den Namen, der auf dem Buch gestanden hatte. Damit rieb er ihr unter die Nase, was sie längst wusste. Er hatte ihr das Buch weggenommen.

Zorn erfüllte sie, doch bevor die unkontrollierte Wut aus ihr herausbrach, spannte sie die Muskeln an. Sie durfte sich nicht reizen lassen, musste den Spieß umdrehen. Er wollte spielen? Gut, sie würde mit ihm spielen. Aber nicht nach seinen Regeln, sondern nach ihren. »Worauf wartest du? Hol mich zu dir, wenn du es kannst.«

Ein Lachen erklang, das sie zusammenzucken ließ. Sie gab ihr bestes, damit er ihre Angst nicht bemerkte. Ob er in ihren Geist sehen oder ihn nur unterwerfen konnte, wusste sie nicht, aber sie wollte daran glauben, dass zumindest ihre Gedanken noch die ihren waren und er sie nicht mithören konnte.

»Zweifle nicht daran, dass ich dich jederzeit zu mir holen könnte.«

Das tat sie nicht, doch nun wollte sie versuchen, ihn aus der Fassung zu bringen. Nur so würde er etwas sagen, dass er eigentlich nicht preisgeben wollte, oder handeln, wie es nicht seinem Plan entsprach.

Als sie antwortete, klang ihre Stimme fest. »Wenn du es wirklich könntest, hättest du es längst getan.«

»Nur, wenn ich nichts anderes mit dir vorhätte.«

Auch wenn sie der Sache näherkamen, fühlte sie sich ganz und gar nicht wohl bei der Unterhaltung.

»Wieso bestehst du auf meine Hand, obwohl du weißt, dass ich dich verachte?«

»Tust du das? Deine Blicke sprechen eine völlig andere Sprache.«

Sie lachte überheblicher, als ihr zumute war. »Blicke, wie du sie brauchst, habe ich dir noch nie zugeworfen. Du schaffst es nicht, das Gleiche in mir zu wecken wie …« Bewusst ließ sie den Namen unausgesprochen und lächelte provokant.

Sie hörte den Zorn in seiner Stimme. »Wenn ich will, wirst du nie wieder zu einem anderen Gedanken fähig sein als dem, mir zu dienen, mir zu gefallen, mich glücklich zu machen.«

»Worauf wartest du dann? Ist es nicht dein Ziel, dass ich ihn vergesse?«

Er knurrte, dass es einem Donnergrollen gleichkam, doch dann lachte er überheblich. Hatte er ihr Spiel durchschaut? »Du hast keine Ahnung, in was du hineingeraten bist. Indem sie dich vor mir haben schützen wollen, haben sie dir das einzige genommen, das dazu in der Lage gewesen wäre.«

»Und das wäre?«

Er lachte. Siegessicher. Selbstbewusst. »Deine Erinnerung.«

Im nächsten Moment war sie allein. Der Gott hatte sie verlassen – ob das Zimmer oder ihre Gedankenwelt, vermochte sie nicht zu beantworten. So oder so, er war in ihrer Nähe gewesen und nun war er wieder fort.

Plutos spielte mit ihr, das wurde immer deutlicher. Er hatte Zeit.

Oder gab es einen anderen Grund, weshalb er sie noch nicht mit Gewalt zu sich auf den Olymp holte? Vielleicht wollte er nur den Eindruck erwecken, es wäre seine Entscheidung, dabei war es das gar nicht.

Ihre Erinnerungen ... verdammt, wieso nur hatte man sie ihr genommen?!

Sie musste Stephanos finden, mit ihm reden, herausfinden, was er über die Vergangenheit wusste. Kurzerhand fasste sie einen Entschluss. Untätig im Bett zu liegen und auf den Augenblick zu warten, da ihre Zeit der freien Willensbildung vorbei war, kam für sie nicht infrage.

Schwungvoll erhob sie sich vom Bett. Dabei fiel ihr Blick auf den Armreif an ihrem Handgelenk. Der Armreif der Aphrodite, den Phil alias Plutos ihr zum Geburtstag geschenkt hatte. Sie wollte ihn abziehen, ihn auf den Boden werfen, doch er ließ sich nicht lösen. Wie der Verlobungsring steckte er fest an ihrem Armgelenk, als wäre er damit verschmolzen.

Verfluchter Mist, verdammter. Doch bevor sie in Panik verfallen konnte, atmete sie tief durch. Es war nur eines seiner Geschenke, um ihr zu zeigen, dass sie ihm gehörte. Wie der Ring. Und davon würde sie sich nicht verrückt machen lassen. Sie wollte zu Stephanos. Jetzt.

Sie holte die Feder aus dem Beutel. Vielleicht konnte sie damit nicht nur in der Zeit, sondern auch von Ort zu Ort reisen. Einen Versuch war es wert. Sie strich über das glatte Metall und konzentrierte sich auf Stephanos. Sie wollte zu ihm. Jetzt. Sofort.

Als ein Schwindel sie erfasste, begann ihr Herz schneller zu schlagen. Sie schloss die Augen, um die Konzentration zu erhöhen. Stephanos, Stephanos, Stephanos, dachte sie unentwegt, bis sie spürte, wie sie das Bett verließ und stattdessen an einen kalten windigen Ort gelangte.

Langsam öffnete sie die Augen und sah zunächst nichts. Um sie herum war es stockfinster. Sie streckte die Hände aus, doch sie konnte nichts ertasten. Wo war sie gelandet?

Sie blinzelte und blinzelte, bis sie ein Funkeln über sich wahrnahm und den Kopf in den Nacken legte. Über ihr glitzerten unzählige Sterne. Sie befand sich draußen. Mit jedem Wimpernschlag gewöhnten sich ihre Augen an die Finsternis, sodass sie schemenhaft die Bergspitzen in der Ferne wahrnahm. Sie selbst stand auf Stein. Offenbar befand sie sich im Gebirge an einem tiefer gelegenen Punkt.

Typisch Stephanos. Er musste weitere Felsenhäuser und -höhlen besitzen als die zwei, die er ihr gezeigt hatte, denn dieser Ort war ihr nicht vertraut. Aber das bedeutete, es war ihr gelungen. Sie hatte die Magie der Feder ein weiteres Mal angezapft und für sich genutzt, um von Ort zu Ort zu springen. Und vor allem bedeutete dass, dass sie endlich bei ihm war.

»Stephanos?«

Niemand antwortete.

Langsam lief sie los, die Hände vor sich gestreckt, so schlecht war die Sicht, bis sie keine fünf Schritte entfernt an eine Felswand stieß. Hier war es. Sein Versteck. An diesem Ort musste es sein. Weshalb sonst hätte die Feder sie herbringen sollen?

Sie hielt sich an dem Gedanken fest, der Hoffnung, ihn gleich wiederzusehen. Ihn, nach dem sie sich seit ihrem Abschied verzehrte. Ihn, der ihr so viel mehr bedeutete als jeder andere … »Stephanos?«

Sie klopfte gegen den nackten Fels, doch das Geräusch war nicht zu hören, die Steinwand viel zu dick, weshalb sie mit der flachen Hand gegen den Felsen schlug.

»Stephanos!«

Er antwortete nicht. Resignierend ließ sie die Hand sinken, als ein leises Getrappel in der Finsternis erklang und dann ein Wiehern. Ihr Herz klopfte schneller. Noch bevor sie erkannte, wer angeritten kam, bevor sie irgendeinen Schemen sah, wusste sie, wer sich ihr näherte.

Philos, das treue Pferd, streckte bereits seine Gedanken nach ihr aus und hieß sie willkommen, während sein Reiter seine Gedankenwelt verschlossen hielt. Dennoch bestand kein Zweifel.

Sie drehte sich um und blickte in die Schwärze, aus der sie näher ritten. Als sie die Silhouette der beiden endlich entdeckte, flatterte ihr Magen. Ihre Mundwinkel schoben sich zu den Seiten, sie konnte gar nichts gegen das Grinsen tun, und ihr Herz schlug heftig gegen ihre Rippen.

Endlich gelangten die zwei bei ihr an, nahezu verschluckt vom Dunkel der Nacht. Aber das machte nichts. Sie konnte es fühlen, ihn fühlen. Er war da. Und sie bei ihm. Ihr Herz vollführte einen zarten Hüpfer.

Er stieg vom Pferd, kam auf sie zu und just in dem Moment trat der Mond hinter den Wolken hervor und beschien sein markantes Gesicht. Er hatte Schatten um die Augen, doch das tat seinem guten Aussehen keinen Abbruch. Der Dreitagebart war etwas länger als gewöhnlich, doch die Zuneigung und Wärme, die in seinen dunkelblauen Augen ruhten, die sie so sehr vermisst hatte, erkannte sie auf den ersten Blick.

Er streckte die Hand aus, ließ sie jedoch sinken, bevor er sie erreichte. Beinahe wie auf dem Gemälde. Als gäbe es ein Verbot, sie zu berühren.

»Elli …«

Seine tiefe, ruhige Stimme hatte sie so sehr vermisst. Alles in ihr drängte danach, sich in seine Arme zu werfen, doch sie blieb an Ort und Stelle.

»Hi.« Ihr Mund wurde trocken und sie schluckte.

»Ich bin froh, dass du ... zurück bist. Hast du meine Warnung verstanden?«

»Ja.« Sie lächelte, bis ihr bewusst wurde, dass sie wortlos und dümmlich grinsend vor ihm stand. Fieberhaft überlegte sie, was sie sagen könnte, als ihr der Anhänger einfiel, den er ihr überbracht hatte. Sie holte ihn hervor. Im Licht der Gestirne waren eindeutig die drei Herzen und die Schlange zu erkennen.

Stirnrunzelnd fiel sein Blick auf ihre Hände und er erstarrte. Eine Ader pochte sichtbar an seinem Hals. »Woher hast du das?«

»Du hast ihn mir gebracht. Erinnerst du dich? Als du in Athen warst. Die erste Warnung, bevor du als Rauch in mein Bad gekommen bist. Wieso bist du auf der Straße fortgegangen und hast nicht auf mich gewartet?«

Er streckte die Hand nach dem Anhänger aus, doch dann zog er sie zurück, strich sich stattdessen über die Stoppeln an seinem Kinn. Fürchtete er sich davor, das Metall zu berühren? Beinahe ließ es seine Haltung vermuten. Aber wieso sollte er Angst davor haben? Es war ein Schmuckstück, nichts weiter.

»Ich muss ihn verloren haben.«

Sie horchte auf. »Ich dachte, du hast ihn mir gebracht, damit ich herausfinde, dass wir drei, du, Plutos und ich, in einer alten Geschichte miteinander verbunden sind.«

Sein Blick wurde finster. »Alte Dinge sollte man ruhen lassen. Ich bin nicht deshalb dort gewesen. Ich habe dir das

Buch gebracht und dich den Tag über im Auge behalten. Dadurch konnte ich im letzten Moment verhindern, dass du Plutos durch seinen Zauber verfallen bist.«

Ungläubig hörte sie ihm zu, bevor sie die Hände hob. »Moment, eins nach dem anderen. Du warst es, der mir das Buch gebracht hat?«

»Ja, damit du begreifst, wer er ist. Du hättest es mir wohl kaum geglaubt, wenn ich es dir einfach gesagt hätte. Deshalb musstest du es selbst herausfinden.«

»Aber …«

»Du hast es doch gelesen, oder? Deshalb weißt du, wer dein Verlobter ist, und aus diesem Grund bist du hier.« Er trat einen Schritt von ihr zurück. Irgendwie hatte sie sich das Wiedersehen inniger vorgestellt, doch aus irgendeinem Grund ließ er sich nicht auf sie ein.

»Nein, ich …« Sie atmete tief durch, um sich zu sammeln. Sie war davon ausgegangen, dass er ihr den Anhänger gebracht hatte und von dem Buch nichts wusste. Wie ärgerlich, dass sie es nicht mehr bei sich hatte. Nun interessierte sie noch brennender als zuvor, was sie darin hätte erfahren können. »Phil hat mir das Buch weggenommen, bevor ich mich näher damit befassen konnte.«

Seine Augen weiteten sich. »Plutos hat es?« Er versteifte sich, ballte die Hände, die eben noch nach dem Anhänger und ihren Händen hatten greifen wollen, zu Fäusten und verschloss sich weiter vor ihr, bevor sie ihr Wiedersehen zelebrieren konnten. Dabei sah sie es in seinen Augen. Er freute sich, dass sie da war – aber zugleich ließ er diese Freude nicht zu. Woran das lag, musste sie später herausfinden. Erst einmal wollte sie die Sache mit dem Buch klären.

»Als ich dir nachgerannt bin, hat es einer seiner Priester an sich genommen.«

»Verdammt, das war nicht geplant. Dann weiß er ...« Sein Kiefer verspannte sich.

»Was weiß er?«

Er ließ die Fäuste sinken. »Das spielt keine Rolle mehr.«

»Wieso sagst du es mir nicht, wenn ich es doch ohnehin in dem Buch hätte lesen sollen?«

»Besser, wir unterhalten uns an einem anderen Ort.«

»Plutos weiß, wo ich bin.« Sie zeigte ihm die Hand, an der der verflixte Verlobungsring steckte und darüber hinaus auch noch der Armreif. Wer wusste schon, ob sich darin nicht ein zusätzlicher Überwachungszauber verbarg. Keinen einzigen unbeobachteten Schritt konnte sie machen.

Er betrachtete den Ring und den Armreif, Wut zeichnete sich auf seinem Gesicht ab, doch dann atmete er tief durch und lächelte sie an, dass ihre Knie weich wurden. »Das mag sein, trotzdem gibt es Orte, an denen er unseren Worten nicht zu lauschen und uns nicht zu sehen vermag.« Er hielt ihr die Hand hin – endlich hielt er ihr seine Hand hin! – und als sie sie ergriff, zog sich ihr Magen krampfhaft zusammen. Wieso konnten sie ihren Gefühlen nicht nachgehen? Was stand zwischen ihnen?

Er half ihr aufs Pferd, dabei umfasste er ihre Taille und ihre Oberschenkel. Ein Kribbeln folgte seiner Berührung, das in ihr verblieb, obwohl er sie bereits losgelassen hatte. Sie hielt sich daran fest, an dem Gefühl, das in ihr nachvibrierte, wohl wissend, dass er ihr nicht mehr geben würde.

Er bestieg hinter ihr das Pferd, legte die Arme locker um sie, um Philos zu führen, und das treue Pferd trabte los. Obwohl er sie dabei nicht berührte, ließ sie sich fallen und genoss die Nähe. Stephanos' Wärme und sein Geruch hüllten sie ein. Auch wenn sie durchgeschüttelt wurde und er sie nicht so empfangen hatte, wie sie es gehofft hatte, war das der schönste Ort, an dem sie seit langem war.

Sie hatte nicht damit gerechnet, noch einmal in seine Welt, zu ihm zurückgehen zu können. Noch einmal seine Hand in ihrer zu fühlen. Seine Präsenz zu spüren. Und nun, da sie es tat, wollte sie – auch wenn er sie aus irgendeinem Grund von sich fernhielt – nie wieder darauf verzichten.

KAPITEL 17

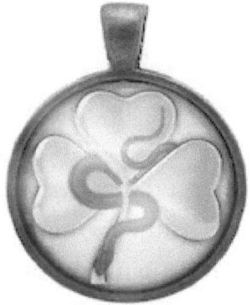

Gemeinsam ritten sie durch die Nacht. Philos fand den Weg mühelos, obwohl es finster war. Elli selbst konnte nicht weiter als bis zu seinem Kopf blicken. Der Mond wurde von Wolken verdeckt, sodass lediglich das sanfte Licht der Sterne die Gebirgswelt beschien.

Sie wechselten kein Wort miteinander, nicht einmal Philos sprach in Gedanken zu ihr. Seltsamerweise genoss Elli es. Sie waren zusammen, Stephanos und sie, darüber hinaus der treue Philos. Sie gaben ihr Sicherheit und Zuversicht, wie sie es brauchte. Auch wenn sie sich am liebsten gegen Stephanos' Brust gelehnt hätte, respektierte sie den Abstand, den er wahrte.

Philos schritt steil bergab und wenig später erreichten sie ein Felsmassiv. Das treue Pferd stoppte, Stephanos schwang sich hinab und Elli folgte ihm. So langsam bekam sie Übung darin von einem Pferd abzusteigen. Und da das Gewand, das ihr Dädalos gegeben hatte, weit geschnitten war, hatte sie endlich die notwendige Bewegungsfreiheit.

Stephanos legte die Hand an den Stein, murmelte etwas und kurz darauf schob sich das Massiv zur Seite. Es sah aus wie bei einer modernen Schiebetür – zumindest im schwachen Sternenschein. Die Schwärze in der Felsbehausung war noch tiefer als draußen, weshalb Elli langsam hineinlief. Der Fels schabte, kurz darauf zischte es und eine Flamme erhellte den Raum. Stephanos entzündete weitere Fackeln und steckte sie in Halterungen an den nackten Steinwänden.

Der Raum war klein und karg eingerichtet. Ein Tisch mit zwei Stühlen, ein Bett und ein Schrank. Mehr gab es nicht, mehr brauchte er offenbar nicht. Elli auch nicht. Sie war nie der Typ vieler Dinge gewesen oder jemand, der Luxus brauchte.

Einladend deutete er auf die zwei Stühle und sie ließ sich auf einen gleiten. Müde war sie, ihr Körper erschöpft, trotzdem fühlte sie sich wohl. Dankbarkeit erfüllte sie. Grenzenlose Dankbarkeit dafür, wieder bei Stephanos sein zu dürfen.

Ihr Herz sehnte sich nach ihm. Es fühlte sich an, als lehne es sich gegen ihre Rippen, um näher bei ihm zu sein. Ein starkes Gefühl, das nicht zu ihr gehörte und dennoch aus ihrem Innersten kam, drängte sich durch ihren Körper und machte es ihr noch schwerer, nicht seine Hand zu ergreifen, sich nicht gegen ihn zu lehnen, sich ihm nicht vollends hinzugeben.

Als sie den Kopf hob, bemerkte sie, dass er sie musterte, als hätte er die gleichen Gedanken, die gleichen Gefühle. Er richtete sich auf, drückte das Kreuz durch und räusperte sich. Er wollte die Nähe unterbrechen, die Verbindung kappen, doch trotz seiner Distanz geschah es nicht. Ihre Herzen schlichen sich zueinander hin, legten sich übereinander und schlugen im Gleichklang, als wären sie endlich da, wo sie hingehörten, beieinander, und als könnte niemand jemals etwas daran ändern.

Er strich sich durch die Bartstoppeln, hinter denen sich ein warmes Schmunzeln verbarg. Seine Augen ruhten auf ihr, musterten sie.

»Wie geht es dir?«

»Gut.«

Sein Schmunzeln wurde breiter. »Gut?«

Auch ihre Lippen verzogen sich zu einem Grinsen. Gut war ein kleines Wort angesichts dessen, was ihr passiert war, was durch ihren Kopf ging und wie sich ihr Leben verändert hatte. Dennoch spiegelte dieses kleine Wort wider, wie es ihr in diesem Augenblick erging.

Sie atmete tief durch. Wie sollten sie die Unterhaltung beginnen? Bei ihren Gefühlen? Wie sehr sie ihn vermisst hatte? Oder lieber bei den dringlichen Problemen, die sich haufenweise stapelten, als wäre Elli ein Auffanglager für Konflikte.

»Phil ist Plutos.« Okay, so knapp auf den Punkt hatte sie die Geschehnisse eigentlich nicht erzählen wollen, aber letztendlich war es wichtig, dass er es erfuhr.

Sein Blick wurde mitfühlend. »Hätte ich es gewusst oder auch nur geahnt, hätte ich dich niemals zurückgeschickt. Ich bin davon ausgegangen, dass er nicht die Macht besitzt, in deine Zeit zu gehen. Dass du dort in Sicherheit bist.«

»Seit wann weißt du es?«

»Ich habe dich seit deiner Rückkehr beobachtet. Sobald ich es wusste, habe ich nach einem Weg gesucht, es dir mitzuteilen.«

Sie schwiegen einen Moment, bis sie die nächste Frage nicht länger zurückhalten konnte. Zu viel war geschehen. »Bist du derjenige gewesen, der mich als Baby zu meinen Zieheltern gebracht hat?«

Er senkte den Blick.

»Also ja?«

Kopfschüttelnd sah er wieder auf. »Du weißt davon?«

»Mein Vater hat mir einen Brief geschrieben.«

»Was hat er dir verraten?«

»Dass ich als Baby zu ihnen gebracht wurde, zu meinem Schutz, dass ich ursprünglich aus dieser antiken Welt stamme und dass ich eine Wiedergeburt der sagenumwobenen Helena bin.«

Einer seiner Mundwinkel zuckte und sein Blick senkte sich auf ihre Lippen, sehnsüchtig, bevor er ihn wieder anhob. Seine Augen verkeilten sich mit ihren, sie hielten sich aneinander fest, als würden sie ertrinken, wenn sie einander nicht betrachten durften.

Langsam nickte er. »Das bist du, Elli. Was hat dir dein Vater sonst gesagt?«

»Mehr wusste er anscheinend nicht.«

»Auch nicht, wer dich zu ihnen gebracht hat?«

»Nein, aber wenn du es nicht warst, vermute ich, dass es Hermes getan hat. Wer sonst ist in der Lage, die Grenzen zu überschreiten? Außerdem hat dieser jemand meinen Eltern eine goldene Feder gegeben, damit ich zurückkommen kann, sobald ich dazu bereit bin.«

Er runzelte die Stirn. »Bereit wofür?«

Unschlüssig hob sie die Hände. »Bereit, mich meiner Vergangenheit zu stellen und Konflikte zu lösen, die mich in jedem folgenden Leben begleiten werden, wenn ich versuche, mich davor zu drücken.«

Vehement schüttelte er den Kopf. »Das stimmt nicht. Das war gelogen. Verdammt, so war das nicht geplant.«

Nicht geplant? Wovon sprach er? »Was meinst du damit?«

»Du musst nicht hier sein. Ich kläre die Dinge ohne dich. Es ist nicht notwendig, dass du dein Leben riskierst, deine Zukunft, deine kostbare Lebenszeit.«

»Aber wenn es doch um mich geht, wer sonst sollte die Probleme meiner Vergangenheit lösen?«

»Es war nicht deine Schuld. Die Schuld liegt bei anderen, weshalb du dich heraushalten kannst. Dich heraushalten musst! Am liebsten würde ich dich sofort zurückbringen, aber ich befürchte, das muss warten, bis ich die Sache mit Plutos geklärt habe.«

»Aber das ist meine Angelegenheit, immerhin soll ich seine Frau werden und niemand anders. Wie bist du darin verwickelt? Sag es mir, Stephanos. Was ist damals geschehen?«

Er fuhr sich mit der Hand über den Nacken und lehnte sich in seinem Stuhl zurück, wich ihrem Blick aus. »Die Dinge sind kompliziert.«

»Davon gehe ich aus. Aber das ist kein Grund, sie mir zu verschweigen.«

Er antwortete nicht.

»Ich kann nicht zurück und wenn ich eigentlich nicht aus der anderen Zeit stamme, dann will ich das möglicherweise auch gar nicht. Aber das ist vorerst unwichtig. Weder dort noch hier bin ich sicher, weil Plutos meine Hand fordert. Er hat zu mir gesprochen, vorhin, als ich allein war. Er sagt, dass ich schutzlos sei, machtlos gegen ihn, und das nur, weil man mir meine Erinnerungen genommen hat.«

Stephanos horchte auf, doch noch immer blieb er still.

»Ich brauche meine Erinnerungen, die meines vorherigen Ichs. Nur wenn ich weiß, worum es geht, kann ich mich gegen die Heirat zur Wehr setzen.«

»Nein, das kannst du nicht.« Schnell presste er die Lippen aufeinander, als hätte er etwas gesagt, das er nicht hatte preisgeben wollen.

»Wieso nicht?«

»Dir fehlt die Macht dazu.«

»Aber wenn ich die Macht des Rings nutzen kann … Hephaistos hat mir anvertraut, dass ich dazu in der Lage bin, die Dinge zu verändern. Und die Pythia im Apollontempel von Delphi hat mir geweissagt, ich werde das Spiel der Götter stören. Ich kann es, ich weiß es, aber dazu muss ich wissen, um was es geht.« Sie streckte die Hand nach ihm aus. Er zuckte kurz in ihre Richtung, doch dann ballte er sie zu Fäusten.

»Elli, es ist gefährlich.«

»Das denke ich mir. Gerade deshalb muss ich die Wahrheit wissen.«

Er neigte den Kopf und blickte wortlos auf seine Fäuste. Langsam löste er sie und streckte die Finger. War das ein Anzeichen seiner Kapitulation?

Am liebsten wäre sie vorangeprescht, hätte ihn in diesem Moment der Schwäche mit Fragen bombardiert, doch sie musste behutsam vorgehen, das hatte sie mittlerweile gelernt. Verschwörerisch beugte sie sich vor. »Was stand in dem Buch? Was hätte ich lesen sollen?«

Er räusperte sich, fuhr sich durch den Nacken, bis er endlich den Kopf hob und sie unverwandt ansah. Schmerz lag in seinen Augen, Sehnsucht und Bedauern. »Vieles in dem Buch sind nur Mutmaßungen, nicht alles fundierte Recherchen, doch Dädalos ist im Laufe seines Lebens weit gekommen.«

»Kannst du ... in der Zeit reisen oder wie bist du an das Buch gekommen?«

Er schmunzelte. »In der Zeit zu reisen vermag ich nicht, doch auch wenn dies hier eine magische Welt ist, so ist und bleibt sie dennoch die Vergangenheit der deinigen.« Als sie den Mund öffnete, um zu widersprechen, korrigierte er sich. »... die Vergangenheit der Welt, in der du aufgewachsen bist.«

Das erklärte so einiges. Nur wieso war sie nicht schon früher im Laufe ihres Studiums auf diesen Mythos gestoßen? »Ich war der Meinung, es gäbe nichts zum Raub des Asklepiosstabs. Wie kommt es, dass es plötzlich doch eine Studienschrift in der zukünftigen Welt darüber gibt?«

»Sie existierte die ganze Zeit, doch lediglich eine einzige Abschrift, die ich frühzeitig in meinen Besitz gebracht habe, um sie vor Plutos zu schützen.«

»Also hast du geahnt, dass er eines Tages dazu in der Lage sein würde, in die andere Welt zu reisen?«

»Sagen wir es so: Ich wollte auf Nummer Sicher gehen.«

Was nicht geklappt hatte, aber das brauchte sie ihm nicht unter die Nase zu reiben.

Nervös trommelte sie mit den Fingern auf die Tischplatte. »Was steht in dem Buch, das er nicht erfahren soll?«

»Zum einen steht darin eine recht gute Beschreibung, wie Plutos aussieht, anhand derer ich gehofft habe, dass du ihn erkennst. Zusätzlich gibt es eine Zeichnung, die ihn äußerst treffend wiedergibt. Deshalb habe ich dir das Buch zugespielt. Du musstest so schnell wie möglich erfahren, mit wem du zusammenlebst.«

Eine Beschreibung von Plutos? Seit wann bekamen die einfachen Menschen die griechischen Götter zu Gesicht? »Wie hat Dädalos von Plutos' Aussehen erfahren? Normalerweise wird er von den Künstlern doch als Kleinkind dargestellt.«

»Das weiß ich nicht, aber irgendwann wird es ihm jemand erzählen.«

Sie tauschten einen Blick, denselben Gedanken im Kopf. Wahrscheinlich würde sie diejenige sein. Ein Kribbeln wanderte über ihren Rücken angesichts der Vorstellung, wie sich die Zeiten kreuzten.

»Was steht sonst in dem Buch?«

»In der abschließenden rein theoretischen Abhandlung, in der sich Dädalos dem vermeintlichen Dieb des Asklepiosstabs widmet, nennt er den Namen von jemandem, der ... geholfen hat.«

Sämtliche inneren Alarmglocken schrillten. Das bedeutete, Stephanos wusste, wer den Stab gestohlen hatte.

»Und dieser Name sollte geheim bleiben?«

»Er muss geheim bleiben, unter allen Umständen.«

»Und was bedeutet das für uns?«

Stephanos atmete tief durch und schloss die Augen. »Dass Plutos ein Druckmittel gegen mich hat.«

KAPITEL 18

ER

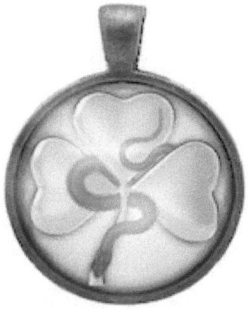

Sie war müde gewesen und hatte sich zum Schlafen gelegt, obwohl er den Zwiespalt in ihrem Gesicht hatte lesen können. Sie wollte die Zeit mit ihm nutzen, sie nicht unnütz verstreichen lassen, doch er hatte sie überzeugt, sich wenigstens für ein paar wenige Stunden schlafen zu legen.

Er hatte ihr das Bett hergerichtet. Das Bett, in das er sich ohnehin nicht zum Schlafen gelegt hätte. Schon lange konnte er nicht mehr schlafen, womöglich nie wieder. Doch das machte nichts. Alles, was zählte, war, dass sie in Sicherheit war, dass sie eine Zukunft hatte und dass er verhinderte, was schon einmal fast geschehen wäre.

»Du weißt, dass du sie nicht schützen kannst.«

Er atmete tief durch. »Das werden wir noch sehen.«

»Du musst es ihr sagen. Es gibt keine andere Möglichkeit. Es ist ihr Kampf und du kannst ihn nicht für sie führen. Selbst wenn du gegen Plutos gewinnst, so wird der Sieg nicht der ihre sein und die Schuld wird noch immer auf ihr liegen.«

»Sie trifft keine Schuld!«

»Doch, das tut es und das weißt du.«

Er atmete tief durch, ballte die Hände zu Fäusten. Er musste sich beherrschen, egal wie schwer es ihm fiel. Er atmete, bis sich der Druck in seiner Brust löste, zumindest so weit, dass er wieder Herr seiner Taten war.

Derjenige, der sich dazu berufen fühlte, sein Gewissen zu sein, verschwand und er war wieder mit ihr alleine. Langsam trat er auf das Bett zu und blieb davor stehen.

Er betrachtete sie, die Schatten, die ihre Wimpern auf ihre Wangen warfen; die Haare, die golden glänzten und sich um sie herum drapierten, als wäre Elli die Sonne und ihr Haar die Strahlen; ihre Lippen, die er so sehr vermisste.

Sein Herz schlug schneller nur aus dem Grund, weil er sie betrachten durfte. Weil er den Blick nicht abwenden musste. Tief atmete er durch, streckte die Hand nach ihr aus, strich sachte über ihre Schläfe, als ihm ein Seufzen entfuhr, das mehr als alles andere ausdrückte, wie sehr er sich nach ihr sehnte. Aber er durfte diesem Sehnen nicht nachgeben, er musste stark sein. Nie wieder durfte er schwach werden, sonst war ihr Untergang gewiss. Sie würde leiden müssen, sie würde der Zorn der Götter treffen und deshalb musste er stark sein. Für sie. Denn nichts anderes war es, das für ihn zählte.

KAPITEL 19

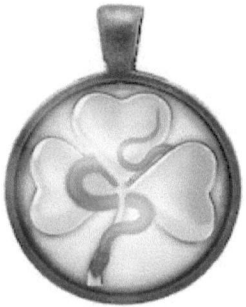

Als Elli erwachte, wähnte sie sich allein. Sie streckte sich und gähnte lautstark. Da es kein einziges Fenster gab, konnte sie nicht beurteilen, wie viel Uhr es war, aber sie fühlte sich, als hätte sie einige Stunden tief geschlafen.

Sie setzte sich auf und blickte sich um. Eine kleine Kerze brannte auf dem Tisch und warf Schatten an die Felswand, die einzige Bewegung in dem schwach beleuchteten Raum.

»Stephanos?«

Er reagierte nicht. Zurückgelassen, um den Kampf gegen Plutos auszufechten, hatte er sie nicht, noch nicht zumindest, das wusste sie. Gab es wie bei der letzten Höhle eine Wand, durch die er durchzugehen vermochte und sie nicht? Was verbarg er in diesen Geheimverstecken seiner Geheimverstecke? Wie tief vermochte er in den Fels vorzudringen? War es wie bei den russischen Holzpuppen, in denen sich immer wieder ein noch kleineres Püppchen verbarg?

Amüsiert über den Gedanken schwang sie die Beine über die Bettkante und stand auf. Augenblicklich erschien Stephanos aus den Schatten gegenüber. Hatte er sie doch beobachtet? War er die ganze Zeit in dem Raum gewesen? Sie versuchte in die Schatten zu blicken, doch sie sah lediglich eine undurchdringliche Steinwand.

»Guten Morgen. Hast du gut geschlafen?« Seine tiefe Stimme wanderte durch die karge Bleibe bis zu ihr und vermittelte ihr das Gefühl von Geborgenheit.

Ein Lächeln stahl sich auf ihr Gesicht, das sich kaum unterdrücken ließ. »Wie ein Toter.« Ihr Magen grummelte, worauf er schmunzelte.

»Pfannkuchen kann ich dir diesmal leider nicht anbieten, aber es gibt frisches Bauernbrot, Schafskäse und getrockneten Schinken.«

Allein bei der Vorstellung weiteten sich ihre Augen.

»Lecker.«

Leise lachend wandte er sich der Kommode zu und gemeinsam deckten sie den Tisch.

Gegenüber setzten sie sich hin, die Kerze zwischen sich. Die Stimmung war romantisch, doch Stephanos begann sogleich geschäftig von dem Schinken und dem Käse zu erzählen, weshalb ihr schnell klar wurde, dass dies kein Moment für einen Flirt war.

Sie nahm sich eine Brotscheibe, biss ab und verdrehte die Augen. »O mein Gott ist das gut! Hast du auch ein wenig geschlafen?«

Er winkte ab. Offenbar wollte er nicht näher auf ihre Frage eingehen.

»Wie viel Uhr ist es?« Sie deutete auf die Steinwände. »Hier drinnen könnte man Tage verschlafen, ohne es zu bemerken.«

»Wir haben kurz nach Sieben ... morgens.«

Ihr Gefühl war richtig gewesen, dass sie die Nacht durchgeschlafen hatte.

»Was machen wir jetzt? Versuchen wir das Buch von Plutos zu holen?«

»Das tun wir. Es ist von größter Wichtigkeit, aber du musst mir nicht –« Er brach mitten im Satz ab, auch ohne ihr Augenrollen zu sehen. Vermutlich kannte er ihre Antwort, weshalb er nicht aussprach, was er hatte vorschlagen wollen. Stattdessen schmunzelte er hinter seinen Bartstoppeln und piekte ein Stück Schafskäse auf die Gabel. »Wir müssen herausfinden, wohin er es gebracht hat.«

Wie praktisch, dass sie Plutos und seinen Gehilfen in der Bibliothek belauscht hatte. »Ich habe den Priester, der es mir gestohlen hat, verfolgt. Leider ist er mitten in Athen verschwunden, wie vom Erdboden verschluckt. Ich dachte zuerst, es gäbe einen Geheimgang, eine Luke im Boden oder er wäre in ein Geschäft geschlüpft, aber nichts dergleichen. Mitten in Athen habe ich seine Spur verloren. Mittlerweile könnte ich mir vorstellen, dass er in diese Welt gesprungen ist.« Womöglich besaßen viel mehr Personen die Möglichkeit, zwischen den Zeiten zu wandeln, als sie anfangs angenommen hatte.

Stephanos ließ die Gabel sinken. »Du hast gesehen, an welchem Ort er verschwunden ist?«

»Ja, nützt uns das denn etwas?«

»Wenn du den Ort auch in diesem Athen wiederfindest, möglicherweise schon. Traust du dir das zu?«

In Gedanken ließ sie die Verfolgungsjagd durch die Stadt aufleben, bis sie mittels grober Anhaltspunkte eine Idee hatte, wo die Stelle im antiken Athen liegen könnte. »Einen Versuch ist es wert.«

»Dann brechen wir nach dem Frühstück auf.«

Sie lächelte. »Du akzeptierst also, dass ich mithelfe?«

Er grummelte, sein Mimik unzufrieden. »Vorerst …«

Nun, damit würde sie sich zufrieden geben.

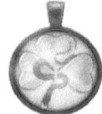

Als sie eine knappe Stunde später das Höhlenversteck verließen, erwartete Philos sie bereits. Elli hatte vorgeschlagen, mithilfe der Feder an den Ort zu springen, doch Stephanos war dagegen. Er wollte auf normale Weise dorthin gelangen, damit Plutos keinen Verdacht schöpfte. Besser, er rechnete gar nicht damit, dass sie auf der Suche nach seinem geheimen Unterschlupf waren.

»Aber wie sollen wir auf normalem Wege zu Plutos' Haus kommen?«, hatte Elli nachgehakt. »Wohnt er nicht auf dem Olymp?«

»Wo er genau wohnt, kann ich dir nicht sagen, aber seinen geheimen Unterschlupf hat er in jedem Fall nicht auf dem Berg der Götter. Vielmehr in einem seiner Verstecke, Unterschlupfe, Zweitwohnsitze.«

Zweitwohnsitze … Es war noch immer neu für sie, sich die antiken Götter als normal agierende und tatsächlich existierende Personen vorzustellen.

»So wie du?« Sie grinste halbherzig, worauf auch seine Lippen ein leichtes Lächeln zeigten.

»Hältst du mich etwa schon wieder für einen Gott, schöne Helena?«

Ein Frösteln überfiel sie, das ihr durch und durch ging. »Bitte nenn mich nicht so. Den Namen benutzt Plutos, wenn er mit mir spricht. Er bereitet mir Angst.« Auch wenn sie sich das nur ungern eingestand. Aber vor Stephanos hatte sie das Gefühl, zumindest in diesem Augenblick zu ihrer Schwäche stehen zu dürfen.

Er nickte ernst, verstehend. »Wie du möchtest, Elli.«

Es lag nicht nur daran, wie gern sie es hatte, dass er sie bei ihrem üblichen Spitznamen nannte. Dass er Elli zu ihr sagte, bedeutete Vertrauen. Vertrautheit. Es signalisierte ihr, dass es hier jemanden gab, der ihren Kosenamen kannte. Mit dem Spitznamen sprachen einen in der Regel nur Freunde, Familienmitglieder und Menschen an, denen man am Herzen lag. So zumindest empfand sie es.

Dädalos sagte ebenfalls schöne Helena zu ihr, aber seltsamerweise störte sie es in dem Fall nicht. Vielleicht, weil es niemals eine Liebesverbindung zwischen ihnen geben würde. Vielleicht, weil der alte Gelehrte von vornherein in ihr eine andere Gelehrte, eine Schwester im Geiste gesehen hatte, eine Tochter vielleicht noch, aber niemals etwas anderes.

Stillschweigend ritten sie nun auf Philos durch die Gebirgswelt. Sie würden auf normale Weise nach Athen reisen, damit Plutos ihren Ritt für etwas wie einen Ausflug hielt. Durch nichts wollten sie sich verdächtig machen.

Unter freiem Himmel verspannte sie sich zunehmend. Würde Plutos nun wieder zu ihr sprechen? In ihren Kopf eindringen, jeden ihrer Schritte überwachen? Sie mochte diese Unsicherheit überhaupt nicht, aber andererseits war es vermutlich ratsam, den Gott nicht zu unterschätzen und sich jederzeit auf ein Auftauchen gefasst zu machen.

Stephanos setzte sich dichter an sie heran. Er legte die Arme um sie und spendete ihr Wärme. Hatte er ihre Unsicherheit gespürt? Er war ihr nah. Näher als in der gestrigen Nacht, ja, er berührte sie, zumindest sekundenweise. Und nur dadurch verlor sie einen Teil ihrer Angst vor dem Gott, der sie seit so vielen Jahren verfolgte, der versuchte, sie um den Finger zu wickeln und für sich zu gewinnen, und der ihr in eine Welt gefolgt war, in der sie niemals mit griechischen Göttern gerechnet hatte.

Plutos hatte sie bislang nicht zu sich geholt. Wieso, musste sie dringend herausfinden. Aber zuerst würden sie das Buch holen, damit Plutos gegen Stephanos nichts mehr in der Hand hatte. Selbst wenn er die Passage bereits gelesen hatte, die ihm den Namen verriet, fehlte ihm der Beweis, sobald sie das Buch wieder in ihrer Obhut hatten.

Am liebsten hätte sie sich sofort ihrer Vergangenheit gewidmet, hätte Stephanos ausgefragt, regelrecht ausgequetscht. Doch hier, unter freiem Himmel, vermochte Plutos jedes ihrer Gespräche zu verfolgen. Aber sobald sie das nächste Mal in dem Steinversteck waren, abgeschottet durch die Felsen, würde sie auf Antworten pochen. Und dann, dann würde sie endlich seinen wahren Namen erfahren.

Die Stunden vergingen, bis Athen endlich am Horizont auftauchte. Ein Kribbeln wanderte angesichts der atemberaubenden Aussicht durch ihren Magen. Tief atmete sie durch und genoss den Anblick auf das Zentrum der griechischen Kultur.

Weithin sichtbar thronte die Akropolis mitsamt ihrer imposanten Gebäude über der alten Stadt. Ein Großteil der Bauwerke war im fünften Jahrhundert vor Christus errichtet worden, einer Zeit, in der es Athen wirtschaftlich und politisch sehr gut gegangen war.

Betreten konnte man den Stadtberg durch die Propyläen, dem eindrucksvollen Torbau, der sich am Rande des Bergplateaus erhob. In ihrer Zeit waren Bruchstücke davon erhalten und man begab sich noch immer durch diese Bruchstücke auf den Stadtberg. Dennoch freute sie sich darauf, wenn sie durch den originalen Bau würde schreiten können.

Der Parthenon war der größte Tempel auf der Akropolis und er war Athena, der Stadtgöttin, geweiht. Darin stand eine überlebensgroße Statue der Göttin aus Gold und Elfenbein, gefertigt von dem berühmten Bildhauer Phidias, von der Elli bislang nur Textpassagen gelesen hatte. Nichts davon hatte die Jahrhunderte überdauert, kein Bruchteil der Originalstatue war erhalten geblieben, nur die schriftlich festgehaltenen Beobachtungen verschiedener antiker Schriftsteller und Reisender, die das Kunstwerk bewundert hatten, und darüber hinaus eine kleine Replik, die im Athener Nationalmuseum aufbewahrt wurde. Es gab eine Werkstatt in Olympia, die Archäologen entdeckt hatten und Phidias zuschrieben. Darin hatten sie Formen entdeckt, die der Bildhauer zur Fertigung seiner Statuen verwendet haben könnte. So waren es lediglich die Schatten der berühmten Figur, die die Jahrhunderte überdauert hatten, und nicht das imposante Kunstwerk selbst.

Neben den Propyläen und dem Parthenon gab es das Erechtheion, das durch die Mädchenskulpturen, die das

Dach anstelle von Säulen trugen, Berühmtheit erlangt hatte. Die sogenannte Korenhalle.

Der Grundriss des Tempels war nicht viereckig, sondern unregelmäßig. Das lag darin begründet, dass der Kultbau verschiedenen Gottheiten und Heroen geweiht war und dafür mehrere Stellen des Stadtbergs in seinen Grundriss mit einschloss. Zum Beispiel stand der Bau auf der Stelle des Stadtbergs, an der der attische Urkönig Kekrops aus der Erde geboren wurde, und an der Stelle, an der der Palast des mythischen Königs Erechtheus gestanden haben soll.

Darüber hinaus wurde im Erechtheion das hölzerne Kultbild der Athena aufbewahrt, das zu den großen panathenäischen Stadtspielen geschmückt wurde. Im westlichen Teil befand sich ein Altar, der Poseidon geweiht war. Damals, als Poseidon und Athena darum stritten, wer die Stadtgottheit von Athen sein durfte, hatte der Gott des Meeres verloren, weshalb er außer sich vor Zorn seinen Dreizack in die Erde gerammt hatte. Bei dem Altar konnte man noch die Spuren seines Dreizacks sehen.

Am Rande des Stadtbergs befand sich der Niketempel, ein klassischer Tempel, der der griechischen Siegesgöttin Nike geweiht war. Auch dieser Bau hatte eine große Bekanntheit erreicht.

Obwohl ein Großteil der Ruinen und bildlichen Verzierungen der Tempel und Bauwerke noch heute erhalten war und in Museen ausgestellt wurde, waren die Stücke stark berieben, Köpfe abgebrochen oder kaum zu erkennen. Hoffentlich würde Elli eine Gelegenheit haben, die Akropolis in ihrem Originalzustand zu bestaunen. Aber zuerst ging es um das Buch, das Plutos ihr gestohlen hatte, und dessen Spur führte leider nicht auf die Akropolis.

Sie wandte den sehnsüchtigen Blick vom Stadtberg ab und richtete ihn auf das Areal, das sich vor ihnen erstreckte. Zielstrebig ritten sie auf den Kerameikos zu, das Töpferviertel der Stadt, das zugleich der Friedhof war. Nicht weit davon entfernt, so mutmaßte sie, musste der Straßenzug verlaufen, auf dem der Priester in der anderen Zeit, im geschäftigeren Athen, mit dem Buch von Dädalos verschwunden war.

Je näher sie der Stadt kamen, desto aufgeregter wurde Elli. Sie war bereits an diesem Ort gewesen, gestern, und trotzdem spürte sie, dass es diesmal anders sein würde. Plutos wusste mittlerweile, dass sie in dieser Zeit war. Er befand sich auch wieder in dieser Welt, wie er ihr nur zu deutlich gemacht hatte, als er gestern Abend zu ihr gesprochen hatte. Und seine Priester ... sie befanden sich ebenfalls im antiken Athen. Davon war Elli überzeugt.

Würden sie ein weiteres Mal versuchen sie zu entführen, um sie einzusperren, oder warteten sie wie Plutos ab?

Fröstelnd schaute sie über die Schulter. Niemand verfolgte sie, keine Menschenseele war auf der Landstraße hinter ihnen auszumachen. Hoffentlich blieb das so und sie weckten durch ihre Aktion keine schlafenden Hunde. Aber ohnehin blieb ihnen keine Wahl.

»Alles in Ordnung?«, raunte Stephanos in ihr Ohr.

Sie nickte lediglich, in dem Bewusstsein, dass Plutos außerhalb der Felsverstecke jedes ihrer Worte mithören konnte. Er durfte nicht erfahren, was sie vorhatten, es nicht einmal erahnen.

Sie näherten sich der breiten gepflasterten Straße, die durch den Kerameikos führte und damit zum Dipylontor und in die Stadt selbst. Was für ein Erlebnis. Über diese

Straße hatte es Kultzüge gegeben, die nach Athen hinein- oder hinausliefen. Folgte sie dem Weg, könnte sie durch das zweiflügelige Stadttor hindurchreiten – was leider nicht ihrem Plan entsprach.

Schon nach wenigen Metern verließen sie die berühmte Straße und trabten über einfache Erdwege, um im nördlichen Teil des Töpferviertels nach der Stelle zu suchen, an der der Priester verschwunden war.

Der Bereich des Kerameikos war in der Gegenwart, aus der Elli kam, eng bebaut. Wenn sie in dieser Zeit jedoch über das Areal blickte, sah sie prächtige und weniger prächtige Gräber und unzählige Werkstätten von Töpfern. Es sah völlig anders aus.

Das Viertel war geschäftig, gewissermaßen ein Arbeiter- viertel. Unzählige Leute eilten betriebsam hin und her und schufteten – was so gar nicht den Gegenden entsprach, in denen sich ihr Verlobter wohlfühlte. Hier sollte er, der Gott des Reichtums, einen Unterschlupf besitzen?

Andererseits war das die beste Tarnung. Niemals hätte sie an diesem Ort nach einem Zweitwohnsitz gesucht, wenn der Priester sie nicht darauf aufmerksam gemacht hätte. Hof- fentlich suchten sie wirklich an der richtigen Stelle ...

Stephanos und sie hatten ausgemacht, nur über knappe Gesten zu kommunizieren, solange Plutos nicht auftauchte oder sie anderweitig bedroht wurden. Und das tat Elli nun. Sie nickte scheinbar beiläufig nach links, worauf Philos die Richtung einschlug, ohne dass Stephanos ihn leiten musste. Sie wusste nicht, wie es möglich war, aber das Pferd verstand, wohin sie es lotste. Wie bei ihrem letzten Versuch schien es ihre Gedanken anzapfen zu können, zumindest dann, wenn sie sich auf das ruhige Tier konzentrierte.

Es war später Vormittag, weshalb der Kerameikos voller fleißiger Arbeiter und anderer Leute war. Athener, die ihre Werkstätten betrieben, begegneten ihnen ebenso wie unzählige Sklaven, die die Handwerker in ihrer Arbeit unterstützen mussten.

Darunter mischten sich Schüler, die von den mehr oder weniger berühmten Töpfern lernen wollten. Es war eine Auszeichnung, in bekannten Werkstätten ausgebildet zu werden, nicht anders als in anderen Zeiten auch, weshalb sich nicht wenige um die begehrten Plätze stritten. Dazwischen schoben sich Kunden durch die Betriebsamkeit, auf der Suche nach einer schön bemalten Amphore oder einer einfachen Pfanne.

Öfen rauchten, es klimperte und Töpferscheiben drehten sich. Befehle und Rufe mischten sich unter die Gespräche, die Verkäufer mit ihren Kunden führten. Die Hitze der Öfen heizte die Luft zusätzlich an, weshalb die Schwüle drückend war.

Elli sah sich um. Es war nicht leicht, sich zurechtzufinden. Die Bebauung war eine völlig andere als in der Zeit, aus der sie kam. Die Straßenzüge unterschieden sich, sodass sie eine Weile brauchte, bis sie die Stelle, nach der sie suchten, ausfindig machte.

Um sicherzugehen, überschlug sie noch einmal den Stadtplan aus antiker Zeit und verglich ihn mit dem modernen Athen. Irgendwo in der Nähe musste es sein, weshalb sie zaghaft nickte – das vereinbarte Zeichen – worauf Philos stoppte und sie vom Pferd stiegen.

»Ich hätte mir denken können, dass du dir gerne die Töpfereien anschauen möchtest.« Stephanos grinste ihr beiläufig zu, worauf sie mitspielte.

»Das würdest du auch, wenn du das jahrelang studiert hättest und endlich die Gelegenheit dazu bekommen würdest, alles im Original zu betrachten.«

Scheinbar interessiert an Töpferwerk spazierten sie an zwei Werkstätten vorbei, bis sie die erreichten, die Elli im Auge hatte. Mehrere Männer saßen darin über gebrannten Vasen gebeugt und bemalten den roten Grund mit schwarzen Figuren. Obgleich die Lautstärke, die von den übrigen Werkstätten herrührte, ohrenbetäubend war, herrschte in dem zur Straße offenen Raum eine friedliche Stille, als wäre er abgegrenzt von der Geschäftigkeit rundherum.

»Wow, was für schöne Vasen.« Elli trat in die Werkstatt und deutete auf die fertig bemalten Töpferwaren, die zum Trocknen aufgereiht in einem Wandregal standen. Gleichzeitig drang ein eigenartiges Kitzeln durch sie und ein Schaudern bemächtigter sich ihrer, das sie in Alarmbereitschaft versetzte.

Sie hatten den Ort gefunden.

Plutos Versteck.

Zu Stephanos brauchte sie nichts zu sagen. Sein Blick verfinsterte sich, während er ebenfalls dem Schein nach die Vasen bewunderte. Offenbar hatte er es ebenfalls gespürt. Seine angespannte Körperhaltung sprach ebenso dafür wie sein wachsamer Blick, der anderen kaum auffiel.

Ein betagter Mann trat an sie heran, die Hände geschäftig vor dem rundlichen Bauch reibend. Seine Augen kniff er zusammen, als hätte er zu oft in seinem Leben in die Sonne geguckt. »Kann ich helfen?«

Elli improvisierte mühelos. »Wir brauchen ein Geschenk für unsere Freunde. Gibt es ein Lager mit fertigen Trinkschalen und Amphoren?«

Der Verkäufer verbeugte sich und deutete auf eine Tür. »Dort entlang.«

Ihr Blick fiel auf die Tür, die ihr seltsamerweise zuvor nicht aufgefallen war. Sie fügte sich nahtlos in die Steinwand, als wäre sie nicht für jedermann sichtbar. Alles in ihr ging in Alarmbereitschaft. Beiläufig musterte sie den feisten Verkäufer, ob er ihr bekannt vorkam. War er womöglich einer von Plutos' Priestern? Mit Sicherheit, wenn er in dieser Werkstatt arbeitete und sie in ein Zimmer zu führen versuchte, das nicht jeder und vor allem nicht ohne Erlaubnis betreten werden konnte.

Ihr Puls beschleunigte sich. Sie hätten nicht kommen sollen. Nicht versuchen sollen, in seinen Machtbereich einzudringen. Aber sie durfte keine Panik zeigen, musste ruhig bleiben und den Schein wahren. Sie atmete länger aus als gewohnt und augenblicklich beruhigte sich ihr Puls, als besäße sie Kräfte, auf die sie zuvor nicht zugreifen konnte.

Möglichst unbekümmert winkte sie ab. »Ich bin mir nicht sicher, ob das notwendig ist. Dort vorne bei dem anderen Töpfer habe ich eine Vase gesehen, die mir nicht mehr aus dem Kopf geht. Lass uns noch mal hinübergehen.« Sie hakte sich bei Stephanos unter und zog ihn bestimmt fort. Ein Blick von ihr genügte und er begriff, worauf sie hinauswollte. Sie hatten den Ort gefunden – und nun durfte Plutos keinen Verdacht schöpfen, indem sie zielstrebig in das Gebäude liefen. Ohne sich zu widersetzen, nickte er dem dicklichen Mann zu und folgte ihr nach draußen.

Sie schlenderten zu der anderen Werkstatt, blieben eine Weile vor einer Amphore stehen, um dann zurück zum Pferd zu spazieren. Als hätten sie alle Zeit der Welt, trabten sie durch den Kerameikos und stiegen bei weiteren Werkstätten ab. Womöglich erweckten sie dadurch bei den Priestern, die ihnen nachschauten, den Eindruck, sie suchten wirklich nach Vasen. Plutos hingegen sollte glauben, Elli ginge ihrem archäologischen Interesse nach, indem sie sich das antike Viertel anschaute, die Töpfer bei der Arbeit beobachtete und die fertigen Stücke bewunderte.

Da Plutos sich nicht zu Wort meldete und sie der dickliche Mann auch nicht verfolgte, wähnten sie sich in Sicherheit – sofern es in einer solchen Situation überhaupt möglich war. Zwischendurch wechselten sie Blicke, in denen sie Worte miteinander tauschten, ohne einander hören zu müssen. Sie hatten das Versteck gefunden. Nun blieb nur die Frage, wie sie dort eindringen konnten, ohne dass Plutos es bemerkte, um nach dem Buch zu suchen und es wieder in ihren Besitz zu bringen. Doch so wie Stephanos sie ansah, hatte er bereits einen Plan.

KAPITEL 20

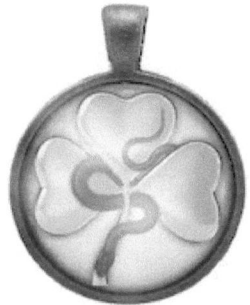

Am Nachmittag zogen sie sich in eines von Stephanos'
Felsverstecken zurück, das in der Nähe von Athen lag. Elli
wunderte sich nicht mehr, dass er auch dort einen geheimen
Unterschlupf besaß. Mit Sicherheit hatte er in der Nähe jeder
größeren oder wichtigeren Stadt eins – wenn nicht sogar
mehrere. Insbesondere im Großraum von Athen.

Kaum dass der schwere Fels hinter ihnen den Zugang
versperrte und damit Plutos außen vor ließ, sprudelte es aus
Elli heraus. Aufgebracht wedelte sie mit den Armen durch
die Luft. »Das war es. Sein geheimes Versteck. Es war nicht
nur der Mann, den ich erkannt habe, der Priester, glaube ich
zumindest, es war auch ein Gefühl. Nein, mehr noch, eine
Gewissheit. Ich habe ihn gespürt, seine … Aura. Vielleicht,
weil ich so viele Jahre mit ihm zusammengelebt habe.«

Stephanos fuhr sich über die Bartstoppeln, den Blick ernst. »Das ging besser, als erwartet. Jetzt bleibt die Frage, wie wir das Buch holen können, ohne dass er uns bemerkt.«

Er hatte eine Idee, sie erkannte es in seinen Augen, doch bevor sie über seine Lippen kam, verschloss er sie. Er verschloss sie so fest, dass Elli sogleich Verdacht schöpfte.

»Erzähl!«

»Was?«

»Tu nicht so. Ich kann es dir ansehen. Du weißt, wie es uns gelingen wird. Auf, raus damit!«

Seine Kiefer mahlten. Es dauerte, bis er sich überwand zu sprechen. »Es ist zu gefährlich.«

Elli wäre nicht Elli, wenn sie an dieser Stelle lockerließe. Konnte er sich das nicht mittlerweile denken?

»Siehst du eine Möglichkeit, dich dort hineinzuschleichen?«

Er antwortete nicht, doch sie erkannte die Wahrheit in seinen Augen. Seine Augen, die so viel mehr zu ihr sagten, als er wusste. Optimistisch ballte sie die Siegesfaust.

»Wunderbar, dann machst du das und ich …« Sie brauchte nicht lange, bis sie seine Gedanken erriet. Ein Lächeln legte sich auf ihr Gesicht. Ein Lächeln, das ganz und gar nicht freudig war, sondern vielmehr … einsehend, verstehend und zugleich voller Beklemmung. »… und ich lenke Plutos in der Zwischenzeit ab.«

»Das wirst du nicht tun.« Seine Augen sprühten Blitze. Wenn er sie nicht jedes Mal damit aufziehen würde, wäre sie in diesem Moment davon überzeugt, dass er ein Gott war. Aber auch einem Gott, ob er nun einer war oder nicht, tat hin und wieder ein vernünftiges Widerwort gut.

»Und wieso glaubst du, du könntest mir das verbieten?«

»Weil es zu gefährlich ist. Ich lasse dich nicht mehr allein, Elli. Wir werden uns nicht trennen. Wir waren lang genug –« Er brach mitten im Satz ab, presste die Lippen aufeinander, als wäre er im Begriff gewesen etwas zu sagen, das er nicht hatte sagen wollen. Das er unter allen Umständen für sich behalten musste. Ging es um seine Gefühle für sie? Seine verbotenen Gefühle? Verboten wieso?

Obwohl sie endlich Antworten wollte, mussten sie das später klären. Nun galt es erst einmal, sich gegen seinen Dickkopf durchzusetzen – auch wenn ein kleiner Teil in ihr zu beten anfing, dass er einen alternativen Plan hätte, dass sie sich nicht würde Plutos entgegenstellen müssen, um ihn abzulenken. Doch das durfte Stephanos nicht wissen.

Entschieden schaute sie ihm ins Gesicht und ließ damit keinen Zweifel daran, wie ernst es ihr war. »Ich werde mir etwas überlegen, wie ich ihn lange genug ablenke. Und entweder mein Opfer ist umsonst, oder du nutzt die Zeit sinnvoll und holst dieses verdammte Buch.«

Er umfasste sie an den Schultern, als wollte er sie wachrütteln. Unvermittelt ließ er sie los und fuhr sich aufgebracht durch die dunklen Haare. »Du bist irre, Elli, zu glauben, du könntest dich mit ihm messen.«

»Ich messe mich nicht mit ihm.«

»Doch, das tust du, indem du so tust, als würdest du mit ihm reden wollen, auf ihn zugehen wollen und ihm signalisierst, du erwägst es, freiwillig zu ihm zu gehen.«

Angespannt presste sie die Lippen aufeinander. Sie wusste es, das Vorhaben war gefährlich. Verdammt gefährlich und sie wünschte, es gäbe eine andere Möglichkeit. Aber nur dadurch würde Plutos ausreichend abgelenkt sein.

Durch sie.

Wie sonst könnten sie ihn ablenken, damit Stephanos freie Hand hatte? Es gab keine andere Möglichkeit …

Zuversichtlicher, als ihr zumute war, straffte sie die Schultern. »Uns bleibt keine Wahl. Ich werde es schon schaffen. Völlig machtlos bin ich schließlich auch nicht, immerhin kann ich die Magie des Rings nutzen. Und die der Feder auch.«

Stephanos wollte etwas entgegen, doch dann runzelte er die Stirn. »Die Feder … Zeig sie mir noch mal.«

Sein Blick wurde nachdenklich. Irgendetwas war ihm eingefallen Sie langte in ihre Tasche und holte das Stück Stoff hervor, in das die goldene Feder eingewickelt war.

Stephanos betrachtete das Schmiedestück, drehte es im schwachen Licht der Fackel, bis er langsam nickte. »Das ist einer der sechs Gegenstände, Elli.«

Niemals hatte ihr Vater … Aber wieso sonst konnte sie damit durch die Zeit reisen? Die Feder war ausgesprochen machtvoll – und das sprach dafür, dass sie wirklich einer der von Hephaistos geschmiedeten Gegenstände war. Ungläubig beugte sie sich näher. »Glaubst du wirklich?«

Nickend hob er den Kopf, die Stimme leiser als gewöhnlich. »Das bedeutet, du bist im Besitz zweier Gegenstände.«

Gänsehaut überfiel sie. Zwei Geschmeide befanden sich in ihrem Besitz. Beiläufig strich sie über den Ring an ihrem Finger. Dabei streifte sie den Armreif, den sie seit ihrem Geburtstag trug und ebenfalls nicht abgenommen hatte. Erst jetzt wurde ihr bewusst, dass sie ihn die ganze Zeit anhatte, seit sie in dieser Welt war. Ununterbrochen.

Sie wurde blass.

»Ich glaube, es sind sogar drei …«

»Wie …?«

Sie hob die Hand, sodass er einen Blick auf den Armreif werfen konnte, den Phil alias Plutos ihr zum Geburtstag geschenkt hatte. Den Armreif von Aphrodite.

Stephanos schluckte und sah sie an, eine Falte zwischen den dunklen Brauen. Die Sorge in seinem Gesicht nahm zu, sofern das überhaupt möglich war. »Ist es das, was ich denke, das es ist?«

Sie zuckte mit den Schultern. »Ich gehe davon aus.«

»Von wem hast du ihn?«

»Von ... Plutos.«

Er umfasste den Armreif, versuchte, ihn von ihrem Arm zu streifen. Erfolglos. »Du kannst ihn nicht ablegen, also ist es nicht von Vorteil, dass du ihn besitzt.«

Eine Schwere legte sich auf ihr Herz, ein Druck, der nichts Gutes verhieß. Plutos selbst hatte sie mit zwei göttlichen Gegenständen ausgestattet. Zwei, die machtvoll waren und die sie nicht ablegen konnte. Irgendetwas bezweckte er damit.

Sachte strich sie mit dem Finger über das kühle Metall, das sich mit einem Mal wie eine Fessel anfühlte. »Wieso hat er ihn mir gegeben?«

Stephanos betrachtete sie nachdenklich. »Vielleicht, um deine Gefühle zu kontrollieren. Um dich glauben zu machen, du würdest ihn lieben.«

Gedankenverloren nickte sie. Die Erklärung klang plausibel.

»Aber das hat nicht funktioniert. Oder Moment. Als er ihn mir gegeben hat, zusammen mit den Rosen, war ich wie in ... Trance oder wie berauscht. Ich wollte ihn küssen, ich wollte nichts mehr als seine Frau werden, an seiner Seite meine restliche Zeit verbringen.«

»Ich weiß. Ich habe es gesehen. Deshalb habe ich die Katze geschickt.«

Überrascht blickte sie auf. Sie erinnerte sich an den Tag in der Taverne. Durch das Auftauchen der Katze hatte eins zum anderen geführt. »Also warst doch du es ... Wie konntest du der Katze erklären, was sie tun soll? Soweit ich weiß, ist vorher kein Vogel über den Tisch gehüpft, der sie hätte anlocken können.« War es ebenso wie mit Philos und den Delfinen? Konnte er mit den Tieren reden – selbst in der anderen Welt?

Doch Stephanos winkte ab. »Sie war äußerst verständig. Aber viel wichtiger ist, dass du stärker unter seiner Kontrolle stehst, als ich vermutet habe.«

»Nein, wichtig ist, dass ich ihm trotz Ring und Armreif nicht verfallen bin. Ich habe mich zur Wehr gesetzt.«

Stephanos schwieg. Er dachte das Gleiche, das erkannte sie. Jetzt war der geeignete Moment gekommen, auch wenn ihr bei der Vorstellung angst und bange wurde.

»Ich werde Plutos ablenken, ich bin dazu in der Lage. Ich weiß es. Und falls es brenzlig wird, nutze ich die Feder, von der er nichts weiß und die ich weder von ihm noch von einem anderen Gott, der auf seiner Seite steht, erhalten habe.«

Stephanos schüttelte den Kopf, eindringlich starrte er sie an, dennoch gab er kein Widerwort.

»Wann wollen wir es machen? Tagsüber oder nachts?«

Sein Blick verfinsterte sich. Seine Kiefer mahlten. Elli legte die Hand auf seinen Unterarm, worauf er schwer aufseufzte.

»Du weißt, dass ich mich nicht davon abbringen lasse. Ich selbst bin es, die sich ihrer Vergangenheit stellen muss. Ich will begreifen, worum es geht, was vorgefallen ist, und ich will, dass es endlich ein Ende hat.« Damit wir beide eine

Zukunft haben, setzte sie gedanklich hinzu, doch laut aussprechen würde sie die Worte nicht.

Der Blick, den er ihr zuwarf, war Bewunderung und Sorge zugleich. Und er zeigte ihr, dass sie gewonnen hatte. Er würde sich darauf einlassen.

Weil er noch immer nichts sagte, spann sie den Plan ohne ihn weiter. »Am besten machen wir es heute Abend. Abends ist es dunkel, da ist nicht so viel los in der Werkstatt.«

Er grummelte mit finsterem Blick und sie deutete es als ein Ja. Ein protestierendes Ja, aber ein Ja war ein Ja.

Den restlichen Tag verbrachten sie in der Höhle. Stephanos saß am Tisch und betrachtete die Feder, die er geflissentlich nicht berührte, sondern nur mit Hilfe des Tuchs drehte und wendete, um sie von allen Seiten zu begutachten. Dabei sprach er kein Wort.

Elli ruhte sich derweil auf dem Bett aus, auch wenn es ein Ding der Unmöglichkeit war, zu entspannen. Die Arme hinter dem Kopf verschränkt lag sie auf dem Rücken und starrte an die felsige Decke. Ihre Gedanken schrillten laut wie Alarmglocken, weshalb sie ruhig zu atmen und damit die aufkeimenden Bedenken zu unterdrücken versuchte.

Sie glaubte Phil zu kennen, oder besser gesagt Plutos. Jahrelang hatte sie an seiner Seite gelebt – wenn auch nie im selben Apartment. Offiziell zusammengezogen waren sie nie. Oft hatte er versucht sie zu überreden, doch sie hatte auf ihr eigenes Reich bestanden. Zwar hatte sie regelmäßig bei ihm übernachtet, aber er niemals bei ihr. Kein Wunder, bei den engen vier Wänden, die sie bewohnt hatte.

Dafür war es ihr Reich gewesen. Der Ort, an dem sie ihre Sachen aufbewahrte, während sie auf Reisen oder hauptsächlich auf Ausgrabungen ging. Hatte er ihre Wohnung je betreten?

Das war einerlei. Gedanklich winkte sie ab und wandte sich wieder dem zu, was vor ihr lag: Dem Moment, in dem sie ihn ablenken sollte.

Wie viele Mahlzeiten hatten sie gemeinsam zu sich genommen, wie oft hatte sie mit ihm gesprochen, Zeit mit ihm verbracht und vor allem in einem Bett mit ihm geschlafen ... Und in all den Jahren war ihr nie etwas passiert. Nicht ein einziges Mal hatte er sie mit seiner göttlichen Macht bedroht und zu etwas gezwungen, das sie nicht wollte.

Darauf musste sie sich konzentrieren.

Sie kannte ihn. Genauso wie Phil Plutos war, war auch Plutos Phil. Sie musste an diesen normalen Mann denken, vor dem sie nie gekuscht, dessen Willen sie sich nie gebeugt hatte. Diese Stärke lag in ihr und sie würde sie bei der bevorstehenden Konfrontation aufbringen.

Zu ihrer Überraschung hatte Stephanos sie während des Essens nicht von ihrem Plan abbringen wollen. Stattdessen hatte er ihr Zeit gegeben, sich etwas zu überlegen. Was konnte sie tun? Wie konnte sie ihn überlisten?

Plutos fand sie überall. Es war folglich unnötig, an einen bestimmten Ort zu gehen, um ihn auf sich aufmerksam zu machen. Sobald sie aus dieser Höhle verschwand und unter freiem Himmel war, oder auch in irgendeinem normalen Gebäude, würde er sie beobachten und hören können. Sie brauchte also nur mit ihm zu sprechen und er würde ihr zuhören. Das hoffte sie zumindest.

»Hast du dir etwas überlegt?« Stephanos war an das Bett getreten und betrachtete sie. Eine Zärtlichkeit lag in seinem Blick, die ihr kribbelnde Stöße durch den Magen feuerte. Doch obwohl sie die gleiche Sehnsucht in seinen Augen las, blieb er auf Distanz.

Sie setzte sich auf und klopfte auf das Lager, worauf er sich ihr gegenüber in gebührlichem Abstand niederließ. Ihrer beider Hände lagen nah beieinander, doch sie berührten sich nicht.

Unvermittelt räusperte er sich und schaute auf, die gewohnte Distanziertheit in seiner Mimik. »Und?«

»Ich werde die Höhle verlassen und mit ihm reden.«

»Mit ihm reden?«

»Ja, ich werde ihn in ein Gespräch verwickeln. Ich muss mich nur zuvor an einen anderen Ort begeben, zumindest von dir entfernen, damit er nicht bemerkt, dass wir uns trennen.«

Er schüttelte den Kopf. »Das lass mal meine Sorge sein.«

»Was meinst du damit?«

»Ich habe Mittel und Wege, in die Werkstatt zu gelangen, ohne für alle sichtbar auf Philos' Rücken nach Athen zu reiten.«

Wie war das möglich? Er würde wohl kaum durch einen Tunnel rennen. War es Teil seiner göttlichen ... Magie?

»Warum haben wir die Möglichkeit nicht schon heute morgen genutzt?«

»Weil du diese Wege nicht beschreiten kannst.«

Okay ...

»Weil ich keine Göttin bin?«

Sein Blick wurde weich. »Glaub mir, Elli, du bist mehr Göttin als ich ein Gott bin.« Seine Augen glühten, doch dann wandte er sie ab und blickte auf die Fackel, deren Feuer ruhig und beständig brannte. »Mach dir über mich keine Gedanken. Aber versprich mir eins.«

Sie horchte auf.

»Bleib in der Nähe der Höhle. Was auch immer er sagt, sei auf der Hut. Er wird versuchen dich von diesem Ort fortzulocken.«

»Aber solange ich nicht mit ihm gehen will, kann er mich womöglich gegen meinen Willen gar nicht zu sich holen. All die Jahre hatte er so viele Möglichkeiten. Außerhalb der Zeremonie in Delphi könnte er machtlos sein.«

»Das glaubst du nur …«

»Wieso sitze ich dann nicht längst als seine Frau auf dem Olymp in seinem Heim und massiere ihm die Füße? Immerhin kann er mich jederzeit und überall finden.« Wie zum Beweis hielt sie Stephanos die Hand unter die Nase, an der der Ring steckte. Der Ring, der so arglos glänzte und funkelte, als wäre er bloß ein Geschmeide, das Frauenherzen höherschlagen ließ.

Stephanos zögerte. »Es ist … kompliziert.«

Das klang beinahe so, als wüsste er mehr. Hatte er es die ganze Zeit gewusst? Sie musste den Grund erfahren. Es würde ihr Macht verleihen. Schließlich war Wissen seit jeher Macht. »Wieso kann er mich nicht zu sich holen?«

»Noch ist er davon abhängig, dass du freiwillig zu ihm gehst.«

»Aber warum? Ich habe am Anfang geglaubt, er müsse nur mit dem Finger schnipsen und schon wäre ich an ihn gebunden. Für alle Zeit.«

Stephanos schmunzelte halbherzig. »Wenn du im Zuge der Zeremonie in Delphi keinen Widerstand geleistet hättest, dann hätte er dich zu sich geholt. Du aber hast dich derart heftig gewehrt, dass er dich nicht über deinen Kopf hinweg auf den Olymp zerren konnte.«

Sie warf die Hände in die Luft. »Aber dann besteht doch überhaupt keine Gefahr!«

»Du vergisst eins bei der Rechnung, Elli.« Eindringlich blickte er sie an, Sorge in seinen Augen. »Plutos ist ein Gott.«

»Und?«

»Er verfügt über Mittel und Wege, dich glauben zu lassen, dass du es willst. Wie zum Beispiel mit dem Armreif und den Rosen, die er dir überreicht hat. Du bist nicht schutzlos, er kann nicht problemlos über dich verfügen, aber du darfst eines niemals tun.«

Elli beugte sich näher. »Was meinst du?«

Seine sanften Augen ruhten auf ihr. »Du darfst ihn niemals unterschätzen.«

KAPITEL 21

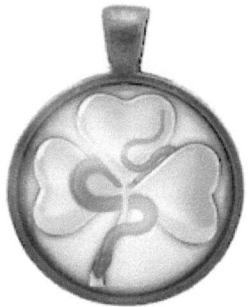

Als der Moment gekommen war, den Plan umzusetzen, fühlte sich Elli krank. Ihre Glieder schmerzten und ihr Nacken drückte, als bahne sich ein Kopfschmerz über den Hinterkopf ihre Stirn hinauf. Doch sie ließ es sich nicht anmerken. Stephanos würde sie nicht rausgehen lassen, wenn er davon wüsste.

»Ich könnte es auch ohne dich schaffen, Elli. Dein Opfer ist nicht notwendig.«

Hatte er ihre Schwäche gespürt? Verlockend klang es, ihn alleine das Buch holen zu lassen. Aber dass er sie nicht durch irgendwelche Götter- oder Heroentricks daran zu hindern versuchte, ihren Teil beizutragen, sagte alles. Auch, wenn es ihm nicht gefiel. Es war besser, sie lenkte Plutos ab, damit die Aktion auch wirklich glückte.

Außerdem – wer war sie, ihm die Probleme zu über-lassen, die sie auf Schritt und Tritt verfolgten? Es ging um ihr Leben, ihre Zukunft und ihre Vergangenheit. Selbst wenn er darin eine Rolle spielte, durfte und wollte sie sich nicht drücken. Noch nie hatte sie andere ihre Konflikte lösen lassen und sie würde bestimmt nicht damit anfangen.

Sie drückte das Kreuz durch und wurde sich ihrer eige-nen Stärke bewusst. Sie war körperlich und geistig über-durchschnittlich fit. Und darüber hinaus gab es etwas, was sie für die Götter, oder zumindest einen Teil von ihnen, gefährlich werden lassen konnte – auch wenn sie noch nicht wusste, was das genau war. Das durfte sie nicht vergessen.

Entschieden blickte sie zu Stephanos auf. Wie groß er war, wurde ihr umso deutlicher, weil er beinahe an die Felsen-decke stieß, die sie nicht einmal auf Zehenspitzen und mit ausgestreckten Armen erreichte. »Mach dir keine Sorgen. Ich schaffe das. Nachher treffen wir uns in der Höhle und dann lese ich endlich dieses Buch. Ich bin so gespannt darauf und werde es erst aus der Hand legen, wenn ich vom ersten bis zum letzten Kapitel jeden Satz inhaliert habe. Das hätte ich das letzte Mal, als es mir in die Hände gefallen ist, schon tun sollen.«

Sorgenvoll betrachtete Stephanos sie. Unvermittelt trat er auf sie zu, ergriff ihre Hand und hob sie an die Lippen. Der Kuss, den er ihr auf den Handrücken drückte, war voller Liebe und Hingabe, voller Sorge und Fürsorglichkeit, dass sie förmlich dahinschmolz.

Sie hob den Kopf und blickte ihm in die Augen. Was sie darin las, ließ ihr Herz höherschlagen. Endlich gab er ihr den Blick auf seine Seele, sein Innerstes frei.

In seinen Augen erkannte sie einen Sturm.

Einen Sturm, wie sie ihn sich kaum vorzustellen vermochte, so gewaltig war er. Es brauste und zerrte, alles war düster und undurchdringlich. Beängstigend schwarz. Doch in diesem Sturm, der alles zu verschlingen schien, brannte ein kleines Licht. Je näher sie diesem Licht kam, je klarer er es ihr präsentierte, desto deutlicher war zu sehen, dass es keine normale Lichtquelle war. Nein, in seinem Inneren leuchtete ein Gesicht. Und als sie erkannte, wer dieses Licht war, schluckte sie.

Sie war es. Das Licht in ihm rührte von ihrem eigenen Antlitz.

Langsam legte er den Finger unter ihr Kinn und hob ihren Kopf. Endlich. Sie schloss die Augen, reckte sich ihm entgegen, und als seine Lippen die ihren berührten, entfuhr ihr ein Seufzen.

Zärtlich, aber bestimmt zugleich drückte er seine Lippen auf ihre, als wäre der Augenblick gekommen, nichts mehr zu verschweigen, sämtliche Mauern einzureißen und sich endlich ihren Gefühlen hinzugeben.

Ein Keuchen entfuhr ihm, worauf er sich von ihr löste. Nicht so abrupt, wie sie es erwartet hätte, vielmehr mit einer gewissen Vorsicht. Langsam öffneten sie die Augen und sahen einander an, ein Lächeln auf den Lippen, das das Licht in seinem Inneren heller noch erstrahlen ließ als zuvor.

»Pass auf dich auf, Elli. Wenn du Hilfe brauchst, geh in die Schatten, egal wie sehr du sie fürchtest.«

Mit den Worten kehrte er ihr den Rücken zu und lief in die Schatten der Felswand. Sie wollte ihm nachlaufen, noch etwas sagen, doch sie wusste es schon, bevor sie es wirklich gesehen hatte: Er war verschwunden, obgleich sich an der Wand nichts anderes verbarg als nackter Fels.

Sie befühlte ihre Lippen. War das gerade wirklich passiert? Hatte er sie in sein Innerstes sehen lassen und sie geküsst? Wärme durchflutete sie und hüllte sie ein, als hätte er ihr mit dem Kuss einen Schutzwall gegeben, der ihr half, sich Plutos entgegenzustellen.

Nach einem Moment des Durchatmens stand sie auf und lief zu den Schatten. Sie befühlte die Steinwand, tastete sie nach einem verborgenen Mechanismus ab, bis sie innehielt, eine Gewissheit im Herzen, wo auch immer sie herrührte. Es war kein Geheimgang, durch den Stephanos verschwunden war, weder ein Tunnel noch ein Aufzug oder Ähnliches. Nein, die Hilfe, derer er sich bediente, um sich fortzubewegen, war Magie. Göttliche Magie.

»Geh in die Schatten«, hallten seine Worte nach. Was hatte er ihr damit sagen wollen? War er womöglich ... Hades, der Gott der Unterwelt, oder vielmehr der Fürst der Unterwelt?

Ein Schaudern bemächtigte sich ihrer, doch dann schüttelte sie den Kopf.

Wenn er wirklich Hades wäre, so wäre er zugleich Zeus' Bruder und dann würde sich Plutos, ein im Vergleich zu Hades niederer Gott, niemals mit ihm anlegen. Niemals. Davon war sie überzeugt. Aber wer war er dann, wenn er ihr die Schatten als Notausgang anpries und zugleich mehrere Male bereits in ihnen verschwunden war?

Kurz war sie versucht, sein Höhlenversteck auf den Kopf zu stellen, um Antworten zu bekommen. Doch sie unterließ es. Sie war nicht der Typ für geheime Wohnungsdurchsuchungen. Weder würde sie sein Vertrauen missbrauchen noch ihn im Stich lassen. Und das bedeutete, dass der Moment gekommen war. Sie musste hinaustreten und sich Plutos stellen.

Ein letztes Mal tief durchatmen. Ein letztes Mal die Lider schließen. Dann, ohne einen weiteren Moment zu zaudern, trat sie auf die Felswand zu und schob sie zur Seite, wie Stephanos es ihr gezeigt hatte.

Das natürliche Licht blendete sie, obgleich die Sonne bereits unterging. Rosafarbene Streifen färbten den Horizont in ein romantisches Lichtermeer. Der Himmel selbst wurde schon dunkler, einzelne dunkelblaue Wolken verliehen dem Horizont etwas Magisches und der Mond leuchtete ebenso wie die ersten Sterne, als wären sie extra früh aufgestanden, weil sie sich die Show nicht entgehen lassen wollten.

Zielstrebig trat sie hinaus in das Gebirge, das sich nordöstlich von Athen erstreckte. Hohe Bäume reckten ihre Kronen dem Abendhimmel entgegen und ihre langen Schatten ragten weit über die Gebirgswelt hinaus. Ein Pferd wieherte. War es Philos?

»Ich bin hier, falls du mich brauchst«, wanderte eine vertraute Stimme durch ihren Kopf.

Elli lächelte. Ja, er war es, und er befand sich in ihrer Nähe. Zuversichtlich trat sie einen weiteren Schritt hinaus, erinnerte sich dann aber an Stephanos' Mahnung. Sie durfte sich nicht zu weit von der Höhle entfernen.

Niemand spazierte durch das Gebirge, was nicht nur an der frühen Abendstunde lag. Stephanos würde sich wohl kaum ein beliebtes Wandergebiet aussuchen, um ein Geheimversteck anzulegen. Sie atmete tief durch, wappnete sich, als bereits die alles durchdringende Stimme vom Horizont bis zu ihr hallte.

»Schöne Helena … Endlich zeigst du dich mir.«

Den Schrecken, der sie bei seiner Stimme und seinen Worten überfiel, versuchte sie zu überspielen. Spontan kam ihr eine Idee. Da sie ihn nicht hatte rufen müssen, schöpfte er bestimmt keinen Verdacht, dass sie absichtlich mit ihm redete. Besser, sie tat überrascht.

»Hast du mich etwa erwartet?«

»Ich warte schon so lange auf dich, seit ewiger Zeit.«

Ein Schaudern wollte sie überfallen, doch sie streifte es von sich, bevor es Gänsehaut bilden und damit ihre Unsicherheit verraten konnte.

»Wieso willst du unbedingt mich?«

»Wie ich sehe, hast du all deine Erinnerungen verloren und nicht nur die, die man dir genommen hat. Wir waren einst sehr glücklich. Wir waren verliebt. Wir wollten heiraten.«

Sie konnte es sich kaum vorstellen. Log er womöglich, um sie zu beeinflussen? Egal, Hauptsache, er redete weiter und bemerkte nicht, was Stephanos im Begriff war zu tun.

»Warum haben wir dann nicht geheiratet?«

Ein tiefes Seufzen erklang über die Ebene, das – das musste sie zugeben – gefühlvoll klang. »Weil ein Unglück geschehen ist, das uns entzweien wollte. Aber keine Sorge, schöne Helena, liebste Gefährtin, wir haben einen Weg gefunden, damit unsere Liebe dennoch weiterleben kann.«

Ein Unglück war geschehen? Erinnerungen blitzten auf. Der Text in der Schriftrolle. Das Bild in der Bibliothek. In den Zeilen, die die Malerin verfasst hatte, wurde von einem verliebten Paar gesprochen, bis die Frau frühzeitig verstorben war. Daraufhin hatte der Mann einen anderen gebeten ihm zu helfen.

»Meinst du mit dem Unglück, dass ich gestorben bin?«

Vor ihr begann die Luft zu flirren und kaum einen Wimpernschlag später stand er vor ihr. Plutos war größer als in der anderen Welt, in der sie jahrelang an seiner Seite gelebt hatte, und er trug um die Hüften ein Tuch geschlungen. Sein muskulöser Oberkörper war nackt. Die markanten Gesichtszüge, die dunklen Locken, die leuchtenden Augen – er war attraktiv, keine Frage, dennoch trat Elli einen Schritt zurück. Dieser Mann machte ihr Angst und das durfte er ruhig wissen. Würde sie sich ihm an den Hals werfen, könnte sie sich kaum verdächtiger verhalten. Sie musste ihrer selbst treu bleiben. Durch nichts anderes konnte sie ihn besser ablenken.

Hellhörig beugte er sich vor, eine Hand erhoben. »Du erinnerst dich an deinen Tod?«

Er durfte nicht wissen, was sie bereits herausgefunden hatte. Er sollte ruhig in dem Glauben bleiben, dass ihr alle Erinnerungen und damit sämtliches Wissen fehlte, das relevant war.

»Nein, aber bei Unglück denke ich sofort an das Schlimmste. Du weißt, was meinen Eltern zugestoßen ist.«

Sein Blick wurde schneidend, düster, bedrohlich, worauf sie zusammenzuckte. Der Tod ihrer Eltern. Der Autounfall. War es gar kein Zufall gewesen? Kein Unfall, sondern ... Mord? Aber damals hatten sie einander doch noch gar nicht gekannt ...

Hatte er sie in ihrer Jugendzeit schon beobachtet? Gewartet, bis ihre Eltern, die sie beschützt hatten, von der Bildfläche verschwunden waren, um sich ihr gefahrlos zu nähern? Denkbar wäre es. Vielleicht hatte Plutos befürchtet, von ihren Eltern erkannt zu werden.

Sie sah Plutos an, versuchte in seinem Gesicht zu lesen, von dem der Schatten verschwand und das sich unvermittelt so arglos verzog, wie es nicht der Wahrheit entsprechen konnte.

»Hattest du etwas mit ihrem Tod zu tun?«

Er schnaubte auf, was Antwort genug war.

»Natürlich nicht.« Er zog die Worte in die Länge, dabei zuckten seine Mundwinkel.

Was für ein Scheusal!

Er log. Sie wusste es. Wie gerne sie ihm ins Gesicht schlagen, ihn anschreien würde … Sie ballte ihre Hände zu Fäusten. »Wieso …?«

Seine Mundwinkel zuckten erneut. Er breitete die Arme aus, trat einen Schritt auf sie zu und wies auf den Sonnenuntergang. Noch bevor er neben ihr angelangte, spürte sie, wie sich etwas nach ihr ausstreckte. Als würden unsichtbare Arme nach ihr greifen, sich um sie legen und in ihren Kopf einzudringen versuchen. Er wollte den Gedanken vernebeln, die Schlussfolgerung aus ihrem Gedächtnis streichen. Aber das durfte nicht passieren. Sie musste sich erinnern, an alles!

Doch seine Kräfte waren stark, sein Wille schier grenzenlos. Er war ein Gott und sie … nun … war es nicht. Es gab nur eine Möglichkeit, wie sie ihn davon abhalten konnte, seine Macht länger einzusetzen.

Mit einem leicht dümmlichen Lächeln trat sie einen Schritt auf ihn zu und betrachtete den Sonnenuntergang. »Ist der Himmel hier immer so schön, wenn Nyx, die Göttin der Nacht, erwacht?«

»Das ist er. Ich freue mich darauf, ihn jeden Abend mit dir zu genießen.«

Wie lange sollte sie das Spiel mitspielen? Sie fühlte noch immer seine Fühler, seine Macht, die sie lenken wollte. Einen Augenblick noch würde sie so tun, als hätte sie vergessen, dass … Was? Was durfte sie nicht vergessen? Da war etwas. Da war etwas Wichtiges gewesen. Eine Erkenntnis, die entscheidend war. Plutos hatte ... Es hatte etwas mit ihrem Vater zu tun. Er hätte ihn erkennen müssen. Aber er konnte es nicht, weil er nicht mehr lebendig gewesen war, als Phil in ihr Leben getreten war. Plutos hatte es verhindert.

Die Erkenntnis schoss in ihren Kopf und schmetterten sie erneut wie ein Steinschlag zu Boden. Plutos hatte ihre Eltern getötet.

Er hat meine Eltern getötet. Er hat meine Eltern getötet. Das war es, das durfte sie nicht vergessen.

Das Lächeln, das sich auf ihre Lippen legte, war kaum möglich, doch sie unterdrückte ihre Wut, musste es tun, damit er ihr diese wichtige Information nicht nahm. Gleich hatte sie es geschafft. Sie blinzelte und endlich nahm die Übermacht ab.

Scheinbar desorientiert schaute sie sich um. »Was tun wir hier?«

Er runzelte die Stirn, worauf sie die gewohnte Schärfe in ihre Stimme legte. »Was hast du mit mir gemacht?«

Ein kaum wahrnehmbares Lächeln verbarg er hinter der Hand, mit der er sich über den Mund fuhr. Er glaubte ihr.

»Du wolltest gerade mit mir den Sonnenuntergang genießen.«

Sofort ging sie auf die Provokation ein – wie sie es normalerweise tun würde. Mit keinem Wort würde sie signalisieren, was sie tief in ihren Gedanken verborgen hielt. In einem Kästchen, das sie gedanklich abschloss und den Schlüssel in ihrem Herzen verbarg – gemeinsam mit der Trauer, der sie sich erst später würde hingeben können.

»Das kannst du mit deiner vorherigen Braut tun. Glaubst du wirklich, ich reihe mich mit den anderen in die Liste deiner Ehefrauen ein?«

»Du bist schon immer etwas Besonderes gewesen, schöne Helena. Du bist die einzige, die ich je wollte. Die anderen dienten nur dazu, deinen Platz warm zu halten, bis du endlich soweit bist, um mir auf den Olymp zu folgen. Und ich weiß es, Helena, es wird nicht mehr lange dauern. Der Sand rinnt durch das Stundenglas und sobald das letzte Körnchen unten angekommen ist, dann gehörst du mir. Denn dann wirst du die Wahrheit erkennen und freiwillig in meine Arme zurückkehren. Das verspreche ich dir.«

Mit den Worten verschwand er und ließ sie zurück, ohne sie gegen ihren Willen mit sich zu nehmen und ohne sie durch seine Macht zu betören. Dafür hinterließ er ihr tausende Fragen und das Gefühl, als lauere irgendwo eine Wahrheit auf sie, die sie unbedingt erfahren musste und die zugleich alles verändern würde.

Als sie aufblickte und zur Höhle zurückkehren wollte, stand sie nicht länger auf felsigem Untergrund und befand sich nicht mehr in einem Gebirge, obwohl sie doch keinen Schritt getan hatte, seit Plutos aufgetaucht war. Nein, sie stand in einem dichten Pinienwald, in dem nichts zu hören war als das beständige Zirpen der Grillen.

KAPITEL 22

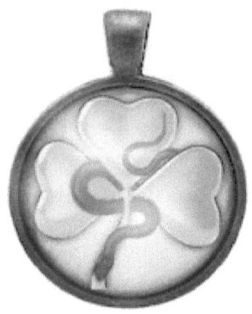

Überrascht verblieb sie an Ort und Stelle und blickte sich um. Rings um sie herum stand alles voller Pinien, manche niedrig, dass Elli in die Kronen greifen konnte, andere höher. Die Bäume wuchsen dicht beieinander und hielten die Abendsonne fern, sodass bereits eine Dunkelheit zwischen den Stämmen aufzog, die sie gruseln sollte. Schließlich hatte Plutos sie hergebracht. Doch die zahlreichen Grillen, die einstimmig ihre Musik zirpten, verliehen der Örtlichkeit etwas Argloses.

Sie ertastete den Beutel, der an ihrem Gürtel hing. Darin befand sich neben dem Amulett mit den drei Herzen die Feder, die sie von ihrem Vater bekommen hatte. Damit – das wusste sie zweifellos – war sie in der Lage, sofort zu Stephanos zu gelangen, ebenso mit der Kraft des Rings. Doch sie zögerte die Magie anzuwenden. Sie war nicht grundlos hier. Plutos wollte etwas damit erreichen. Und sie wollte wissen, was das war.

Ihre Neugierde war geweckt – womöglich war das sein Ziel. Er kannte sie schließlich verdammt gut. Vielleicht sollte sie sich nicht auf seine Spielchen einlassen, aber ... es war etwas Besonderes an diesem Ort. Sie fühlte sich mit ihm verbunden. Wieso, vermochte sie nicht zu sagen, aber sie würde es herausfinden.

Ein Pinienwald ...

Der Duft drang in ihre Lungen und ließ sie tiefer und tiefer atmen, so wohltuend tat es. Und mit dem Duft und der Musik der Grillen kehrte die Fragenflut zurück.

Er hatte von einer Wahrheit gesprochen, die ans Licht kommen und sie freiwillig in seine Arme treiben würde. Stimmte das? Was sollte das sein? Welche Umstände könnten sie dazu bewegen, Stephanos aufzugeben und stattdessen in die Arme des Mannes zu flüchten, der ihre Eltern auf dem Gewissen hatte?

Aber dass sie davon wusste, dass sie sich gegen ihn zur Wehr gesetzt und die Erinnerung vom Mord an ihren Eltern tief in sich verschlossen hielt, davon wusste er nichts. Er musste glauben, sie hätte es vergessen. Dennoch schien es ihr unvorstellbar, auch ohne dieses Wissen aus freien Stücken seine Braut zu werden.

Er hatte von einem Stundenglas gesprochen, von Sand, der rieselte. Spielte er auf die Sanduhr an, die Stephanos im Auge behielt? Die er vor ihr verborgen hielt und kein Wort darüber preisgegeben hatte, wessen Zeit verstrich?

Langsam lief sie los, eine Hand stetig um den Beutel gelegt. Es war tröstlich, die Feder bei sich zu wissen. Ein

Überbleibsel ihrer Eltern, ein Geschenk von dem Gott, der auf ihrer Seite stand. Und dass das nicht nur einer war, davon war sie überzeugt.

Athena hatte den Ring zu verbergen versucht, ihn geschützt, indem jemand in ihrem Standbild das Schmuckstück verstecken konnte. Womöglich bedeutete das, die Göttin der Weisheit war ebenfalls auf ihrer Seite, was mehr als tröstlich wäre. Elli mochte Athena, die ebenfalls für Taktik und die Erinnerungen zuständig war. Sie war eine weise, rational agierende Göttin – was Ellis Art am nächsten kam. Vielleicht konnte sie ihr helfen, an die verlorenen Erinnerungen heranzukommen.

Die Göttin Athena stand also möglicherweise ebenso auf ihrer Seite wie Hephaistos, der sie zu sich geholt und ihr ein paar Denkanstöße gegeben hatte. Und … vielleicht Hermes? Welcher Gott sonst hätte sie in die andere Welt bringen und ihr eine Feder hinterlassen sollen? Immerhin hatte Hermes Stephanos geholfen, indem er ihm seine Flügelschuhe und die Tarnkappe ausgeliehen hatte. Es sprach folglich einiges dafür, dass der Götterbote ebenfalls zu ihrem Team gehörte.

Zu ihrem Team …

Gab es wirklich Teams? Damals, beim Krieg um Troja, hatten auch die meisten Götter die Seite der Griechen oder der Trojaner eingenommen. Und wie damals war Elli wieder involviert, sie, die Wiedergeburt der schönen Helena.

Damals, als die Götter schon einmal gespielt und unglaublich viele Menschen ins Verderben gestürzt hatten, war es um den trojanischen Krieg gegangen. Damals war sie, oder zumindest die mythische Helena, Paris versprochen worden, obwohl sie schon mit Menelaos verheiratet war. Damals hatte Aphrodite auf der anderen Seite gestanden.

214

War es heute wieder so? Welche anderen Götter waren an dem Spiel beteiligt? Da Persephone Plutos Schwester war, stand sie möglicherweise auf seiner Seite. Und Demeter als die Mutter der beiden ebenso. Wer spielte noch mit?

Piniennadeln bedeckten den Boden und verschluckten jeden ihrer Schritte. Einzelne Nadeln rutschten beim Laufen in ihre Sandalen und pieksten in ihre Zehen und Fußsohlen, was sie aus ihren Überlegungen riss. Als eine Nadel schmerzhaft zwischen ihre Zehen stach, unterdrückte sie im letzten Moment einen Fluch. Möglicherweise war sie nicht alleine. Möglicherweise lauerte in der Finsternis des Waldes eine Bedrohung – auch wenn Plutos sie gewiss nicht in Lebensgefahr brachte, wollte er sie doch letztendlich siegreich als Braut auf den Olymp holen.

Rasch entfernte sie die Nadeln von ihren Füßen.

Wieso hatte er sie hergebracht? Nur damit sie von Stephanos getrennt war? Das konnte sie nicht glauben. Es musste einen anderen, oder zumindest einen zusätzlichen Grund geben.

Pinienwald …

Wald …

Pinien …

Pinien galten häufig als Zeichen für Fruchtbarkeit. Doch zusätzlich, das wussten nur wenige, waren sie wie Weiden Symbole für Tod und Trauer.

Tod …

Sollte sie sich an die Umstände ihres Todes erinnern? Wie war es der schönen Helena in den Mythen ergangen, die Elli kannte? Dass sie mit Plutos zusammen, vielleicht sogar verlobt gewesen sein sollte, daran konnte sie sich schon mal nicht erinnern.

War die sagenumwobene Helena auf ewig mit Paris zusammen geblieben? Elli wühlte in ihrem Gedächtnis. Es gab ihres Wissens verschiedene Erzählungen, aber in jeder davon endete Helena an Menelaos' Seite in Sparta. Möglicherweise war Menelaos gestorben und sie hatte sich daraufhin in Plutos verliebt. Oder der Gott hatte sich vielmehr in sie verliebt und um sie geworben.

Schmunzelnd blickte sie auf. Wie spannend eigentlich, einen Fortgang des Mythos zu erforschen … Als würde man nach dem Happyend eines Films einfach weiterschauen, um zu sehen, wie es den Protagonisten anschließend ergangen war. Letztendlich war ein Happyend doch nichts als ein Glücksmoment, auf den sämtliche Höhen und Tiefen folgen konnten. Eine spannende Vorstellung – wenn nur nicht ihr Leben davon abhinge. Ein Schaudern wanderte über ihren Rücken, das sie vorantrieb.

Sie wanderte weiter, sämtliche Sinne angespannt. Was mochte sie in den Tiefen des Waldes erwarten? Die Brauen zusammengezogen spähte sie zwischen die Bäume, aber es tauchte niemand auf, weder Mensch noch Tier. Sie lauschte, ob sie außer den Grillen etwas hörte, und roch, ob ihr ein auffälliger Geruch etwas über die Geheimnisse des Waldes verriet, doch neben dem intensiven Duft der Pinien drang kein anderer in ihre Nase.

Die Zeit verging und ihr wurde mit jeder verstreichenden Minute mulmiger zumute. Vielleicht hatte sie es sich nur eingebildet und hinter diesem Wald verbarg sich überhaupt kein Geheimnis, das mit ihrer Vergangenheit zu tun hatte. Schließlich wollte Plutos nicht, dass sie ihre Erinnerungen zurückerhielt – oder doch? An ein Detail zumindest sollte sie sich erinnern.

Ein Detail, das sie in seine Arme treiben würde ...

Noch ein paar Schritte und sie würde zu Stephanos springen. Vielleicht war es lediglich eine Taktik von Plutos, um ihre Zeit zu verschwenden. Die Zeit, die ihr mit Stephanos blieb – immerhin war Stephanos derjenige, der die Sanduhr im Auge behielt. Ratlos blieb sie stehen. War es so einfach? Wollte Plutos sie voneinander fernhalten?

Ihr Entschluss stand fest. Sie würde mithilfe der Feder zu Stephanos springen. Jetzt. Sofort. Schon wollte sie nach dem Geschmeide greifen, um zur Höhle zurückzukehren, als sie etwas hörte.

Zunächst war es nur ein einzelnes Donnern, das durch die Pinien hallte. Auf das Donnern folgte ein weiteres. Noch eins. Und noch eins, bis der Boden allmählich erbebte.

Instinktiv streckte sie die Arme zu den Seiten, um die Balance zu halten. War das ein Erdbeben oder ... Hufgetrappel? Seit wann lebten Wildpferde in griechischen Wäldern?

Moment ... Pinienwald, Pinienwald ... Ihr Hirn raste. Befand sie sich in einem der riesigen Pinien- und Kastanienwälder in Thessalien, die sich am Fuße des Olymps erstreckten? In dem der Sage nach ... ihre Augen weiteten sich ... ihr Puls raste ... nur eine wilde Pferdeherde beheimatet sein konnte.

Und bei dieser wilden Herde handelte es sich um keine normalen Pferde ...

KAPITEL 23

ER

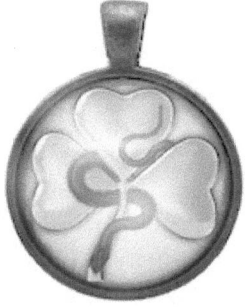

In den Schatten näherte er sich Plutos' Versteck. Er war gar nicht erst in die Werkstatt, sondern direkt zu dem Raum gegangen, in den der Verkäufer am Morgen Elli und ihn hatte führen wollen.

Es war düster, nur ein kleines Öllicht brannte in einer Laterne, die in der Ecke auf dem festgetretenen Lehmboden stand. Zwei Priester saßen am Tisch daneben, zwischen sich eine Weinamphore und zwei Trinkschalen. Sie unterhielten sich leise, blickten immer wieder auf, doch wirklich gut Wache hielten sie nicht.

Unbemerkt sah er sich um.

Der Großteil des Raums lag im Schatten, was ihm nur recht sein konnte. Lautlos bewegte er sich darin, die Augen wachsam hin- und herspringend. Der Raum war nahezu leer. An der Wand stand ein Regal, in dem bemalte Vasen aufgereiht waren. Auf den ersten Blick könnte es sich tatsächlich um ein Verkaufslager handeln, doch auf den zweiten war zu erkennen, dass sämtliche Bilder auf den Vasen nur einen einzigen Gott zeigten. Zwar in verschiedenen Szenarien, doch die Häufigkeit konnte kein Zufall sein. Und dieser Gott wurde nicht wie gemeinhin üblich als Kleinkind oder Baby dargestellt, sondern als ein erwachsener athletischer Mann.

Plutos.

Plutos mochte es nicht, wie er von den meisten Vasenmalern und Bildhauern abgebildet wurde, doch er unternahm nichts, damit es sich änderte. Vermutlich erkannte er, dass es half, ihn harmlos wirken zu lassen, sodass ihn niemand ernst nahm, bis er zu seinem geplanten Schlag ausholte.

Er wusste davon. Im Detail konnte er nicht sagen, welche Ziele Plutos verfolgte, doch damals, als ... sie ... das erste Mal zwischen ihnen beiden gestanden hatte, waren Plutos ein paar Bemerkungen herausgerutscht, die Übles ahnen ließen. Aber darum musste er sich anschließend kümmern. Erst einmal würde er erledigen, weshalb er hergekommen war.

Wo hatte Plutos das Buch verstecken lassen?

Erneut ließ er den Blick über die Regalreihen gleiten, als er einen Riss in der Wand entdeckte, direkt zwischen zwei Regalen, den vermutlich nicht jeder sehen konnte. Dort musste es sein.

Er schielte zu den Priestern, die sich freigiebig nachschenkten und dabei unablässig flüsterten, und schlich durch die Schatten auf die Wand zu. Er konnte die verdächtige Stelle von einer Seite betreten, die den Priestern und den meisten anderen – sowohl Menschen als auch Göttern – verborgen war. Aus gutem Grund. Er wünschte, er müsste ebenfalls nicht durch die Schatten wandeln, doch andererseits hätte er sonst ... sie ... damals nicht retten können. Allein deshalb war es die Sache wert. Sie war alles wert. Jedes Opfer. Jede Mühe. Jeden Fluch.

Sein Herzschlag beschleunigte sich beim Gedanken an sie. An ihr entspanntes Gesicht, wenn sie schlief; an ihr Lachen, das sein Herz erwärmte; an den konzentrierten Blick, wenn sie nachdachte oder las. Die neue Stärke, die sie erfüllte, beeindruckte ihn. All diese Kleinigkeiten verliehen ihm Kraft, diesen Alptraum durchzustehen.

Langsam, denn auch in den Schatten musste man sich davor hüten entdeckt zu werden, streckte er die Hand aus. Hinter dem Riss befand sich ein kleines Fach, eingemauert in die Wand. Das Versteck war so untypisch für einen Gott, banal, einfach. Wahrscheinlich hatte Plutos es deshalb gewählt. Dieses auf menschliche Weise gemachte Versteck fiel nicht auf.

In dem verborgenen Fach lag das Buch, auf das Stephanos all die Jahre achtgegeben hatte und das nun doch in die falschen Hände geraten war. Aber da es darin lag und nicht dort, wo Plutos seine Zeit verbrachte, hegte er die Hoffnung, dass sein Widersacher es noch nicht gelesen hatte. Zumindest nicht die verfängliche Passage.

Vorsichtig legte er die Hand um das Buch und zog es zu sich. Ein magischer Schutz lag darauf, doch er war nicht sonderlich stark. Vermutlich war er lediglich von den Priestern errichtet worden, damit kein Mensch das Buch in die Finger bekam.

Wie in Zeitlupe zog er es zu sich. Es war einfach. Viel zu einfach. Aber schließlich war er, wer er war, und damit nicht machtlos. Endlich war es nah genug bei ihm, dass er es greifen konnte. Und während er es anhob und wie den größten Schatz an sich drückte, hörte er ihn.

Er lachte.

Plutos lachte.

So leise und hinterhältig, dass er unweigerlich die freie Hand zur Faust ballte.

»Was gibt es zu lachen?«, polterte er los, ohne auf die Priester zu achten, die alarmiert aufsprangen und sich umsahen.

»Du mahnst immer, man dürfe mich nicht unterschätzen, und selbst bist doch immer wieder du derjenige, dem dieser Fehler unterläuft.«

Er versteifte sich, alarmiert.

Elli ...

Er durfte sich die Sorge um sie nicht anmerken lassen. Wenn sich Plutos ebenfalls in dem Lager aufhielt, war er zumindest nicht bei ihr.

»Wie kommst du darauf, dass ich vor dir Angst haben müsste?«

Plutos lachte hässlich, ließ sich jedoch nicht blicken. Auch er verblieb in den Schatten und somit für Plutos unsichtbar. Vermutlich hatte der eitle Gott nur das sich bewegende Buch gesehen und wusste deshalb, dass er hier war.

»Mir war klar, dass du kommst. Mir war klar, dass du alleine sein wirst. Und mir war klar ...«, provokant zog

Plutos die Satzpause in die Länge, »… dass du sie nicht mitbringst.«

»Sie ist in Sicherheit. Du wirst sie nicht bekommen.«

Plutos lachte erneut.

Seine Alarmglocken schrillten, doch er würde es sich nicht anmerken lassen.

Plutos' Stimme war selbstgefälliger als ohnehin schon. »Ich muss nur warten. Das weißt du so gut wie ich. Und weil ich noch nie ein geduldiger Mann war, habe ich mich dazu entschlossen, die Sache zu beschleunigen.«

Er musste sich beherrschen, nicht aus den Schatten zu springen und den arroganten Gott herauszufordern. Doch die Priester eilten mit gezückten Lanzen durch den Raum und würden ihm nur im Weg stehen. Sinnlose Opfer hatte es schon genug gegeben. Außerdem kostete es wertvolle Zeit – und sie würden unnützes Aufsehen erregen. Ein Streit zwischen ihnen beiden blieb selten vor den Großen verborgen.

Trotz der Angst um sie blieb er ruhig. »Was hast du getan?«

»Wir haben nur … geredet, wie du es immer so schön genannt hast. Nur geredet.« Er lachte. Schon wieder.

Wie gerne würde er ihm ins Gesicht schlagen!

»Was hast du zu ihr gesagt?«

»Nichts als die Wahrheit. Nicht mehr lange und sie wird freiwillig zu mir kommen. Und damit sie begreift, was ich meine, damit sie erfährt, was … du weißt schon.« Erneut diese provokante Pause, doch er würde sich von ihm nicht reizen lassen.

Obgleich alles in ihm brodelte, er den selbstgefälligen Gott am liebsten zu Brei geschlagen hätte, verriet seine ruhige Stimme nichts davon. »Was hast du getan?«

»Ich habe ihrer Erinnerung auf die Sprünge geholfen, indem ich sie nach ...« Er lachte. Schon wieder.

»WOHIN HAST DU SIE GEBRACHT?«

Das Lachen wurde leiser und zugleich beunruhigender. »Dorthin, wo alles begonnen hat. Dort, wo ihre Fragen lauter werden. Dort, wo sie schon bald die einzig richtige Entscheidung treffen wird.«

Noch bevor Plutos aussprach, wohin er sie gebracht hatte, zählte er eins und eins zusammen. Entsetzt fuhr er auf.

»Du hast sie zu ihnen gebracht?«

Plutos lachte zur Bestätigung.

»Sie werden sie angreifen! Sie werden sie richten!«

»Das mag schon sein, doch zuvor wird sie auf die Knie fallen und mich anbetteln, als meine Braut auf den Olymp einkehren zu dürfen, denn wie wir beide wissen, bin ich der einzige, der sie jetzt noch retten kann.«

Beinahe ließ er das Buch fallen, als er sich umdrehte und durch die Schatten davonrannte. Und obwohl die Schatten sämtliche Geräusche dämpften, verfolgte ihn das hässliche Lachen Plutos' wie eine Drohung, dass er es nicht schaffen würde. Dass er zu spät kam. Und dass Elli keine Wahl bleiben würde ...

KAPITEL 24

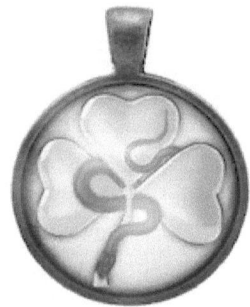

Das Trommeln wurde lauter, die Erde bebte, während Elli begriff, wer angerannt kam. Zentauren. Mythische Gestalten mit dem Oberkörper eines Menschen und dem Unterkörper eines Pferdes. Mischwesen, die in Thessalien beheimatet waren und im Ruf standen, brutale Trunkenbolde zu sein.

Sie streifte die anfängliche Schockstarre von sich und rannte los, zwischen die Bäume, dorthin, wo der Weg für die Zentauren hoffentlich zu eng sein würde. Gleichzeitig umfasste sie den Ring an ihrem Finger. Den Ring, der sie schon mehrere Male dorthin gebracht hatte, wo sie sein wollte.

Vehement rieb sie über ihn und stellte sich Stephanos vor. Jetzt. Auf. Sie wollte zu ihm. Doch es funktionierte nicht. Sie dachte an die Höhle, stellte sich den Eingang vor, aber noch immer verblieb sie in dem bedrohlichen Wald.

Aber wieso ...?

Es konnte nur eine Erklärung geben. Plutos wollte nicht, dass sie entkam. Blockierte er die Macht des Rings, damit sie sie nicht nutzen konnte?

Dennoch ließ sie sich nicht entmutigen, denn von einem Gegenstand wusste er nichts. Und den konnte er auch nicht kontrollieren.

Sie langte nach dem Beutel, der an ihrem Gürtel hing. Darin befand sich ihr Rückflugticket. Die Feder von Hermes. Sie versuchte ihn zu öffnen, doch dafür musste sie die Schritte verlangsamen. Sie löste die Kordel und angelte nach dem Tuch, in das die Feder eingewickelt war. Endlich bekam sie das goldene Stück zwischen die Finger.

Sie dachte an Stephanos. Sie musste zu ihm. Sofort. Sie visualisierte ihr Ziel und schloss dabei die Augen, obwohl sie noch immer rannte, und sie konzentrierte sich auf ihn. Dazu musste sie noch langsamer werden, aber dafür war sie gleich in Sicherheit. Doch es klappte nicht. Anstatt zu der Höhle zu springen, hetzte sie weiter durch den Wald.

Entsetzt riss sie die Augen auf, nichts als Pinien vor sich. Was ging vor sich? Weshalb konnte sie die Magie der Feder nicht nutzen? Sie wusste, dass es möglich war. Ebenso wie sie mit Plutos' Ring in dieser Welt und zwischen den Zeiten springen konnte, so vermochte sie es mithilfe der Feder. Doch wie sehr sie sich auch auf die Höhle, Philos oder Stephanos konzentrierte, die Feder wirkte nicht.

Verfluchter Mist.

Das Donnern kam näher. Ihr blieb keine Zeit zu überlegen, stattdessen rannte sie weiter, schneller noch als zuvor. Die Gewissheit, dass keine Magie sie retten konnte, dass ihr nichts blieb als ihre eigene Schnelligkeit, ihre eigenen körperlichen Fähigkeiten, trieb ihre Schritte zusätzlich an. Sie hetzte zwischen den Bäumen hindurch, sprang über knorrige Wurzeln und landete in weichen Piniennadeln, die wenigstens nicht in ihre Füße stachen. Und selbst wenn, würde sie es vor lauter Adrenalin nicht spüren.

»Da!«, erscholl der Schrei eines Mannes. Es war kein gewöhnlicher Mann, das wusste sie, auch wenn die Stimme wie die eines Menschen klang.

»Dort!«, brüllte ein anderer.

Sie hatten sie entdeckt.

Verbissen rannte sie weiter, suchte nach schmalen Pfaden, eng beieinander wachsenden Bäumen, auch wenn es aussichtslos schien. Sie war nicht schnell genug. Kein Mensch war schnell genug, um dieser Herde zu entkommen. Doch die Hoffnung starb bekanntlich zuletzt. Deshalb gab sie nicht auf, sondern jagte weiter durch den Wald.

Eine Gruppe von Bäumen stand so dicht, dass sie sich nur mit Mühe hindurchquetschen konnte. Dahinter folgten tiefwachsende Pinien, die niedrig wie Büsche standen. Hierher konnten sie ihr nicht folgen.

»Wo ist sie?«

Mit klopfendem Herzen kämpfte sie sich durch das Gestrüpp. Sie musste entkommen. Es konnte nicht gut sein, dieser Horde Wilder in die Hände zu fallen. Gebückt arbeitete sie sich weiter voran. Nadeln stachen in ihre Füße, ihre Beine, ihre Arme, doch sie spürte es kaum. Sie musste die Lider halb schließen, um die Augen zu schützen, die Arme hielt sie ausgestreckt vor sich, um die Zweige zur Seite zu drücken. Immer wieder ging sie auf die Knie, um voranzukommen.

»Wo ist sie hin?«

Das Brüllen der Herde schallte durch den Wald. Erstarrt blieb sie in der Hocke sitzen, wartete, was die Zentauren vorhatten. Sie hielten an und lauschten, auf jedes Geräusch.

»Wer war es?«, drang ein Ruf bis zu ihr.

»Sie!«

»Was?«

»Bist du dir sicher?«

Sie erblasste. Kannten diese Zentauren sie etwa auch? »Sie« war zwar ein recht schwammiger Begriff, aber ihr Gefühl sagte ihr, dass diese Pferdemenschen wirklich sie meinten. Was hatten sie mit ihrer früheren Geschichte zu tun? Und gab es eine Möglichkeit, dass sie ihr hinterherjagten, weil sie sie mochten? Schützen wollten?

»Hundertprozentig. Ihren verfluchten Geruch werde ich niemals vergessen.«

Der Hass, der in dem Satz mitschwang, befeuerte ihre Angst. Das klang nicht gut. Verdammt, was hatten sie gegen Elli? Was war damals geschehen? Keine Anekdote, die ihr aus der griechischen Mythologie bekannt war, handelte von der sagenumwobenen Helena und den Zentauren ...

»Wir werden sie finden und dann ...« Ein Lachen erklang, das seinesgleichen suchte. Gänsehaut überzog jede einzelne ihrer Hautstellen.

Die Zentauren schnüffelten laut, schamlos, als hätte Elli seit Wochen nicht geduscht. »Sie ist noch in der Nähe.«

Verdammt, ihr Geruchssinn war ausgereift wie der von Spürhunden.

Bedächtig, kein Rascheln oder Knacken zu verursachen, linste sie durch das Gestrüpp. Sie sah die zahlreichen Hufen und Pferdebeine, doch die Gesichter konnte sie durch das dichte Buschwerk nicht erkennen.

»Hier entlang.«

Dem Geräusch nach zu urteilen schlugen die Zentauren auf die Pinienzweige und -äste ein, um sich den Weg zu ihr zu erkämpfen. Die Richtung stimmte exakt. Sie konnten Elli riechen, visierten sie punktgenau an.

Ihr blieb keine Wahl.

Auch wenn es nicht lautlos möglich war, schlich sie weiter, so leise es ging. Sie kämpfte sich voran, angetrieben vom Geräusch der trampelnden Hufe und den abschlagenden Pinienzweigen, die zu Boden fielen. Die Feder drückte sie in ihrer Faust so fest, noch immer hoffend, dass die Magie endlich wirkte und sie zu Stephanos sprang. Doch das geschah nicht. Das Metall blieb kalt, als handele es sich um einen einfachen Anhänger und nicht das Schmiedekunstwerk eines Gottes.

Wachsam schielte sie über die Schulter. Die Zentauren kamen näher. Sie war zu langsam, verdammt. Aber wenn sie sich schneller vorankämpfte, würden sie sie hören und dann brauchte sie gar nicht mehr versuchen zu entkommen. Sie waren ihr so nah, dass sie sie binnen Sekunden einholen konnten, sobald sie wussten, wo sie sich genau befand.

Ohne stehen zu bleiben, griff sie nach den Piniennadeln, die auf dem Boden lagen, und rieb sie über ihren Körper. Sand und Erde mischten sich darunter. Egal, wie dreckig sie dadurch wurde, hoffentlich schwächte es ihren Geruch ab. Immer wieder rieb sie über ihre Arme, Beine und Füße, sogar das Gesicht und das Haar, bis sie sich wie ein frisch ausgegrabenes Artefakt der Antike vorkam. Selbst ihr helles Gewand blieb nicht von der Behandlung verschont. Anschließend schlug sie einen Haken, sodass sie sich seitlich von den Zentauren entfernte.

Sie hielt den Kopf gesenkt, während sie gebückt weiterlief. Kurz hielt sie inne und wagte einen Blick über die Schulter. Es schien zu funktionieren. Die Zentauren blieben stehen und fluchten.

»Wo ist sie hin?«

»Ich rieche sie nicht mehr!«

Die Worte beflügelten sie, aber sie durfte sich nicht zu früh in Sicherheit wiegen. Noch immer war sie keine fünf Meter von ihnen entfernt. Leise und beständig kämpfte sie sich durch das Buschwerk, bis die Pinien nicht mehr tief und eng standen, sondern höher wuchsen. Direkt vor ihr bahnte sich eine Schneise von wenigen Metern Breite durch das Dickicht, auf der kein einziger Baum wuchs. Unschlüssig verharrte sie einen Moment. Sollte sie es wagen? Nur wäre sie dann für ein paar Schritte ungeschützt und falls die Mischwesen sie entdeckten …

Aber wie lange konnte sie sich in dem kleinen Areal verborgen halten, in dem sie sich im Moment versteckte und das bereits von ihren Verfolgern durchkämmt wurde? Es war nur eine Frage der Zeit, bis sie sie aufspürten. Wenn sie allerdings das Dickicht wechselte und die Zentauren ihre Spur verloren … vielleicht … vielleicht …

Sie musste es wagen. Weiter vorne wuchsen die Bäume wieder tiefer und dichter. Es waren keine zehn Schritte, die sie ungeschützt zurücklegen musste, dann wäre sie erneut verborgen.

Je länger sie nachdachte und zögerte, desto eher holten die Zentauren sie ein. Ihr blieb keine Alternative.

Eins, zwei, drei.

Sie rannte los, verließ sich darauf, dass die Pinienadeln ihre Schritte dämpften. Zugleich mühte sie sich, die Tritte abzufedern. Wer wusste schon, wie feinfühlig die Zentauren Bodenbewegungen durch ihre Hufe wahrnehmen konnten.

Rasch schlüpfte sie zwischen die anderen Sträucher, offenbar unbemerkt, denn ihre Verfolger fluchten und brüllten. Ein Lächeln legte sich auf ihre Lippen und mit neuem Mut rannte sie weiter.

Die Pinien wuchsen nicht so dicht wie zuvor, doch noch immer eng genug, sodass die Zentauren nicht problemlos hinter ihr her galoppieren konnten. Sie achtete auf ihre Schritte, bückte sich erneut, um sich mit Erde, Nadeln und Sand abzureiben, und blieb dabei nicht einen Moment stehen. Offenbar bekam sie Übung. Elli 2.0. Nicht mehr lange und sie konnte sich beim Geheimdienst bewerben.

»Schwärmt aus!«

Das Donnern der Hufe ließ die Erde erbeben, dennoch blieb sie hoffnungsvoll. Sie würde entkommen. Sie hatte einen Weg gefunden, die Zentauren zu verwirren. Durch das Verwischen ihrer Geruchsspur konnten ihre Verfolger sie weniger leicht ausfindig machen. Die tief wachsenden Kronen der Pinien verdeckten ihren Körper, während sie stetig vorankam.

Wenn sie nur wüsste, wohin sie gehen konnte. Wo genau sie sich befand. Wo Rettung wartete ...

Ein Rascheln ließ sie aufhorchen und für einen Moment hielt sie inne. Kam jemand? Stephanos? Am liebsten hätte sie nach ihm gerufen, doch zu viele Zentauren bewegten sich in ihre Richtung, als dass es klug wäre, der Versuchung nachzugeben. Die Lippen aufeinandergepresst eilte sie weiter. Das Rascheln war nicht noch einmal zu hören, aber sie musste Vertrauen haben.

Wie oft hatte Stephanos sie schon gefunden.

Wenn er wirklich in der Nähe war, würde er zu ihr stoßen. Bestimmt.

Die Vorstellung, gleich auf ihn zu treffen, gab ihr Hoffnung, aber verlassen würde sie sich darauf nicht. Unaufhaltsam lief sie vorwärts, schneller, wenn es der Baumwuchs zuließ, langsamer, wenn die Pinien niedriger und dichter wuchsen, zwischendurch auf allen vieren.

Erneut raschelte es. Kurz schielte sie über die Schulter. War jemand hinter ihr? Stephanos? Ihre Lippen formten seinen Namen, ohne dass ein Laut aus ihrem Mund drang. Dafür schrie ihr Herz umso lauter nach ihm.

Hinter ihr war niemand zu sehen. Als sie sich wieder umdrehte, prallte sie gegen einen massigen Körper.

»Hab ich dich!«

Ellis Herzschlag setzte aus. Direkt vor ihr stand ein Zentaur. Aus stechenden dunklen Augen blickte er auf sie herab, der wilde Bart verdeckte den Großteil seines Gesichts, aber nicht das hämische Grinsen, zu dem sich der übergroße Mund verzog.

Er hatte die muskulösen Arme ausgebreitet und sein mächtiger Pferdekörper versperrte ihr die Flucht.

Instinktiv drehte sie um, wollte zurück, doch schon hatte er sie gepackt. Sein Griff war so eisern, dass sie sich nicht befreien konnte. Wie hatte er so schnell herkommen können?

»Lass mich los!« Sie rammte ihm den Ellenbogen in die Brust, doch er zuckte nicht einmal. Stattdessen lachte er. Es klang schaurig … und ein wenig auch vertraut.

»Nie wieder, Helena! Nie wieder!« Mit den Worten zerrte er sie aus den Pinien und schleifte sie halb über den Boden zu seiner Herde. Steine und Baumnadeln kratzten über ihre Beine. Es brannte, doch Elli nahm es kaum wahr. Vielmehr spürte sie den brutalen Griff. Mit nur einer Hand hielt er sie am Oberarm fest und zerrte sie mühelos mit sich. Sie wollte sich befreien, doch sie kam nicht an ihn ran.

»Was willst du von mir?«

»Meine Rache!«

»Rache? Was habe ich dir getan?«

»Tu nicht so unschuldig oder ich trample dir mit meinem Huf in dein ach so hübsches Gesicht. Dann kannst du niemanden mehr betören.« Er stoppte und wandte ihr sein verwildertes Gesicht zu. In seinen Augen brannte Hass. Und dieser unverhohlene Hass schnürte ihr die Kehle zu. Kein weiteres Wort drang über ihre Lippen.

Weshalb war er so wütend? Was hatte sie getan? Gab es nicht doch die Möglichkeit, dass er sie verwechselte? Die Tatsache allerdings, dass er sie bei ihrem Namen genannt hatte, machte die Möglichkeit gen Null.

»Sag mir, was ich gemacht haben soll.«

»Ich spreche kein Wort mit dir, elende Lügnerin!« Er hob sie an, hielt sie mit nur einer Hand in die Luft und legte den zerzausten Kopf schräg. Der Blick, mit dem er sie bedachte, ließ Schlimmstes befürchten. »Vielleicht bringe ich dich nicht zu ihnen. Vielleicht erledige ich es einfach selbst. Jetzt.«

Die Angst schnürte ihr die Kehle zu, während er mit der zweiten Hand ausholte. Gleich traf sie seine Faust mitten ins Gesicht. Ihre Knie wurden weich, doch sie durfte nicht aufgeben. Sie hielt die Hände schützend vor sich, soweit es sein Schraubgriff zuließ.

»Was habe ich getan? Ich kann mich nicht erinnern. Wirklich nicht, ich –«

»GENUG!« Seine vor Wut lodernden Augen verschlugen ihr die Sprache. Dieser unbändige Hass. Er holte mit der geballten Faust aus und wollte zuschlagen, als lautes Hufgetrappel ertönte.

»Du hast sie? Wieso hast du uns nicht gerufen?«

»Ich wollte mich zuerst um sie kümmern.«

»Nein, ich will!« Eine andere Hand umfasste ihr Handgelenk und zerrte so heftig an ihr, dass sie zu den Seiten gestreckt wurde. Ein dritter umfasste ihren Knöchel.

»Lasst sie mir. Ich weiß, wie man solche Dinge klärt!«

»Aua! Lasst mich runter!« Sie trat mit dem freien Bein, doch sogleich schlang sich eine weitere Hand um den Knöchel und zerrte sie zu sich. »Lasst mich los!«

Niemand beachtete ihren Protest, egal wie laut sie schrie, niemand hörte das Knacksen ihrer Knochen und Gelenke, während sie sie unablässig zu allen Seiten zogen.

»Ich will, vergesst nicht, dass auch ich eine Rechnung mit ihr offen habe!«

Die Männer zerrten an ihr. Ihr Körper spannte sich zum Zerreißen. Es fehlte nicht viel und sie rissen ihr die Arme und Beine aus. Starr vor Angst blickte sie den Zentauren in die Gesichter. In irgendeinem musste es doch Milde zu finden geben. Wenigstens einer von ihnen durfte nicht so brutal sein. Doch in wessen Gesicht sie auch blickte, jedes Mal starrten sie andere wutverzerrte Augen an, Zähne blitzten und einigen entfuhr ein Knurren wie das von einem wilden Tier.

»Lasst mich! Hilfe!« Sie versuchte erneut zu treten, sich frei zu strampeln. Wenn sich alle Pferdemänner um sie stritten, vielleicht gab es einen Weg, der Horde zu entkommen. Doch immer mehr klauenartige Hände krallten sich um ihre Glieder, bis sie horizontal in der Luft schwebte, sich kaum mehr bewegen konnte und ein lautes Knacken ertönte. Ein höllischer Schmerz durchfuhr ihren Nacken.

»Hört auf!« Die Stimme war lauter als die der anderen und tatsächlich wurden die Griffe lockerer, wenn auch kein einziger von ihr abließ.

»Wenn ihr sie zerreißt, wird keiner mehr auf seine Kosten kommen. Wir nehmen sie mit und klären die Angelegenheit gerecht.«

Was bitte gab es gerecht zu klären? Wer sie zuerst zerfetzen durfte?

Unter all den unversöhnlichen Gesichtern versuchte sie den Mann ausfindig zu machen, der möglicherweise der Anführer war. Vielleicht war von ihm wenigstens eine gewisse Schonung zu erwarten. Doch sie konnte den Kopf nicht bewegen. Wie erstarrt vermochte sie nichts gegen die Zentauren auszurichten. Ein seltsames Kribbeln wanderte durch ihre Arme und Finger, als würden sie taub werden. War sie ernstlich verletzt? Querschnittsgelähmt?

Panik wollte sich in ihr ausbreiten, doch sie konzentrierte sich auf ihre Atmung. Sie musste ruhig bleiben. Sie konnte sich nicht wehren, also blieb ihr nichts als zu lauschen, mit dem Verstand einen Weg zu finden, der Horde zu entkommen, bevor die Zentauren ihre Drohung wahrmachten und sie sich nacheinander vorknöpften. Unzählige Ideen, was sie mit ihr vorhatten, rauschten durch ihren Kopf, doch sie unterdrückte sie, so gut es möglich war. Es würde nur ihre Angst befeuern.

Noch immer ließ keiner von ihr ab, obwohl sich die Herde in Bewegung setzte. Erneut knackte es in ihrem Rücken.

»Aaaaahhhh!« Sie krümmte sich, obgleich die Männer sie festhielten.

»Ich werde sie nehmen!«, erscholl die Stimme des Anführers.

»Können wir nicht schon auf dem Weg ein bisschen –?«

»Nein! Gebt sie her!«

Ohne Widerwort wurde sie an den Zentaur gereicht, der ihre Rettung zu werden versprach. Doch als sie in sein Gesicht schaute, erschrak sie.

Dieser wilde Blick aus gelben Augen, dieses hasserfüllte Gesicht, diese gebleckten spitz zulaufenden Zähne, das zu allen Seiten wild abstehende Haar …

Sie kannte diesen Zentaur und obwohl sie noch nicht wusste woher, begriff sie, dass sie auf keine Gnade zu hoffen brauchte. Erst recht nicht von ihm.

KAPITEL 25

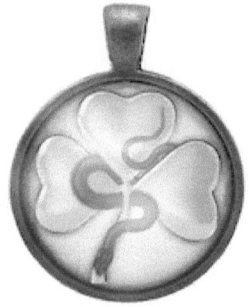

Wie erstarrt lag sie bäuchlings auf dem Rücken des Anführers, die Arme kraftlos um den pferdeartigen Unterkörper geschlungen. Ihr Rücken schmerzte höllisch, doch das beständige Schütteln ließ ihre Wirbel knacksen. Wie durch ein Wunder gerieten einige wieder an ihren Platz, sodass sie zumindest den Kopf drehen und sich langsam bewegen konnte.

Sie durchquerten den schier endlosen Wald, in dem sich keinerlei Wegmarkierung zeigte, weder ein Gebäude noch ein auffällig gewachsener Baum oder ein großer Stein. Die unzähligen Pinien wuchsen mal dichter und niedriger, dann wieder höher und lichter, und der Erdboden war durchsetzt mit Sand und Massen an Baumnadeln.

Nach einer Weile mischten sich Kastanienbäume zwischen die Pinien, sodass sich die Umgebung veränderte. Wie lange dauerte die Reise? Brachten die Zentauren sie in ihr Lager? War der Weg ihre Galgenfrist und anschließend wartete … ja, was wartete auf sie? Die Rache sämtlicher Zentauren? Was hatte sie angestellt, um das zu verdienen?

Sie musterte die Gesichter der Mischwesen, die ständig zu ihr schauten. Sie alle passten auf, dass sie ja nicht entkam. Ihre Blicke waren durchweg ungeduldig und wutentbrannt, in keinem Augenpaar fand sie Gnade.

Auch wenn der Anführer sie davor bewahrt hatte, an Ort und Stelle entzwei gerissen zu werden, machte sie sich nichts vor. Er hatte den größten Hass auf sie. Den Grund dafür musste sie unbedingt erfahren. Sie würde darauf bestehen. Bevor irgendjemand sie richtete oder seine Rache bekam, wollte sie wissen, was sich hinter der Wut verbarg – und damit ein wenig Zeit schinden. Hoffte sie zumindest.

Sie drehte sich, endlich wieder dazu in der Lage sich einigermaßen zu bewegen, worauf sich sofort eine große Hand um ihre Wade krallte.

»Versuch gar nicht zu entkommen.« Die Ruhe in der Stimme war beängstigender als das unbändige Gebrüll der anderen. Aber dass der Anführer dazu in der Lage war, ließ sie hoffen. Wer seinen Hass regulieren konnte, war womöglich auch in der Lage, ihr Antworten zu liefern und dabei zu erkennen, dass streng genommen nicht sie es gewesen war, die was auch immer angerichtet hatte.

Lügnerin und Verführerin hatten sie sie genannt. Daraus konnte sie sich tausende Szenarien zurechtspinnen, weshalb sie es von vornherein unterließ. Aber vielleicht konnte sie die Reise nutzen, um eine Verbindung zu dem Anführer aufzubauen. Bloß was sollte sie sagen?

»Mein Name ist Elli.«

»Ich weiß, wer du bist.«

»Dann weißt du auch, dass ich nicht wirklich die sagenumwobene Helena bin.«

»Du bist ihre Wiedergeburt.«

Er wusste es? Dann gab es noch Hoffnung!

»Wenn du das weißt, muss dir doch klar sein, dass ich mich wirklich nicht erinnern kann und dass nicht ich es gewesen bin, die euch geschadet hat.«

»Das spielt keine Rolle, denn in dir ruht ihr Geist. Und jetzt sei still. Ich kann deine Stimme nicht ertragen.«

Sein feindseliger Tonfall ließ sie verstummen. Sie wollte ihn nicht verärgern – zumindest nicht noch mehr, als es ohnehin bereits geschehen war. Immerhin redete er mit ihr, ein wenig zumindest, was die anderen nicht getan hatten. Vielleicht konnte sie durch einzelne Fragen Zeit schinden, bis sie eine Fluchtmöglichkeit entdeckte. Oder bis Stephanos kam und ihr half.

Stephanos.

Sie konzentrierte sich auf ihn. Vielleicht half es, damit er sie fand, damit er zu ihr kam. Moment, wo war eigentlich die Feder? Vielleicht wirkte ihre Magie endlich wieder. Sie tastete nach ihrem Gürtel und erleichtert atmete sie auf. Der Beutel befand sich an Ort und Stelle und die Feder in ihm, eingewickelt in das Stück Stoff ihres Vaters. Doch noch immer ging keine Wärme von ihr aus. Es würde nicht funktionieren.

Augenblick. Sie war in Lebensgefahr. Wieso holte Plutos sie nicht längst zu sich? Wusste er nicht, was gerade mit ihr geschah? War er womöglich damit beschäftigt, Stephanos davon abzuhalten, das Buch zu stehlen?

Plutos würde doch nicht wollen, dass die Zentauren sie zerfetzten. Er wollte sie bei sich haben, mit niemandem teilen. Und tot bahrte er sie gewiss nicht auf dem Olymp auf und betrauerte sie inniglich. Nein, Plutos wollte sie lebend!

Sie konzentrierte sich auf die Macht des Rings und den Armreif, beides Geschenke von ihm und damit Verbindungspunkte. Sie musste einen Zugang finden, eine Möglichkeit, ihn auf mentaler Ebene zu erreichen. Sie streckte die Gedanken nach ihm aus.

»Möchtest du, dass ich dich zu mir hole?«, hörte sie unvermittelt seine Stimme in ihrem Kopf.

Überrascht schaute sie auf. Er war nicht zu sehen und die Zentauren schienen ihn nicht zu hören, zumindest reagierte keiner auf seine Worte.

War sie dazu in der Lage, ihm gedanklich zu antworten?

»Wieso hilfst du mir nicht?«

Es funktionierte, denn sie hörte ihn leise lachen.

»Ich kann dir sofort helfen. Ein Wort, meine schöne Helena, ein Wort und ich hole dich zu mir auf den Olymp. Es wird dein Schaden nicht sein.« Seine Stimme klang schmeichelnd, beinahe verlockend angesichts der wütenden Stimmen der Zentauren, doch sie würde darauf nicht hereinfallen. Sie kannte ihn, würde sich nie wieder auf ihn einlassen, egal welchen Zauber er benutzte. Sämtliche Hüllen waren gefallen. Sie wusste nun, wer er war, kannte ihn und seine Macht.

»Und wenn ich nicht zu dir auf den Olymp will, sondern zu Stephanos oder Dädalos? Wirst du mich retten und zu ihnen bringen?«

»Meine Liebe, offenbar hast du den Ernst der Lage noch nicht begriffen.«

Er würde sie eher sterben lassen als aufzugeben … Ein Schreck durchfuhr sie, doch sie verdrängte ihn.

»Du würdest mich von diesen Raufbolden zerfetzen lassen?«

Er lachte. Es klang siegessicher.

Verdammter Mist.

»Sag mir, wenn du bereit bist, zu mir zu kommen. Und glaub mir, es wird ohnehin nicht mehr lang dauern.«

Ein weiterer Schreck durchfuhr sie bei seinen Worten. Er half ihr nicht, wartete ab, bis sie zwischen dem brutalen Tod durch die Pferdemänner und dem Leben an seiner Seite wählte.

»Wenn du mich wirklich liebst, dann wirst du doch nicht zusehen, wie sie mich zerreißen!«

»Das werden sie nicht, schöne Helena, mach dir keine Sorgen, denn vorher wirst du zu mir kommen.«

»Niemals!«

Er lachte. »Das werden wir sehen ...«

Er verschwand aus ihrem Kopf, sie spürte es sofort. Sie ballte die Hände zu Fäusten. Dann würde sie eben ohne diesen arroganten, selbstverliebten Gott entkommen! Er kannte sie schlecht, wenn er glaubte, sie ließe sich erpressen. Niemals. Eher würde sie den Tod wählen, als ihm zwanghaft auf den Olymp zu folgen.

Schon seit einer Weile galoppierte die Herde eine Anhöhe hinauf. Die Bäume wuchsen höher und höher, als wollten sie selbst den Himmel erreichen. Elli beachtete sie nicht. Ihr Blick war gen Norden gerichtet. Dort, in der Ferne, ragte der größte Berg von allen in den Himmel empor.

Der Olymp.

Der Sitz der Götter.

Seine Bergspitzen waren umgeben von dichten Wolken, die langsam um ihn zogen, als hätte Zeus sie zur Belustigung der Götter aufgefordert, einen Reigen zu tanzen. Gefangen von dem Blick richtete sie sich auf dem Rücken des Zentauren auf.

Er schnaubte auf. »Glaub nicht, dass dort vorne Rettung auf dich wartet. Wir bringen dich nicht zu ihnen.«

Damit hatte sie auch nicht gerechnet. Schließlich gab es unzählige Darstellungen von dem Kampf der Götter gegen die Zentauren. Nein, die Zentauren hielten sich von den griechischen Göttern fern, das war ihr bekannt. Doch wie viel sie über die Antike wusste, würde sie ihm nicht verraten. Vielleicht war ihr Wissen zu etwas nutze ... vielleicht unterschätzte er sie ja, ebenso wie seine Herde ...

»Wohin bringt ihr mich?«

»Auf den Richtplatz.«

Was für eine Bezeichnung.

Nachdenklich schaute sie hinauf zum Olymp. Saß Plutos dort oben und sah gemeinsam mit den anderen Göttern dabei zu, wie die Herde sie mitnahm? Beobachtete er jeden Schritt und wartete nur darauf, dass sie ihn um Hilfe anflehte?

Er kannte sie schlecht, wenn er wirklich damit rechnete. Eher würde sie sich entzwei reißen lassen – auch wenn die bösartigen Augen der Zentauren sie kurzzeitig an ihrer Standhaftigkeit zweifeln ließen.

»Wird es auf dem Richtplatz eine Anhörung geben?«

»Natürlich.«

Ein leiser Seufzer entfuhr ihr, als der Zentaur fortfuhr: »Aber keine, bei der du zu Wort kommst.«

Ihr Herz sank tiefer. Dieser unversöhnliche Hass ... womit hatte sie ihn verdient? Wie konnte sie ihm entgehen? Stephanos, wo bist du? Doch da ihr Prinz in der strahlenden

Rüstung nicht auftauchte, musste sie sich selbst aus der Misere retten. Selbst war die Frau. Schwach und unentschlossen war Elli noch nie gewesen und würde es auch niemals sein. Vielleicht ließ sich ja doch mit dem Anführer reden ...

»Du weißt, dass ich eine Wiedergeburt bin und mich nicht erinnern kann. Meinst du nicht, es wäre fair, wenn ich wüsste, wofür mein früheres Ich bestraf–?«

»Sei still oder ich vergesse mich.« Obwohl seine Tonlage ruhig blieb, zuckte sie zusammen. Er richtete seine gelben Augen auf sie, einen Augenblick, bevor er sie wieder auf den Weg und die Umgebung richtete.

Sie schloss die Augen. Hatte Plutos sie absichtlich hergebracht, damit sie mit vor Angst schlotternden Knien um Hilfe flehte? War das der einzige Grund? Doch dazu würde es nicht kommen. Niemals! Sie hielt die Augen geschlossen, um den neugewonnenen Mut nicht zu verlieren. Sie würde in ihrem Willen nicht schwanken. Musste sich selbst vertrauen.

Die Herde verlangsamte die Schritte, worauf sie die Lider öffnete. Sie erreichten einen Platz, der kreisförmig von hohen Kastanien eingerahmt wurde. In der Mitte war ein Fels, auf den Elli gestoßen wurde. Bevor sie mit dem Hintern auf die Kante stieß, fing sie sich ab und landete auf den Füßen. Ihre Glieder schmerzten, geschunden von den brutalen Griffen der Herde, doch sie ignorierte die Pein. Stattdessen konzentrierte sie sich auf ihre Zuversicht, ihre Hoffnung, auch wenn sie angesichts der Übermacht der Mischwesen bröckelte.

Die Herde umringte sie. Drohend starrten sie auf sie herab, doch Elli wollte ihre Unruhe nicht zeigen. Auch wenn ihr Puls schneller und schneller schlug, senkte sie den Kopf nicht, sondern schaute den Zentauren nacheinander in die Augen.

»Ich habe das größte Anrecht darauf, sie zu bestrafen. Du weißt, was passiert ist, Abas!«, polterte sofort einer von ihnen los.

Weitere stimmten mit ein, worauf der Anführer, der von anderen ebenfalls Abas genannt wurde, die Hand erhob.

Abas ... sie kannte den Namen. Es war einer von einzelnen überlieferten Namen der Zentauren. Aber ob ihr das weiterhalf, blieb fraglich. Keine einzige Geschichte fiel ihr zu ihm ein, nicht einmal der Namen des Schriftstellers, bei dem er speziell erwähnt wurde.

»Ruhe!«

Die Herde schwieg sofort. Die Augen der Zentauren schossen von ihr zu Abas und wieder zurück. Sie umringten den Felsen so eng, dass einige von ihnen nur die Hand auszustrecken brauchten und schon würden sie Elli packen können. Doch sie behielten ihre Pranken bei sich, ballten sie zu Fäusten oder verschränkten die Arme vor der breiten Brust.

»Wir alle haben gute Gründe, diese Frau zu hassen und ihr den Tod zu wünschen, wir alle, weshalb streng genommen niemandem das Recht zusteht, sie als erster zu bestrafen.«

Elli richtete sich hoffnungsvoll auf, als Abas' erbarmungsloser Blick sie traf.

»Niemand von uns hätte sich derart unter Kontrolle, dass danach noch etwas von ihr übrig bliebe, an dem die anderen ihre Wut auslassen könnten – nicht einmal ich traue mir das zu. Deshalb sollten wir uns überlegen, wie wir es gemeinsam tun können, damit ein jeder von uns seine Rache bekommt.«

Lautes einstimmiges Gebrüll hallte durch den Wald, während Elli erblasste. Ein Zittern bahnte sich durch ihre Glieder, das sie nicht länger zu unterdrücken vermochte, ebenso wie eine beunruhigende Erkenntnis.

Sie brauchte auf keine Milde zu hoffen.

Bei niemandem von ihnen.

KAPITEL 26

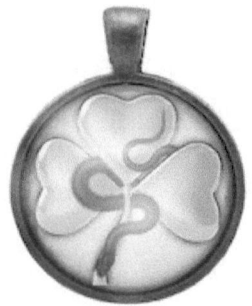

Die laute Diskussion der Zentauren verfolgte Elli nicht. Sie verschloss die Augen ebenso wie ihre Ohren, um die grausamen Ideen nicht mit anhören zu müssen. Einer überbot den anderen, keiner würde Gnade walten lassen, so viel war klar. Aber um ihrem Urteil entkommen zu können, musste sie wachsam bleiben. Die nächstmögliche Gelegenheit würde sie ergreifen und dazu musste sie sich entspannen – so gut es in einer solchen Situation möglich war.

Sie konzentrierte sich auf den Wind, der durch die Blätter der Kastanienbäume strich. Das Rauschen war beruhigend. Dazu gesellte sich das Zirpen der Grillen, das lauter und lauter wurde, je tiefer die Sonne sank.

Irgendwann fühlte sie sich in der Lage, die Augen zu öffnen. Den Blick hielt sie starr gen Himmel gerichtet, konzentrierte sich auf die warmen Farben, in die die untergehende Sonne das Firmament tauchte. Der Anblick war magisch und beruhigend. Wie konnte an einem solchen Ort etwas Unrechtes geschehen? Denn dass ihre Hinrichtung durch die Zentauren Unrecht war, davon war sie überzeugt. Was auch immer ihr vorheriges Ich angestellt hatte, es rechtfertigte keine Gewalt, die sie in diesem Leben erdulden musste.

Der Ruf einer Eule mischte sich unter das Zirpen der Grillen, der zunehmend durchdringender wurde, als wollte die Eule jemanden auf sich aufmerksam machen. Elli konzentrierte sich auf das Geräusch und senkte langsam den Blick. Die Zentauren stritten noch immer lautstark, dabei beachtete sie keiner von ihnen – nur einer behielt sie unablässig im Auge.

Abas, der Anführer der Herde.

Sein starrender Blick war durchdringend, als ahne er, was sie vorhatte. Keinen einzigen Moment würde er in seiner Achtsamkeit nachlassen. Er war ihr an Schnelligkeit und Stärke weit überlegen, weshalb eine Flucht aussichtslos erschien. Ihre Chancen, dem Tribunal zu entkommen, waren schwindend gering, doch davon durfte sie sich nicht entmutigen lassen. David gegen Goliath – wie klein die Chancen auch waren, sie würde nicht aufgeben.

Sie schaute ihn nicht an, blickte vielmehr an ihm vorbei, während der Schrei der Eule tiefer und tiefer in ihr Bewusstsein drang, als berge er eine gewisse Form von Magie. Konzentriert beobachtete sie ihre Umgebung, die hin- und herwiegenden Zweige der Kastanien, den dunkler werdenden Abendhimmel und die diskutierenden Zentauren. Mit jedem erneuten Eulenruf verlangsamten sich die Gesten der

Kreaturen, wurden ihre Stimmen leiser, bis sich auf einmal ein Weg zwischen ihnen abzeichnete.

Das konnte doch nicht möglich sein. Ungläubig blinzelte sie mehrmals.

Es sah aus, als schiebe jemand die Zentauren beiseite, deren Bewegungen noch langsamer wurden als zuvor. So musste sich eine Fliege fühlen, die ihre Umgebung im Auge behielt und mühelos rechtzeitig reagierte, wenn jemand ausholte, um nach ihr zu schlagen. Gleichzeitig verzerrten sich die gesprochenen Sätze der Herde wie früher die Stimmen bei ihrem Walkman, wenn die Batterien fast leer waren.

Betäubte der Ruf der Eule die Sinne ihrer Widersacher, weshalb sie langsamer und langsamer wurden? Oder verstärkte er nicht viel mehr Ellis, denn die Zentauren schienen nichts davon zu bemerken. Wenn auch wie in Zeitlupe, so fuhren sie doch fort miteinander zu streiten und die Fäuste drohend in ihre Richtung zu strecken. Ihre Gesichter verzerrten sich gleichsam mit ihren Stimmen, wodurch sie weniger bedrohlich wirkten. Das Knurren wurde monotoner, die stechenden Augen verloren an Intensität.

Elli beobachtete all das, bis sie unvermittelt die Luft anhielt, während sie erkannte, was gerade passierte. Jemand half ihr. Jemand, der die Eule geschickt hatte, um ihr einen Fluchtweg zu ermöglichen, verhalf ihr zur Flucht. Vielleicht Athena. Die Eule ließ auf die Göttin der Weisheit und Strategie schließen.

Innerlich winkte sie ab. Es war einerlei, wer ihr half. Plutos war es sicherlich nicht, weshalb sie die Hilfe ungefragt annehmen würde. Es gab Götter, die in diesem Spiel auf ihrer Seite standen, das wusste sie, und einer von ihnen hatte den Nachtvogel ausgesandt, um sie zu unterstützen.

Ehe die Bewegungen und Stimmen der Zentauren wieder das gewohnte Tempo erreichten, visierte sie die Lücke an, die sich zwischen der Herde auftat, und sprang vom Stein. Als sie mit den Füßen auf dem Boden landete, durchfuhr sie ein heftiger Schmerz im Rücken. Das Gezerre der Mischwesen hatte ihrem Körper übel zugesetzt, doch sie ignorierte es und rannte los. Adrenalin pumpte durch ihre Adern und half ihr dabei sich trotz der Schmerzen gewohnt wendig zu bewegen.

Sie eilte zu den Kastanien, durchdrang den Baumkreis und hetzte in den Schutz des Waldes. Nicht ein einziges Mal blickte sie über die Schulter, während sie unablässig rannte. Sie rannte und rannte, noch immer den Ruf der Eule im Ohr. Solange sie das Waldtier hörte, bewegten sich die Zentauren langsam, daran wollte sie sich festhalten, die Vorstellung schenkte ihr Kraft.

Sie war bereits eine Weile durch den Wald gerannt, als das Donnern von Hufen die Erde erzittern ließ. Der Ruf der Eule verklang, und gleichzeitig erschallten die Schreie ihrer Verfolger bis zu ihr.

»Wo ist sie hin?«

»Wie hat sie entkommen können?«

»Wer hat sie gesehen?«

Die Zentauren schrien durcheinander, bis die durchdringende Stimme des Anführers sie gleichzeitig verstummen ließ.

»Die Götter haben ihr geholfen.« Abas galoppierte los und folgte exakt ihrem Fluchtweg, als hätte er beobachtet, in welche Richtung sie geflohen war. Womöglich hatte er es auch, nur dass er nicht schnell genug hatte reagieren können, um sie aufzuhalten. Oder er folgte der Spur, die sie durch ihren Geruch hinterließ.

Sie verlangsamte die Schritte und griff erneut nach der Erde, nach Kastanien und Moos. Die Hände voll davon rieb sie über ihren Körper, ihr Gewand und ihr Haar. Sie war so weit von den Zentauren entfernt – wenn es ihr gelang, ihre Geruchsspur zu unterbrechen, konnte sie entkommen. Sie wusste es. Bestimmt.

Sie jagte weiter, ohne zu wissen, wo sie sich verstecken sollte. Aber es würde etwas geben. Irgendwo. Irgendwas. Es musste so sein, wieso sonst hatte Athena oder ein anderer Gott ihr geholfen?

Die Nacht brach herein und noch bevor der Himmel dunkel war, vermochte sie unter den Kronen der Laub- und Nadelbäume kaum mehr die Hand vor Augen zu erkennen. Immer wieder stieß sie mit den ausgestreckten Händen gegen Baumstämme, so schlecht war die Sicht. Verlockend war die Aussicht, auf einen Baum zu klettern, bis es wieder hell wurde, aber die Zentauren würden niemals Rast halten, egal wie schlecht die Sicht war.

Langsamer, doch beständig lief sie vorwärts. Die Hände hielt sie ausgestreckt vor sich. Nur schemenhaft zeichneten sich die Stämme vor ihr ab, aber die Zweige waren erst zu erkennen, wenn sie dagegen lief, und jedes Mal raschelten die Blätter, als hätten sie sich mit den Zentauren verbündet.

»Ich rieche sie. Sie war hier!«

Verdammt, sie hatten ihre Spur und ihre Stimmen wurden lauter. Ihre Verfolger holten auf. Kein Wunder, sie waren größer und hatten vier Beine und nicht nur zwei.

Sie versuchte ihre Schritte zu beschleunigen, was angesichts der Finsternis kaum möglich war. Aber ihr blieb keine Wahl. Konzentriert achtete sie auf den Weg, auf ihre Atmung wie auf jeden einzelnen Schritt. Sie würde nicht aufgeben. Niemals. Sie musste diesen ungestümen Scheusalen entkommen.

»Elli?«, erklang ein tiefes Flüstern.

Sie riss die Augen auf. Hatte sie sich die Stimme nur eingebildet?

»Stephanos?«

»Wo bist du?«

O Gott, er war es wirklich. Zu allen Seiten sah sie sich um, doch sie konnte ihn in der Finsternis nirgends ausfindig machen.

»Hier!«, raunte sie mehr, als dass sie es laut aussprach. Die Zentauren durften nicht erfahren, dass sie Unterstützung bekam.

Rascheln erklang, so leise, dass es kaum zu hören war, Schritte drangen gedämpft zu ihr, gleichzeitig wurden die Huftritte ihrer Verfolger lauter und wollten sie dazu antreiben fortzurennen. Dennoch blieb sie an Ort und Stelle.

Als eine Hand über ihren Arm strich, umfasste sie sie sogleich. Sein vertrauter Geruch mischte sich zu dem des Waldes und sie atmete auf.

»Elli, endlich.« Stephanos schlang seine Arme um sie, drückte sie an sich und als sie seinen Herzschlag an ihrer Wange fühlte, lehnte sie sich an ihn. Jetzt würde alles gut werden.

Für einen kurzen kostbaren Augenblick genoss sie das Gefühl, wie die Zeit stillstand – doch das tat sie nicht. Die Hufe der Mischwesen kamen unaufhaltsam näher. Alarmiert löste sie sich von ihm.

»Die Zentauren, sie sind hinter mir her.«

»Ich weiß. Komm, ich bringe dich fort von hier.« Er umschloss ihre Hand und bereitwillig ließ sie sich von ihm durch die Dunkelheit führen. Am liebsten hätte sie sich nur deshalb, weil er bei ihr war, in Sicherheit gewogen, doch das durfte sie nicht. Noch immer waren ihre Sinne zum Zerreißen gespannt.

Sie spähte über die Schulter, auch wenn sie hinter sich nichts erkennen konnte. Das Poltern der Hufe und das Gebrüll bezeugten, dass ihnen die Herde dicht auf den Fersen war. »Sie kommen näher, wir sind zu langsam.«

»Ich weiß, deshalb müssen wir in die Schatten gehen.« Bildete sie es sich nur ein oder schwang in seinen Worten Besorgnis mit?

»In die Schatten?« Sie konnte es sich nicht erklären, doch eine Angst ergriff sie, von der sie nicht wusste, woher sie rührte.

»Ich wünschte, ich könnte dir eine Alternative bieten, doch uns bleibt keine Wahl. Hab keine Angst, Elli. Ich halte dich fest und führe dich wieder hinaus.« Der Klang seiner Stimme war mitfühlend und hüllte sie ein, wog sie in Sicherheit. Spürte er ihre Furcht?

»Achte auf deine Schritte, was auch immer du hörst, reagiere nicht darauf und lass niemals mein Hand los. Verstanden?«

Sie nickte. Auch wenn er die Geste nicht sehen konnte, musste er ihre Zustimmung erkennen, denn er zog sie in etwas, das sich dunkler noch als der Wald vor ihnen abzeichnete und das eben noch nicht da gewesen war. Schwärze umfing sie und sofort verklang das Dröhnen der Hufe, als wäre es nie da gewesen.

Sie wollte erleichtert aufatmen, doch es ging nicht. Eine Schwere legte sich auf ihre Brust, die ihr Herz zu zerdrücken schien, ihre Atmung ging flacher. Sie schnappte nach Luft, glaubte zu ersticken und dann war das Gefühl plötzlich wieder vorbei. Als hätte sie sich bis eben die Ohren zugehalten und würde die Hände nun wieder lösen, erscholl das Hufgetrappel durch den düsteren Wald, der sich vage vor ihnen abzeichnete. Sie waren zurück.

Stephanos fluchte leise und zog sie erneut in die Schwärze, doch diesmal vermochten sie nicht einmal kurz hineinzugehen.

Elli hielt ihn fest, unschlüssig, ob sie darüber froh sein sollte oder nicht. »Wieso funktioniert es nicht?«

»Er lässt es nicht zu.«

»Wen meinst du? Plutos?«

»Nein, den Mann seiner Schwester.«

Elli riss die Augen auf. »Meinst du Hades, den Fürst der Unterwelt?«

Stephanos nickte nur, was sie streng genommen nicht sehen konnte, trotzdem wusste sie um die Antwort. Hades war auch in das Spiel involviert. Einer der drei großen Brüder. Hektisch zog Stephanos sie weiter, mal hier hin, dann dorthin, doch welche Schatten er auch zu betreten versuchte, es gelang ihm nicht, den Wald zu verlassen. Sein Plan funktionierte nicht.

»Was machen wir jetzt?«

»Rennen!« Er umschloss ihre Hand fester noch als zuvor und zog sie mit sich. Obwohl sie kaum etwas erkennen konnten, jagten sie durch den Wald, verfolgt vom steten Hufgetrappel, das bedrohlich nah gekommen war. Ein Brüllen erklang so laut, als befände sich der Urheber keine zwei Schritte von ihnen entfernt. Die Zentauren waren ihnen dicht auf den Fersen. Auf wie viele Meter war ihr Vorsprung geschrumpft?

»Ich rieche sie und ich rieche ...«

Ein anderer stimmte in das Brüllen mit ein. »Ich weiß. Er ist bei ihr.«

Beunruhigt horchte Elli auf. Hieß das, sie kannten auch Stephanos?

»Er versucht mit ihr zusammen zu entkommen«, knurrte ein Zentaur.

»Umso besser«, erklang Abas' ruhige Stimme, »dann können wir uns an beiden gleichzeitig rächen.«

KAPITEL 27

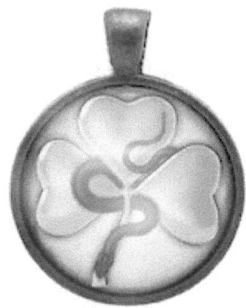

Die Flucht durch den Wald jagte Ellis Puls in die Höhe. Nicht, weil sie außer Puste war, vielmehr weil ihre Verfolger stetig näher kamen.

Stephanos vermochte in der Dunkelheit kaum etwas zu sehen, ebenso wie sie selbst. Trotzdem war sie froh, dass sie nicht mehr allein war … dass er bei ihr war.

Die Schritte fühlten sich leichter an, auch wenn das Knurren der Zentauren zunehmend lauter wurde. Noch einmal rieb sie sich mit Erde und Piniennadeln ein, doch Stephanos winkte ab.

»Das reicht nicht.«

»Wie sollen wir ihnen sonst entkommen?«

»Hilfe ist unterwegs.«

Hilfe?

Es gab eine Alternative zu den bedrohlichen Schatten? Hoffentlich etwas, das ihr nicht die Luft zum Atmen abschnürte und ihren Herzschlag drohte stillzulegen.

Sie wollte nachfragen, doch die Rufe der Zentauren waren mittlerweile derart laut, dass sie befürchtete, sie hörten jedes ihrer Worte. Stumm rannte sie mit ihm in die Richtung, in der die vermeintliche Hilfe wartete. Er hielt sie so fest, dass selbst ein Sturz ihre Hände nicht würde entzweien können. Kräfte waren im Spiel, die über reine Körperkraft hinausgingen. Seine Hand in ihrer, das bedeutete etwas. Sie beide verband etwas. Etwas, das größer war, als sie es jemals erlebt hatte.

Welche Geschichte hatten sie gemeinsam erlebt? Wie waren ihre Seelen miteinander verbunden? Was auch immer es war, eins stand für Elli fest. Er hatte sie nicht gefunden, damit sie kurz darauf den Zentauren in die Hände fielen. Das wusste sie. Darauf vertraute sie. Das würde das Schicksal nicht zulassen. Und das würden auch die Götter nicht zulassen. Athena oder einer der anderen Götter hatte ihr eben schon geholfen, sie würden es wieder tun.

Wie verzweifelt der Gedanke auch klang, sie hielt sich daran ebenso fest wie an Stephanos' Hand, die sich anfühlte, als wäre sie genau da, wo sie hingehörte. In ihrer.

»Gleich haben wir sie. Ihr Gestank ist kaum mehr zu ertragen.«

Sie zog den Kopf ein, auch wenn es in der Dunkelheit nichts nutzte. Gleichzeitig beschleunigten sie ihre Schritte. Sie hätte nicht gedacht, dass es möglich war, noch schneller in diesem diffusen Licht durch den Wald zu rennen. Sie durchbrachen die Baumgrenze und eine felsige Landschaft zeichnete sich vor ihnen ab. Und dann sah sie es. Die Hilfe.

Der Mond beschien die Felsen, auf denen jemand angaloppiert kam. Noch bevor seine Worte sie erreichten, erkannte sie das geliebte Tier.

Philos.

Das treue Pferd galoppierte auf sie zu, gleichzeitig rannten Elli und Stephanos in seine Richtung. Das Beben der Hufe mischte sich zu dem der Zentauren, die ebenfalls die Baumgrenze durchbrachen. Sein schlanker Körper kam ihr regelrecht winzig vor im Gegensatz zu den massigen und großgewachsenen Leibern der Zentauren.

»Dort sind sie!«

Gleichzeitig erreichten Elli und Stephanos Philos. Stephanos warf sie beinahe auf den Rücken des Pferdes, schwang sich dahinter und das treue Pferd preschte sofort in die entgegengesetzte Richtung, fort von den Zentauren, über die Felsen davon.

»Wir kriegen sie!«, knurrte Abas.

Erschrocken blickte sie über die Schulter, doch sie konnte über Stephanos' breiten Körper nicht hinwegsehen. Sie blickte ihm ins Gesicht, wobei er ihr vertrauensvoll zuzwinkerte, als gäbe es nichts mehr zu befürchten.

»Sie sind nah, aber wir werden es schaffen.«

Philos wurde schneller und schneller. Mit jedem Schritt dehnten sie den Abstand zu den Zentauren aus. Auch wenn die Distanz größer wurde, gaben ihre Verfolger nicht auf. Sie jagten beharrlich hinter ihnen her, riefen, brüllten, knurrten, doch auch Philos preschte eisern voran.

Elli blieb angespannt, doch Stephanos' Brust an ihrem Rücken beruhigte ihren Puls.

»Keine Angst, Helena, ich helfe euch«, drangen Philos Gedanken zu ihr.

Lächelnd klopfte sie ihm an den Hals. »Danke, treuer Freund. Ich danke dir so sehr.«

Sie jagten durch die Nacht, die tobende Herde beständig hinter sich. Obwohl die Beine der Zentauren länger und muskulöser waren, blieb Philos schneller. Sie verließen die felsige Landschaft und erreichten einen weiteren Mischwald. Es dauerte nicht lange und der Blickkontakt zu den Zentauren war unterbrochen, ebenso wie ihre Rufe mit der Zeit verklangen. Als eine weitere Stunde vergangen war, hörten sie nicht einmal mehr das Beben ihrer Hufe, das sie so lange verfolgt hatte.

Elli atmete auf. »Wir haben es geschafft.«

»Das haben wir, vorerst. Trotzdem sollten wir uns noch nicht in Sicherheit wiegen.«

Wachsam spähte sie in die Dunkelheit. Tauchten jeden Moment die gelb leuchtenden Augen der Mischwesen auf und umzingelten sie? Der Gedanke ließ sie frösteln. »Sie werden nicht aufgeben, oder?«

»Nein, das werden sie nicht. Solange wir uns in Thessalien aufhalten, müssen wir fortwährend wachsam bleiben und jede unnötige Rast vermeiden.«

Sie schmunzelte. »Ein Picknick hätte ich jetzt auch nicht vorgeschlagen.«

Stephanos lachte leise. Es klang wohltuend, vibrierte durch ihren Körper und die Angst vor ihren Verfolgern fiel von ihr ab. Was für ein Glück, dass sie der Meute auf dem Richtplatz entkommen war. Und ihre Flucht war nicht nur geglückt, nein, darüber hinaus hatte sie nun zwei treue Freunde an ihrer Seite.

»Lehn dich an mich und schlaf, Elli, ich passe auf dich auf.«

Ein Lächeln legte sich auf ihre Lippen. Es war schön, ihn wieder bei sich zu haben. Auch wenn ihre Lider beinahe zufielen, wollte sie die Zeit mit ihm nicht schlafend verbringen. Jede einzelne Minute erschien kostbar angesichts der Gefahren, die überall auf sie lauerten.

»Danke, aber ich werde gemeinsam mit dir Wache halten.«

»Wie du möchtest.« Er klopfte an den Hals des Pferdes und strich dabei über ihren Oberschenkel. Der Berührung folgte ein wohliger Schauer. Wusste er, was er mit nur einer Berührung in ihr auslöste? Wenn sie aus Thessalien fort waren, wie ging es dann weiter? Ließ er sich dann auf sie ein?

Sie fühlte seinen Blick auf ihrem Haar, seinen Atem an ihrem Ohr und seine Lippen an ihrem Nacken, doch als sie sich umdrehte, blickte er über sie hinweg und behielt die Umgebung im Auge, obgleich in der Finsternis nur schwer etwas zu erkennen war. Hatte sie es sich nur eingebildet?

Er senkte für einen kurzen Moment den Blick. »Alles okay?«

Überrumpelt angesichts des Sturms in seinen Augen schaute sie wieder nach vorne. »Klar. Wann braucht Philos eine Pause?«

»Ein paar Stunden hält er noch durch und die werden wir ausnutzen.«

Und als wäre das ein Stichwort, döste Elli ein.

258

KAPITEL 28

ER

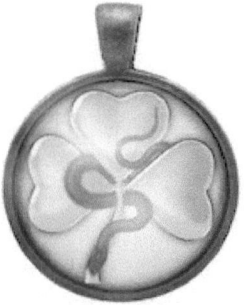

An ihn geschmiegt schlief sie ein. Bevor sie von Philos' Rücken rutschte, schlang er einen Arm um sie, hielt sie fest, wie er es all die Jahre schon tun wollte, es aber nicht durfte. Er wollte sie retten, musste es tun. Sie durfte weder den Zentauren noch Plutos in die Hände fallen. Egal, welche Konsequenzen er deshalb tragen musste.

Er wusste um den Schmerz, der sie plagte, weil die Bestien sie beinahe entzwei gerissen hatten. Wut kochte in ihm hoch, doch er drückte sie nieder. Stattdessen löste er seine Hand von Philos' Mähne und legte sie auf ihren Rücken, dorthin, wo es sie schmerzte. Konzentriert wendete er das Wissen an, das ihm als Knabe beigebracht worden war. Als er spürte, dass er ihr die Pein genommen hatte, atmete er auf. Er konnte es nicht ertragen, wenn sie Schmerzen erleiden musste.

Sein Blick fiel auf ihr Haar, das im Licht der Sterne golden schimmerte. Sie sah nicht exakt so aus wie damals, doch ihr Geist war unverkennbar derselbe. Auch wenn sie damals zurecht als die schönste Frau des Altertums gegolten hatte und sie unzählige Männer mit ihren leuchtend blauen Augen und dem golden glänzenden Haar betört hatte, war es nicht ihr Aussehen gewesen, in das er sich verliebt hatte, sondern ihre Seele. Ihr Geist. Ihr Innerstes.

Sie war ein guter Mensch, rein und freundlich. Auch wenn sie damals weniger kämpferisch, sondern regelrecht empfindsam gewesen war, klang dieses mythische Ich in Elli nach und verband sich zu einer ungemein faszinierenden Mischung. Sie konnte nichts dafür, was geschehen war, war ein Opfer der Umstände, durch die eins zum anderen geführt hatte.

Sanft schlug ihr Puls an ihrer Halsbeuge. Er beugte sich näher, war versucht, sie zu küssen. Aber was, wenn sie es bemerkte, wach wurde und wusste, was in ihm vorging? Wie sollte er sie ein weiteres Mal schützen? Es war unvernünftig, doch er konnte ihr nicht länger widerstehen. Zärtlich küsste er sie auf den Nacken, die Stelle, die förmlich nach ihm rief.

Sie räkelte sich, lächelte und murmelte seinen Namen. Seinen richtigen Namen. Unbewusst kannte sie ihn noch immer.

Ein Lächeln legte sich auf seine Lippen und er schloss für einen kurzen Moment die Augen. Philos würde für ihn Wache halten.

Der Duft, der von ihr ausging, ließ ihn tiefer einatmen, tiefer noch und tiefer, bis er sich beinahe berauscht fühlte. Seine Gefühle für sie waren ungebrochen, stärker noch als früher, sofern das überhaupt möglich war. Die Zeit der Trennung, die Sehnsucht hatten sie verstärkt. Niemals hätte er sie vergessen können, wie es ihm einige geraten hatten. Niemals. Noch bevor er die Augen öffnete, wusste er, dass er da war. Die Schatten waren nah, weshalb er ihn beobachten konnte.

»Du musst von ihr ablassen«, sprach die Stimme, die seine Vernunft sein wollte.

»Das kann ich nicht.«

»Sie wird Unheil über dich bringen wie damals. Die Götter werden dich strafen und ich werde dich nicht schützen können.«

»Das brauchst du nicht. Ich weiß, was ich tue.«

»Dein Leben für ihres?«

»Wenn es so enden wird, gebe ich es gern.«

»Das ist Irrsinn!«

»Nein, das ist Liebe.«

Ein tiefes Seufzen erklang und dann war er wieder verschwunden.

Er grub seine Nase in ihr Haar. »Keine Sorge, Elli, ich werde dich immer schützen.« Dann öffnete er die Augen, verengte sie zu Schlitzen und wappnete sich dem, was kommen würde.

KAPITEL 29

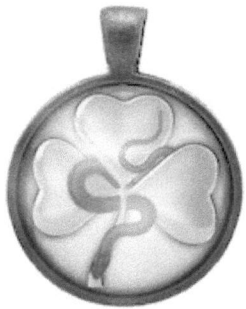

Bevor die Sonne aufging, räkelte sich Elli. Das beständige Schütteln, das sie zuvor in den Schlaf gewogen hatte, weckte sie nun auf. Sie saß noch immer auf Philos' Rücken, hinter sich Stephanos, der die eine Hand an den Hals des Tieres gelegt hatte und sie mit der anderen festhielt. Das Gefühl war wohltuend und gewissermaßen vertraut. Am liebsten hätte sie sich nicht bewegt, damit er nicht bemerkte, dass sie wach war und den Arm von ihr nahm. Doch irgendwann konnte sie ein Gähnen nicht länger unterdrücken. Und als sie sich streckte, löste er den Arm von ihr und umfasste Philos' Mähne.

Die Dunkelheit war noch immer gegenwärtig. Nur undeutlich zeichneten sich Bäume und Sträucher in der Finsternis ab.

»Wo sind wir?«

»Am Rande Thessaliens. Hast du gut geschlafen?« Seine Stimme klang ruhig und warm und holte sie sanft aus der Traumwelt in die Wirklichkeit zurück.

»Wie ein Stein.« Erneut gähnend fühlte sie in sich hinein. Sie war ausgeruht und auch ihre Rückenschmerzen schienen auskuriert. Offenbar hatten die gleichmäßigen Bewegungen des Pferdes zusammen mit Stephanos' Wärme wie eine krampflösende Massage gewirkt.

»Sind die Zentauren wieder aufgetaucht?« Sie blickte über die Schulter, doch wie schon in der Nacht war Stephanos zu groß, als dass sie über ihn hinwegsehen konnte – abgesehen davon dass die letzten Minuten der Nacht noch immer jegliche weiter entfernten Dinge verschluckten.

»Seit Stunden habe ich sie nicht gesehen.«

Erleichtert seufzte sie auf. »Dann haben wir es wohl geschafft.«

Zu ihrer Verwunderung schüttelte er den Kopf. »Die Zentauren agieren als Herde. Wir dürfen sie nicht unterschätzen. Jeden Augenblick könnten sie auftauchen.«

»Aber ich höre nicht einmal das Donnern ihrer Hufe.«

»Weil sie es nicht wollen. Wahrscheinlich versuchen sie uns einzukreisen.«

Die Vorstellung war beunruhigend, auch wenn Stephanos so entspannt klang, als berichte er ihr von seinem letzten Sonntagsausflug.

»Woher weißt du das?«

»Wie alle mythischen Wesen verfügen sie über Kräfte, die über das normale Maß hinausgehen. Sie können beispielsweise über weite Strecken miteinander kommunizieren, verfügen über eine Art Radar, der es ihnen leichter macht

263

jemanden aufzuspüren und trotz ihrer Größe und ihres Gewichts können sie sich besser anschleichen als eine Ameise.«

Amüsiert angesichts des Vergleichs wollte sie fragen, wie das möglich sein konnte, als ihr einfiel, wie sich gestern, als sie vor den Zentauren durch den Pinienwald geflohen war, einer an sie angeschlichen hatte, obwohl sie ihn weder gesehen noch gehört hatte.

Unwillkürlich schaute sie sich um. Ein heller Schimmer zeichnete sich am Himmel ab und läutete die Dämmerung ein. Nicht mehr lange und die Sonne ging auf. Die Sicht im Wald wurde marginal besser. Ob das gut oder schlecht für ihre Flucht war, ließ sich schwer beantworten.

»Können sie unsere Unterhaltung mit anhören?«

»Möglich, aber die Huftritte von Philos klingen weiter, weshalb wir unseren Standort allein durch unsere Worte nicht verraten werden.«

Wunderbar, dann würde sie vielleicht endlich mal wieder ein paar Antworten bekommen. Irgendwie musste sie die Zeit schließlich nutzen.

»Hast du das Buch von Plutos besorgt?«

»Habe ich.«

»Woher wusstest du eigentlich, dass ich in Thessalien bin? Hast du mein Rufen über den Ring gehört?«

»Nein, Plutos selbst hat es mir verraten.«

Überrascht horchte sie auf. Damit hatte sie nicht gerechnet. »Aber er hat mich doch extra hergebracht, damit ich ihn um Hilfe anflehe und freiwillig zu ihm gehe. Aus welchem Grund hat er dir dann verraten, dass ich hier bin? Es war doch klar, dass du kommen würdest, um mir zu helfen …«

»Er ist sich wohl ziemlich sicher, dass es mir nicht gelingen wird, dich vor den Zentauren zu retten.«

»Dann hat er schlecht gepokert.«

»Denkst du«, drang eine tiefe vertraute Stimme durch Ellis Kopf.

Plutos.

Er lachte.

»Gleich wirst du bei mir sein, schöne Helena, gleich … Ich leg schon mal dein Nachtgewand zurecht, denn an diesem Abend, sei dir dessen gewiss, an diesem Abend liegst du bei mir …«

So schnell, wie er in ihre Gedanken eingedrungen war, so schnell war er wieder fort. Was zurückblieb, war die Angst, dass wahr werden könnte, was er prophezeit hatte.

Stephanos strich ihr über den Unterarm, auf dem sich die feinen Härchen aufgestellt hatten. »Alles in Ordnung?«

Sie rieb sich über die Arme, um die Gänsehaut zu vertreiben. »Es ist –«

»Pst!« Stephanos richtete sich auf, gleichzeitig schossen Philos' Ohren gespitzt in die Höhe.

»Was …?« Doch als sie aufsah, vergaß sie, was sie hatte sagen wollen.

Direkt vor ihnen, im Schatten der Bäume, standen sie. Selbstzufrieden. In einer undurchdringbaren Reihe.

Unzählige Zentauren.

KAPITEL 30

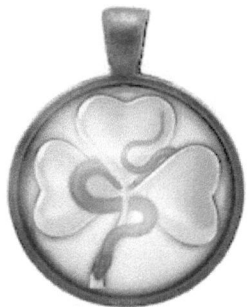

In einem weiten Halbkreis vor ihnen standen unüberblickbar viele Zentauren. Vielleicht waren es hundert. Oder sogar hunderte. Einzelne scharrten mit den Hufen, andere standen still. Sie bleckten die Zähne, knurrten und lachten zugleich.

Es waren nicht nur bekannte Gesichter darunter, sondern auch unzählige fremde. Eine zweite Herde war der anderen zu Hilfe gekommen, vielleicht sogar eine dritte und vierte, angesichts der Überzahl, die sich vor ihnen ausbreitete. Hatten auch sie eine Rechnung mit Elli offen oder halfen sie lediglich einander, von Artgenosse zu Artgenosse? So oder so, sie alle einte dieselbe Vorfreude angesichts dessen, dass sie ihnen direkt in die Falle gelaufen waren.

Und in ihrer Mitte, ein wenig losgelöst von den anderen und zwei Schritte weiter vorne, stand Abas.

Er war der größte von ihnen und der breiteste. Sein Haar stand nicht so zerzaust zu den Seiten ab wie das der anderen, sein dichter Bart wirkte gekämmt und seine Mimik blieb ruhig und entspannt. Doch davon ließ sie sich nicht täuschen. Er hatte die muskulösen Arme vor der Brust verschränkt und schaute auf sie herab, als wäre sie eine lästige Fliege, die es endlich zu vernichten galt. Wie hatte sie nur glauben können, diesem Zentauren entkommen zu sein?

Doch bevor die Angst sie lähmen und unüberlegt handeln ließ, zog Stephanos das Pferd an der Mähne herum, was nicht nötig war, denn Philos drehte bereits bei und versuchte sie in Sicherheit zu bringen. Hinter ihnen befand sich noch kein Zentaur, doch wie lange dauerte es, bis sie gänzlich eingekreist waren?

Sie preschten durch den Wald, nicht auf demselben Weg zurück. Vielmehr schlug Philos einen Haken nach dem anderen, sprang über kleinere Büsche und jagte einen gewundenen Pfad entlang, der zu schmal schien, als dass die Zentauren ihn ebenfalls entlangpreschen konnten. Doch das brauchten sie nicht. Wie eine Horde Elefanten donnerten sie hinter ihnen her, knurrend, grölend, und wälzten sämtliche jungen Bäume und Büsche nieder, die ihnen in die Quere kamen. Sie hatten Spaß an der Jagd, hetzten sich gegenseitig auf, schlossen Wetten ab, wer sie zuerst einholte. Kein einziger von ihnen erwog, dass sie ihnen entwischen könnten.

Ungeachtet dessen preschte Philos ungebremst voran. Er ließ sich von der Übermacht der Verfolger nicht einschüchtern, sondern galoppierte beständig weiter. Elli lag beinahe auf seinem Hals, so weit vorgelehnt saß sie auf ihm. Stephanos hatte die Arme um sie geschlungen, beugte sich über sie und hielt sich an der Mähne fest. Dabei saß er so fest hinter ihr auf dem Rücken, als wäre er mit seinem treuen Freund verschmolzen. Als wären sie zusammen selbst ein Zentaur.

Das Donnern hallte durch den Wald wie unzählige Trommeln. Wie das Musikstück eines Kampfes, ein Theaterstück, doch das war es nicht. Es war bitterer Ernst. Es brachte Ellis Herzschlag durcheinander und drohte sie zu lähmen, gemeinsam mit der Angst, die sich ihrer bemächtigte. Doch sie suchte nach etwas, das ihr Hoffnung gab, etwas, an dem sie sich festhalten konnte. Sie dachte an Philos, der unaufhaltsam voranpreschte, an Stephanos, der gekommen war, um ihr zu helfen. Und an die Eule, die ihr schon einmal geholfen hatte.

Die Eule! Würde die Göttin ihr ein weiteres Mal helfen?

Sie schloss die Augen und konzentrierte sich. Sie streckte die inneren Fühler aus nach etwas, an das sie andocken konnte, mit dem sie sich verbinden konnte. Jemand musste zusehen, jemand verfolgte die Szenerie und wollte nicht, dass sie den Zentauren in die Hände fiel. Gestern Abend schon, auf dem Richtplatz der Herde, und auch jetzt, am Rande Thessaliens. Davon war sie überzeugt und daran hielt sie sich fest.

Vertrauensvoll umfasste sie den Beutel, der an ihrem Gürtel hing, löste das Band und griff nach der Feder. Sie umschloss das kalte Metall, dachte an ihre Eltern, vor allem an ihren Vater, der alles darangesetzt hatte, sie vor dem Schicksal an Plutos' Seite zu bewahren. Sie war nicht so weit gekommen, um als Plutos' Frau zu enden. Ganz sicher nicht.

Sie drückte die Feder fester. Bildete sie es sich nur ein oder wurde sie wärmer? Ein schwaches Gefühl ging von dem

Metall aus, etwas, das sie gestern nicht wahrgenommen hatte.

Ich werde Plutos nicht um Hilfe anbetteln! Ich schaffe es ohne ihn!

Entschlossen ballte sie die Hand um die Feder zur Faust, fühlte eine Energie in sich wachsen, die sie mit Philos verband und mit der Eule, die vorhin schon einmal geschrien und ihr damit geholfen hatte. Sie verfügte über Kräfte und die musste sie nutzen. Sie konnte mit den Tieren kommunizieren. Wieso, wusste sie nicht, doch die Tiere würden ihr helfen.

Der Schrei einer Eule erklang und mit ihr verzerrte sich das Gebrüll der Zentauren. Ihre Schritte wurden langsamer, wodurch Philos die Distanz zu ihnen vergrößerte, doch unvermittelt bebte die Erde, worauf das treue Pferd strauchelte. Der Ruf der Eule verklang, gleichzeitig gewannen die Zentauren ihre gewohnte Schnelligkeit zurück. Offenbar mischten sich auch andere Gottheiten ein. Weitere würden nicht bloß zuschauen, sondern waren bereit, für ihren Sieg in das Spiel einzugreifen. Ein Spiel, das für Elli und Stephanos den Tod bedeuten konnte.

Flötengesang erklang, worauf eine Herde Gämsen angerannt kam. Sie mischten sich unter die Zentauren. Hatte Stephanos sie herbeigerufen? War er wirklich Pan, der Hirtengott, der auf seiner Panflöte spielte, um die Tiere zu lenken?

Aufgeregt verfolgte sie das Verhalten der ungezähmten Tiere, gespannt darauf zu erfahren, wie sie ihnen helfen würden. Zunächst sah es so aus, als hielten sie die Zentauren auf, doch dann mischten sie sich unter sie und verfolgten Philos ebenfalls. Sie senkten die Köpfe, sodass ihre Hörner wie

Lanzen drohend hinter ihnen her schwebten. Es wirkte, als folgten die Gämsen ihrem Instinkt und verbanden sich mit den Zentauren, die ihrem wilden Gebaren zufolge mehr Tier als Mensch waren.

»Wieso helfen die Gämsen den Zentauren?«

»Weil sich Pan nun ebenfalls einmischt und offenbar nicht auf unserer Seite spielt«, raunte Stephanos ihr ins Ohr.

Elli riss die Augen auf. Stephanos war nicht Pan. Wer war er dann?

Erneut bebte die Erde, einzelne Pinien fielen um und legten sich über den Pfad. Philos strauchelte, doch er war darauf vorbereitet und fing sich, bevor die Zentauren aufholen konnten. Mühelos sprang er über die umgestürzten Stämme und wieherte, wie um zu zeigen, dass er so schnell nicht aufgab.

Doch als wäre das den Göttern zu hochmütig gewesen, zischte etwas an ihrem Kopf vorbei und landete in einem Stamm, nicht weit von ihnen entfernt.

Ein Pfeil.

Elli drehte sich zur Seite. Die Zentauren hatten Pfeil und Bogen gezückt und schossen ungehemmt auf sie. Unzählige Geschosse flogen hinter ihnen her. Zum Glück zielten sie nicht auf Philos, dazu schossen sie zu hoch, doch es waren nur Millimeter, die die eisernen Spitzen an Elli und Stephanos vorbeistoben.

»Halt den Kopf unten«, raunte Stephanos.

»Und du? Du kannst schlecht mein Schutzschild sein. Wir brauchen einen Schild, irgendetwas.«

»Keine Sorge, so schnell können sie mich nicht verletzen.«

Wie aufs Stichwort traf ein Pfeil seinen Arm. Er reagierte nicht darauf, dafür Elli um so mehr. Schnell zog sie ihn zu sich, doch der Pfeil prallte einfach an Stephanos ab, als trage er die dickste Rüstung. Kein Blut war auf seinem Arm zu sehen, nicht der kleinste Kratzer.

Ungläubig betrachtete sie seine unverletzte Haut, auf die weitere Pfeile einprasselten. Egal wie viele ihn trafen, er zuckte nicht ein einziges Mal zusammen, kein bisschen Blut war zu sehen, nirgends, egal wie oft die metallenen Pfeilspitzen auf dieselbe Stelle trafen. Dabei trug er nichts als die übliche Kleidung griechischer Männer: ein Tuch um den Körper geschlungen, gehalten von zwei Gewandnadeln auf den Schultern und einen ledernen Gürtel um die Hüfte. Wieso konnten ihm die Pfeile nichts anhaben, selbst wenn sie auf seine nackte Haut trafen?

Philos' ungebremste Hufschläge drangen in ihre Gedanken und holten sie zurück in das Geschehen. Wie auch immer es möglich war, dass Stephanos unversehrt blieb, es ließ sie hoffen. Und mit jedem Pfeil, der an ihnen vorbeizischte und der weder Stephanos etwas anhaben konnte noch Philos aufhielt, glaubte sie mehr daran, der wilden Meute zu entkommen. Solange die Zentauren nicht auf Philos zielten, war die Hoffnung nicht verloren.

Ein weiterer Pfeil wurde abgefeuert. Sie wusste nicht wieso, doch sie hörte bereits an dem Klang der Sehne, dass dieser Schuss anders war.

»Pass auf!«

Sie wollte Stephanos zur Seite ziehen, doch wie ein Fels beugte er sich vor sie. Der Pfeil zischte nicht an ihnen vorbei, sondern traf ihn hinten am Fuß. Er schrie nicht auf, dennoch spürte sie seinen Schmerz, als wäre sie selbst es, die ihn fühlte. Er krümmte sich und fiel fast vom Pferd. Dabei riss er sie mit sich. Doch sie klammerte sich an Philos' Mähne, der sie mit einem Ruckeln seines Hinterteils zurück auf seinen Rücken schleuderte. Sobald sie sicher saßen, umklammerte sie Stephanos. Sein Gesicht war kreidebleich.

»Stephanos? Stephanos?«

Er antwortete nicht. Schwer hing er auf ihr wie ein Fels, doch nicht mehr schützend, sondern vielmehr wie ein übergroßer Brocken, der sie zu erdrücken drohte.

»Was ist passiert? Rede mit mir.« Sie klatschte ihm an die Wange, seine Lider flatterten. Er wollte etwas sagen, doch er driftete ab.

»Sie haben seine Schwachstelle entdeckt«, erklang Philos' Stimme in ihrem Kopf.

Seine Schwachstelle? Hinten am Fuß? Eine Idee, was das bedeuten könnte, kletterte in ihren Kopf, doch der Schock verhinderte jede weitere Überlegung. Sie musste Stephanos helfen. Er schlingerte hin und her. Wie lange würde sie ihn auf dem Pferd halten können? Ihr Arm krampfte, doch sie ließ nicht los. Dennoch rutschte er tiefer, worauf sie die Hand von Philos' Mähne nahm. Sie umschlang ihn mit beiden Händen, gleichzeitig presste sie die Beine an den Pferdekörper, um das Gleichgewicht zu halten. Ihre Arme zitterten. Nicht mehr lange und ihre Kräfte versagten, doch daran durfte sie nicht denken. Es musste einen Weg geben. Sie brauchte Hilfe. Eine Idee kam ihr.

»Ich muss ihn kurz mit einer Hand loslassen«, teilte sie Philos in Gedanken mit, worauf dieser wieherte. Einen Moment würde es gutgehen, das Pferd auf seine Bewegungen achten, doch dafür würde er langsamer laufen müssen. Was, wenn das reichte, sodass die Zentauren sie einholten?

Schnell langte sie nach dem Beutel und umfasste erneut die Feder. Irgendeine Macht musste sie doch wirken können.

Wenn nicht für sich, so doch wenigstens für ihn. Sie presste die Augen zusammen, erspürte den schwachen Impuls, der in der Feder ruhte, und erbat um Hilfe für ihn. Für ihn, nicht für sich. Bitte. Wer auch immer ihr vorhin geholfen hatte, Athena oder eine andere Gottheit, rettet ihn vor dem Zorn der Zentauren.

Ein Greifvogel schrie auf und kreiste über ihnen. Die Bäume verdeckten die Sicht auf den Vogel, doch das wenige, das von ihm zu sehen war, reichte aus, um ihn zu bestimmen. Es war ein Adler.

Erschrocken starrte sie gen Himmel.

Zeus ...?

Schaute er ebenfalls zu? War er auf das Spiel aufmerksam geworden? Hatte sie aus Versehen ihn mit der Feder gerufen?

Die Zentauren brüllten auf und wiesen auf den Adler, während die Gämsen kopflos umhersprangen. Angstvoll schielten sie gen Himmel, verlangsamten ihre Schritte. Zeitgleich preschte ein Zentaur, den Elli nicht bemerkt hatte, von der Seite auf sie zu. Er zog den bewusstlosen Stephanos von Philos, der ihn nicht auf seinem Rücken halten konnte, und Elli gleich mit. Sie schrie auf, wehrte sich mit Leibeskräften, doch der Zentaur presste seine Hand auf ihren Mund, worauf ihr Schrei augenblicklich verklang. Dabei hielt er sie vor sich, als wiege sie nichts, während Stephanos halb bewusstlos auf seinem Rücken lag.

»Lass –«, wollte sie sagen, doch kein Wort drang durch seinen eisernen Griff.

Lautes Kurren ertönte, Schnauben, Geschrei. Die Herden preschten hinter ihnen her, sie johlten und riefen. Elli versuchte sich loszureißen, doch die Hände des Zentauren waren zu stark. Dennoch gab sie nicht auf, zerrte an den

Fingern, die sie umfassten, versuchte sie zu lösen, vergeblich, versuchte ihn in die Brust zu treten, mit dem Ellenbogen ins Gesicht zu schlagen, bis ein Pfeil ihren Arm traf.

Ein Schmerz durchfuhr sie, brennend, und jagte durch ihren Körper. Verdammt, an den Pfeilspitzen war Gift. Deshalb hatten sie Stephanos so leicht außer Gefecht gesetzt. Urplötzlich überkam sie Schwindel. Der Wald drehte sich, immer schneller und schneller, Übelkeit ergriff sie und im nächsten Augenblick wurde alles schwarz.

KAPITEL 31

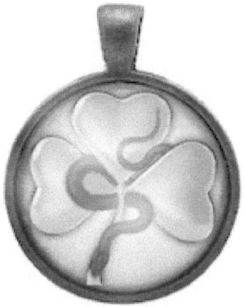

Als sie erwachte, lag sie auf einem warmen Fell. Langsam richtete sie sich auf, stützte sich auf die Arme, wobei ihr ein Schmerz bis in die Schulter fuhr.

Der Pfeilangriff.

Sie wollte die Wunde befühlen, doch der Arm war sorgfältig verbunden. Er schmerzte kaum, pochte lediglich, solange sie ihn nicht belastete. Wer hatte sich um sie gekümmert? Wohin hatten die Zentauren sie gebracht? In ein Gefängnis?

Blinzelnd schaute sie sich um.

Sie befand sich in einer Höhle. Das Fell, auf dem sie lag, war weich und sauber. Unweit von ihr prasselte ein Lagerfeuer, das eine wohltuende Wärme spendete und Flackerlicht auf die Steinwände warf. Ein Tunnel führte weiter, von dem aus keine zwanzig Schritte entfernt Licht in die Höhle drang.

Der Ausgang.

Er war nicht weit und durch kein Gitter versperrt. Offenbar rechneten die Zentauren nicht damit, dass sie versuchen würde zu fliehen. Schon wollte sie aufspringen, ihnen das Gegenteil beweisen, als ihr Stephanos einfiel. Bevor sie hinausrannte, musste sie wissen, wo er war. Niemals würde sie ihn zurücklassen.

Sie suchte die Höhle ab, bis ihr Blick auf eine Gestalt fiel, die auf der anderen Seite des Lagerfeuers lag, ebenfalls auf einem Fell. Reglos.

Stephanos ...

Rasch sprang sie auf und rannte zu ihm. Sein Gesicht war kalkweiß, die Stirn glänzte. Seine Gliedmaßen hingen kraftlos zu den Seiten, nichts von seiner gewohnten Stärke war zu erkennen. Er war nicht bei Bewusstsein, zuckte zwischendurch und warf den Kopf hin und her.

»Stephanos?« Sie flüsterte nur, aus Vorsicht, damit sie ihre Feinde nicht auf sich aufmerksam machte. Rasch kniete sie sich neben ihn, umfasste seine Hand und überprüfte seinen Puls. Er schlug kräftig, aber unruhig.

»Kannst du mich hören? Ich werde uns hier rausholen, hab keine Angst.«

»Du brauchst ihn nicht zu retten, darum werde ich mich kümmern«, sagte jemand, den sie in dem spärlichen Licht nicht zu sehen vermochte. Die Stimme klang tief und fremd. Es war nicht Abas, der zu ihr sprach, obgleich er der einzige Zentaur zu sein schien, der zu gemäßigten Worten in der Lage war. Wachsam schaute sie sich um, konnte jedoch niemanden entdecken.

276

»Wer bist du?«

Aus dem Schatten an der Rückwand der Höhle löste sich eine große Gestalt. Es war tatsächlich ein Zentaur. Er war bestimmt so groß wie Abas und ebenso muskulös, dennoch ging von ihm eine friedliche Ruhe aus, die sie an dem Anführer der Mischwesen nicht wahrgenommen hatte. War das ... gut?

Aus gelbgrünen Augen betrachtete er Stephanos, den ein Zittern überfiel. »Er hat Fieber und muss gegen das Gift kämpfen, doch ich werde ihm helfen, sei dir dessen gewiss.«

Unsicher schaute sie zwischen Stephanos und dem Zentauren hin und her. »Wieso ... wieso hilfst du ihm? Damit wir gesund sind und länger die Folter ertragen, sobald uns die Herde richtet?«

Er schüttelte den Kopf, dabei fiel ihr auf, dass sein Bart und sein Haupthaar kürzer waren als bei den anderen Pferdemännern. Gepflegt und gekämmt. Auch seine Mimik war entspannt. Würde nicht allein seine Gestalt sie in Alarmbereitschaft versetzen, würde sie darauf wetten, dass dieser Zentaur weise war. Wissend. Gebildet. Und dass es Spaß machen könnte, sich mit ihm zu unterhalten.

»Ich helfe ihm, da er einst mein Schüler gewesen ist. Niemals würde ich ihn im Stich lassen.«

»Er war dein Schüler? Aber wie –« Ihre Gedanken rasten. Ein ruhiger, gesitteter Zentaur, der als Lehrer gearbeitet hatte ... Es gab nur einen, der laut der mythologischen Quellen unterrichtet hatte. War er ...?

Ein kaum wahrnehmbares Lächeln zeichnete sich unter seinem kurzgeschorenen Bart ab. »Wie ich sehe, ziehst du endlich die richtigen Schlüsse, Helena. Du liegst richtig. Mein Name ist Cheiron.«

Cheiron. Der Zentaur, der Zeus' Halbbruder war und als Heiler wirkte. Der Heroen unterrichtet und mit den anderen Zentauren nichts gemein hatte. Schon in der Ilias wurde er von Homer weit über die anderen seiner Art gestellt. Der Sage nach hauste er in einer Höhle am Fuße des Berges Pelion in Thessalien. Beiläufig huschten ihre Augen durch die Höhle, bis sie wieder bei ihm landeten.

Ungläubig betrachtete sie ihn und mit jedem Atemzug, den er tat und der so ruhig und gelassen wirkte wie der eines Weisen, glaubte sie, dass er dieser weise Lehrer war und verlor ihre Angst.

»Habe dann auch ich nichts von dir zu befürchten?«

Das Gelbgrün seiner Augen schimmerte unergründlich.

»Das darfst du nach deinem Besuch selbst entscheiden.«

Bevor sie darüber nachdenken konnte, was er damit meinte, stöhnte Stephanos auf und zitterte. Fürsorglich zog sie das Fell enger um ihn und strich ihm über die schweißnasse Stirn. »Wird er wieder gesund?«

»Wegen des Pfeils musst du dir um ihn keine Sorgen machen. Es dauert lediglich seine Zeit, bis das Gift seinen Körper verlässt.«

»Wie haben die Zentauren ihn verletzt? Zuerst schien es, als könnten die Pfeile seiner Haut nichts anhaben.«

»Überlege, Helena, und du wirst selbst auf die Antwort kommen. Wo hat ihn das Geschoss getroffen?«

Sie erinnerte sich an die Flucht durch den Wald, die Pfeile, die an ihm abgeprallt waren, und an den einen, der ihn schwer verletzt hatte. Gleichzeitig betrachtete sie ihn, diesen geheimnisvollen Mann, der größer war als die meisten Menschen und muskulöser. Der in die Schatten zu gehen und sich mit den Göttern zu messen vermochte und dennoch selbst kein Gott war. Er besaß Kräfte, die über einen normalen Mann weit hinausgingen – wie sonst hatte er Plutos davon abhalten können, sie zu sich zu holen? Cheiron hatte ihn einst unterrichtet. Er war bewandert in der Heilkunde und besaß Kontakte zu den großen Göttern – und womöglich in die Unterwelt.

Ungläubig schaute sie ihn an, betrachtete ihn, die Stimme nur ein Flüstern. »Der Pfeil hat ihn an der Ferse getroffen ...« Ihr Herzschlag beschleunigte sich. Fassungslos riss sie die Augen auf.

Nickend blickte Cheiron sie an, ermutigend, damit sie die Antwort selbst aussprach.

»Das heißt, er ist ... Achill.« Und noch während ihre Lippen diesen Namen aussprachen, brauchte sie auf Cheirons Entgegnung nicht zu warten.

Sie wusste es. Er war Achill, der Heros, der bei Troja gekämpft hatte. Der schon in das letzte Spiel der Götter involviert gewesen war, in das Spiel, bei dem es auch um sie als die sagenumwobene Helena gegangen war. Paris, der Sohn des Königs von Troja, hatte sie geraubt, weshalb die Griechen geschlossen vor Troja gekämpft hatten, um sie zurückzuholen. Und unter den Griechen war auch Achill gewesen ...

»Achill.« Sie beugte sich zu ihm, Tränen schimmerten in ihren Augen, während sie ihm zärtlich und ehrfürchtig zugleich über die Wange strich. Ihre Gefühle wallten auf, alleine ausgelöst durch den Namen, der endlich über ihre Lippen gekommen war wie ein Versprechen, eine Erinnerung.

»Ich werde an deinem Lager ruhen, bis es dir besser geht.«

»Dieses Gelöbnis solltest du lieber zurücknehmen, denn ich, Helena, werde dich nicht vor der Vergangenheit schützen.«

Hellhörig blickte sie auf. Trotz seiner warnenden Worte wirkte Cheiron noch immer ruhig und keineswegs angriffslustig. Gleichzeitig nahm sie eine Ernsthaftigkeit in seinen Gesichtszügen wahr, die sie aufhorchen ließ.

»Was meinst du damit?«

»Die Vergangenheit, sie holt dich ein. Und im Gegensatz zu Achill bin ich nicht der Meinung, dass es an ihm ist, dich davor zu bewahren. Du selbst musst dich den Schatten stellen, sonst werden sie euch auf ewig verfolgen.«

»Heißt das, du wirst mir sagen, was damals geschehen ist? Wieso Plutos und St... ich meine Achill um mich streiten, aus welchem Grund Plutos das Anrecht auf meine Hand erhebt und die Zentauren meinen Tod wollen?«

Langsam, doch keineswegs zögerlich nickte er. »Das werde ich. Du musst die Wahrheit kennen, um die richtigen Entscheidungen zu treffen. Es ist nicht an anderen, dich zu schützen, und auch nicht an Achill. Es ist an der Zeit, dass du als aktive Spielerin auf das Feld zurückkehrst.«

Eine Beklemmung durchzuckte sie bei seinen Worten, doch zugleich erkannte sie die Wahrheit dahinter. Sie musste wissen, was damals geschehen war. Sie wollte es wissen. Zärtlich strich sie Achill über die Wange, bevor sie sich erhob und auf den weisen Zentaur zutrat.

Cheiron musterte sie aus wachen Augen. »Bist du bereit, die Wahrheit zu erfahren?«

In ihre Augen trat der Glanz der Forscherin, während sie langsam nickte. »Das bin ich.«

KAPITEL 32

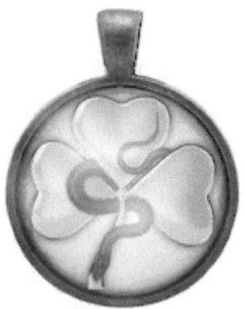

Cheiron führte sie zurück an das Lagerfeuer und bedeutete ihr, sich auf das Fell zu setzen, auf dem sie aufgewacht war. Ohne zu zögern, folgte sie seiner Aufforderung, während der Zentaur seinen massigen Pferdeunterlaib neben ihr niederließ. Er blickte in die Flammen, die Schatten auf sein Gesicht warfen.

Sie beobachtete ihn, seinen gewaltigen Pferdeleib und seinen athletischen Oberkörper. Laut den alten Griechen war es ebenso wichtig den Körper zu trainieren wie den Geist, was die Erscheinung des alten Lehrmeisters widerspiegelte.

Als er in seiner ruhigen Art zu sprechen begann und seine Worte leise, aber unaufhaltsam durch die Höhle hallten, richtete sie ihren Blick ebenfalls auf die Flammen. »Achill ist der Sohn von Peleus, eines Königs in Thessalien, und der

Meernymphe Thetis. Seine Mutter tauchte ihn in den Unter-
weltsfluss Styx, wodurch er unverwundbar wurde – bis auf
die Ferse, an der sie ihn festgehalten hat.«

Sie kannte die Geschichte, doch sie unterbrach ihn nicht,
begierig darauf, alles zu erfahren, was er bereit war, ihr
anzuvertrauen.

»Aufgezogen wurde er von mir. Ich habe ihn ebenso in
der Kriegskunst unterrichtet wie in der Kunst des Heilens
und Musizierens. Einst wurde er vor die Wahl gestellt, ob er
ein geruhsames langes oder ein ruhmreiches kurzes Leben
führen will. Er hat sich für den Ruhm entschieden und so ist
es gekommen. Gestorben ist er im zehnten Jahr im Kampf
um Troja, als er half, dich zu deinem Mann Menelaos zurückzubringen.«

Der Mythos war ihr im Detail geläufig. Doch im Gegensatz zum Studium, als sie die Geschichte mit dem analy-
tischen Interesse einer Forscherin gelesen hatte, fühlte es sich
nun, da sie wusste, wer der Mann an ihrer Seite war, be-
drückender an.

Nickend fuhr sie fort. »Ein Pfeil von Paris, der Mann, der
mich entführt hat, traf ihn an der Ferse. Also ist Achill
wirklich gestorben. Wie kann er dann bei uns sein?«

Cheiron blickte weiter in die Flammen. »Achill lebte lange
Zeit in der Unterwelt, zornig über sein Schicksal. Er bereute,
das kurze Leben dem langweiligen vorgezogen zu haben, bis
er eine Frau entdeckte, die durch den Tod ebenfalls in die
Unterwelt eingetreten war.

Er beobachtete sie, nicht wissend, wer sie war. Dabei blieb
er im Verborgenen. Er verliebte sich unsterblich in sie, wollte
alles für sie tun und für immer an ihrer Seite sein. Allerdings
erkannte er durch seine Liebe zu ihr, wie sehr sie in der

Unterwelt litt. Sie war nicht dafür geschaffen, dort zu sein. Ihre Schönheit war unvergleichlich und gehörte ans Licht, in die Welt der Lebenden oder darüber hinaus in die Welt der Götter. Er schwor sich, alles in seiner Macht Stehende zu tun, um sie zu retten.

Als er sie wieder einmal beobachtete, wurde er Zeuge ihrer Trauer. Sie weinte, denn auch sie litt wie er unter der Schwere der Unterwelt, den toten Seelen, der ewigen Dunkelheit. Kurzerhand trat er an sie heran, um sie zu trösten. Und so geschah, was schon von den Moiren, den Schicksalsweberinnen, vorherbestimmt war, auch wenn bis zu dem Zeitpunkt niemand davon erfahren hatte. Achill verliebte sich in Helena.

Sie verbrachten viel Zeit miteinander, die Ewigkeit des Todes, die trotz allem auf ihnen lastete. Achill begann wieder zu lachen und Helenas Augen zu strahlen. Ein jeder konnte ihr Glück beobachten, doch einer erkannte, dass es kein wirkliches Glück war und das war Achill selbst. Wie sehr auch Helenas Augen leuchteten, er erkannte den Schmerz in ihnen. Den Schmerz darüber, dass sie nie wieder die Welt der Lebenden betreten würde.

Immer, wenn er nicht mit ihr zusammen war, grübelte er, wie er sie aus dieser Welt der Schatten erlösen konnte, um sie zurückzuführen in das Licht, bis eines Tages einer der Götter an ihn herantrat und um seine Hilfe anflehte. Dieser Gott war Plutos selbst.

Er und Achill kannten sich nur flüchtig, doch Plutos wusste um Achills Kontakte, war doch Aiakos, sein Großvater, derjenige, der nach seinem Tod über die Schlüssel der Unterwelt wachte. Und er wusste um Achills unerschrockenen Mut, an den nicht einmal die Götter herankamen.

Er erzählte ihm von seiner Verlobten, die noch vor der Hochzeit gestorben war. Er vermisste sie schrecklich und bat Achill, ihm zu helfen, sie von den Toten zurückzuholen.

Achill achtete die Gesetze der Götter und dazu gehörte, dass es niemandem gestattet war, Verstorbene aus dem Hades zurück in die Welt der Menschen zu bringen. Asklepios hatte es einst getan und war zur Strafe getötet worden. Doch seine Liebe zu Helena ließ ihn unvorsichtig werden. Wenn es ihm gelang, eine Frau zu retten, so konnte er möglicherweise unbemerkt auch Helena retten.

Als Plutos erkannte, dass Achill nicht abgeneigt war, vertraute er ihm an, dass es nur des Stabs des Asklepios' bedurfte, um einen Toten zum Leben zu erwecken.

»Aber die Götter wachen über ihn«, warf Achill ein, nicht aus Furcht, sondern weil er stets jegliche Fakten erörterte, um die beste Taktik anzuwenden.

»Nicht die Götter, sondern nur Asklepios, und ich weiß, wo auf dem Olymp er ihn versteckt. Wenn ich dich auf den Olymp schleuse und sie ablenke, wird es niemandem auffallen.«

Der Plan war nicht ausgereift, dennoch sagte Achill zu. Er versprach Plutos, die Gefahr auf sich zu nehmen, den Stab zu stehlen und die Schlüssel seines Großvaters zu besorgen, um Plutos' Verlobte zu retten. Im Gegenzug verlangte er, dass er ebenfalls jemanden retten dürfe und dass Plutos nach vollzogener Tat, falls es je herauskam, dafür geradestand.

Die Götter besiegelten ihren Pakt und Achill trat an Helena, um sich von ihr zu verabschieden. Es fiel ihm schwer, sie gehen zu lassen, doch lieber wusste er, dass sie ein schönes Leben führte, als dass sie die Ewigkeit in der Finsternis des Hades mit ihm teilte.

Auch wenn ihre blauen Augen angesichts der Aussicht, bald wieder lebendig zu sein, strahlten, wirkte sie bedrückt.

»Ich will nicht ohne dich gehen. Lieber bleibe ich für immer hier.«

»Sei nicht albern. Du wirst frei sein und glücklich. Die Schatten greifen bereits nach dir, ich kann es sehen. Nicht mehr lange und sie werden von dir Besitz ergreifen. Deine Schönheit wird welken, aber noch vielmehr wird deine reine Seele verdunkeln angesichts der Schwere der finsteren Unendlichkeit.«

Die Aussicht erschreckte Helena, dennoch weigerte sie sich, die Unterwelt ohne ihn zu verlassen. Er überlegte, wie er sie überreden könnte, als Plutos an ihn herantrat.

»Ich muss dir meine Verlobte noch zeigen, damit du mir nicht die falsche Braut ins Bett legst.« Und so wandelten die beiden gemeinsam durch die Unterwelt, verborgen durch die Schatten, sodass keine der toten Seelen den Gott des Reichtums erblickte. Als er stehen blieb und auf eine wunderschöne Frau wies, die Achill nur allzu bekannt war, brach ihm der Schweiß aus.

»Helena ist deine Braut?«

»Ja, sie ist es. Die schönste Frau der Welt wird meine Zukünftige sein.«

Achill zögerte – was sollte er davon halten? –, als Plutos ihn am Arm packte. »Du hast es bereits geschworen. Du wirst sie zu mir bringen. Unsere Abmachung wurde durch einen Pakt besiegelt, vergiss das nicht.« Ein Blick genügte und Plutos erkannte, in wen sich Achill unsterblich verliebt hatte. Dennoch hielt er an seiner Forderung fest.

Achill hatte es geschworen. Er hatte geschworen, Helena zu retten und zu Plutos zu bringen. Er fluchte, wie er derart kopflos hatte sein können und sich nicht erst die eine Frau, um die es ging, hatte zeigen lassen.

Er wütete in der Unterwelt, tagelang, während Plutos ihm unentwegt in den Ohren lag, bis der eitle Gott die richtigen, folgeschweren Worte fand.

»Du willst sie lieber für dich in der Dunkelheit, anstatt sie ins Licht zu entlassen. Das ist keine Liebe, Achill, das ist purer Egoismus.«

Genauso empfand der Heros selbst, weshalb er am folgenden Tag an Helena herantrat, um sich zu verabschieden. Sie weinte bitterlich, doch durch keine einzige Träne ließ er sich von dem Plan abbringen. Sie schwor ihm, ihn niemals zu vergessen und alles zu versuchen, um ihn zu sich zu holen.

Und was daraufhin geschah, das sollst du selbst sehen.«

Mit den Worten streute Cheiron etwas in die Flammen, worauf Elli noch tiefer in das Feuer blickte. Ein schwerer Geruch breitete sich in der Höhle aus, der Duft von Weihrauch und Thymian. Er nahm von ihr Besitz und trug sie fort in eine andere Zeit, die tausende von Jahren her war. Eine Zeit, als sie die sagenumwobene Helena war und Achill und Plutos begannen, um sie zu kämpfen ...

KAPITEL 33

DAMALS

Helena räkelte sich auf ihrem Lager aus weichen Kissen, die voller Gänsefedern steckten. Sie blinzelte, bis sie das Licht der Sonne auf ihren ebenmäßigen Wangen bemerkte. Überwältigt riss sie die Augen auf und bestaunte die Welt in ihrer dargebotenen Pracht.

Schmetterlinge flogen über Blumen, deren bunte Farben ihr schier den Atem raubten; Vögel zwitscherten Lieder, sodass ihre Füße gar nicht anders konnten, als im Takt mitzuwippen; und der Wind wehte sachte durch ihr Haar, worauf ihr wohlige Gänsehaut über die Arme wanderte. Die Welt war wunderschön.

Musste man wirklich erst sterben, um die Vollkommenheit der Schöpfung zu erkennen?

»Ich habe dich vermisst«, säuselte ihr jemand ins Ohr, mit dem sie lange nicht gesprochen hatte.

Sie drehte sich um und sah Plutos hinter sich liegen. Sein Lächeln, das sie so sehr geliebt hatte, sein markantes, schönes Gesicht, den athletischen Körper, doch seine Anwesenheit vermochte nicht das in ihr zu entfachen, was früher einmal gewesen war. Oder was womöglich nie so gewesen war wie mit …

Die Erinnerungen an einen anderen Mann flammten auf und ließen sie sehnsüchtig aufseufzen.

»Du hast deine Rolle gut gespielt. Er ist dir ins Netz gegangen, meine Schöne, so wie ich es dir prophezeit habe.«

Das schlechte Gewissen stach ihr in den Magen und entfachte ihr gemeinsam mit der heftigen Sehnsucht Übelkeit. Was hatte sie getan?

»Der Plan war gut, den wir auf deinem Sterbebett erdacht haben. Und nun sind wir nicht nur wieder zusammen, nein, dazu haben wir Achill auch noch in der Hand.« Er lachte und es klang schrecklich in ihren Ohren.

»Ich weiß nicht, ob …« Sie zögerte, worauf Plutos seine Arme um sie legte.

»Du zweifelst doch nicht etwa, Liebste? So kurz vor unserem Ziel?«

Sie befreite sich aus seinem Griff, der sich keineswegs schützend anfühlte wie früher, sondern besitzergreifend, erdrückend. Sie erhob sich und lief ein paar Schritte und je weiter sie sich von Plutos entfernte, desto klarer vermochte sie zu sehen.

Achill …

Plutos hatte ihn ausgetrickst und er, der größte Kriegs-held, hatte es nicht erkannt, nur weil sie ihn betört hatte, wie Plutos es von ihr verlangt hatte.

Wie hatte sie so dumm sein können?

War es Arroganz gewesen, weil ein Gott um ihre Hand anhielt? Sie hatte sich von ihm lenken lassen, beseelt von dem Gedanken, einst auf dem Olymp zu sitzen.

Eine Krankheit wie ein Vorbote, dass sie dabei war eine Sünde zu begehen, hatte sie und Plutos beinahe aufgehalten, doch Plutos wäre nicht Plutos, wenn er sich dadurch seinen Plan vereiteln ließe.

Sie wusste, was er vorhatte, zumindest den Teil, den er ihr anvertraut hatte. Es gab mehr, das war ihr klar, er hielt sie für dumm und einfältig. Eine Frau brauchte in seinen Augen nichts anderes als schön und von edler Abstammung zu sein, auf dass sie seinen Ruhm und sein Ansehen mehrte und ihm taugliche Kinder gebar. Deshalb hatte er ihr nur das Notwen-digste anvertraut, damit sie mitspielte.

Wie einfältig war sie gewesen, sich von seinem Gottsein blenden zu lassen?

Unbemerkt trat Plutos an sie heran und strich ihr über den nackten Arm. »Es hat unerwartet lange gedauert, bis Achill dir verfallen ist. Was ist dazwischengekommen?«

Sie presste die Lippen aufeinander, nicht bereit mit ihm zu teilen, was wirklich geschehen war. Nämlich, dass sie nicht in der Lage gewesen war, den mutigen Helden zu betören. Dass sie selbst ihm verfallen war, bereits in dem Moment, als sie gespürt hatte, wie er sie beobachtete. Sie hatte keinen ihrer Tricks angewandt, war nicht dazu in der Lage gewesen. Kein Wimpernschlag, keine Hüftbewegung war geplant gewesen. Ganz im Gegenteil. Herbeigesehnt hatte sie die Momente, in denen sie seine Blicke auf sich gespürt hatte. Gänsehaut war allein bei der Vorstellung, dass er sie ansah, über ihren Körper gewandert, und als er sie endlich angesprochen hatte, war ihr vor Schüchternheit beinahe die Stimme versagt.

Die körperliche Liebe hatte sie zur Genüge ausgekostet, hatte sich von ihr leiten lassen wie die Liebesgöttin Aphrodite persönlich, doch mit Achill hatte sie etwas anderes kennengelernt. Etwas Tiefes, Echtes. Und ehe sie sich versah, hatte Plutos den Plan ins Rollen gebracht und sie hatte Achill nicht mehr rechtzeitig warnen können.

»Wir hätten ihn nicht mit hineinziehen dürfen.«

»Bekommst du etwa Skrupel?« Herablassend musterte er sie. »Du weißt, dass ich dich in der Hand habe. Ich habe deine Unterschrift, den Beweis deiner Loyalität.«

»Was? Das stimmt nicht.« Wovon redete er? Bestimmt war es nur wieder einer seiner Tricks, um sie zu lenken. Aber das war nun vorbei. Mit dem Betrug an Achill waren sie zu weit gegangen. Sie machte nicht länger mit!

Er lachte, als höre er ihre Gedanken. Es war kein schönes Lachen, vielmehr eines, das sie beunruhigt aufhorchen ließ. Er holte eine Schriftrolle hervor, die ihr unbekannt war. Was wollte er damit? Sollte das der Beweis sein, von dem er sprach?

Er entrollte sie, langsam, genoss den Moment in vollen Zügen, während ihr Herz unruhig schneller schlug. Mit einem süffisanten Grinsen deutete er auf den Text, der – sie musste zweimal blinzeln – in ihrer Handschrift verfasst war.

ICH GELOBE FEIERLICH, PLUTOS ZU EHREN UND IHM
ALS SEINE BRAUT AUF DEN OLYMP ZU FOLGEN.

SOLLTE ICH MEINEN SCHWUR JE BRECHEN, GESTATTE ICH PLUTOS ZU OFFENBAREN, WER DEN STAB DES ASKLEPIOS GESTOHLEN HAT, UND WERDE MIT ANSEHEN, WIE DERJENIGE DIE GERECHTE STRAFE DER GÖTTER ERDULDEN MUSS.

Beunruhigt schlug ihr Herz schneller. Der Text war von ihr unterschrieben, aber sie konnte sich nicht erinnern, ihn je verfasst zu haben.

»Was soll das? Wo hast du das her?«

Seine wohlgeformten Lippen verzogen sich zu einem selbstgefälligen Grinsen. »Das hast du geschrieben.«

»Du lügst.«

»UNTERSTEH DICH, MIT MIR WIE MIT EINEM EIN-FACHEN MENSCHEN ZU REDEN!« Seine Stimme glich einem Donnern, dennoch senkte sie den Kopf nicht. Entschieden stemmte sie die Fäuste in die Hüften und begegnete ihm furchtlos, so, wie sie ihm all die Wochen hätte entgegentreten müssen, die sie an seiner Seite verbracht hatte.

»Das hast du gefälscht! Ich habe diesen Text nicht geschrieben!« Sie wandte sich ab, doch er hielt sie am Arm fest.

»Doch, das hast du, auch wenn du vielleicht nicht ganz bei Sinnen warst, kurz vor deinem Tod und zugedröhnt mit Morphium. Aber das kann niemand bezeugen außer mir und das werde ich, schöne Helena, niemals tun.«

Ihr Puls beschleunigte sich. Was sollte sie von diesem Schriftstück halten? Wie ernst war dieser angebliche Beweis zu nehmen? Würde er vor einem Göttergericht bestehen? Niemals! Aber wenn die Götter darüber entschieden, würden sie erfahren, dass Achill und sie von dem Raub des Stabs wussten.

Verdammt, wie hatte sie in eine solch vertrackte Lage kommen können?

Sorgenvoll schaute sie zum Olymp, um den die Wolken unruhiger schwebten als gewöhnlich. Die Götter waren besorgt. Nein, besorgt war das falsche Wort, vielmehr waren sie außer sich, sie spürte es bis hierher. Wahrscheinlich hatten sie den Raub des göttlichen Stabs bereits bemerkt.

Was konnte sie tun? Sie wollte nicht zu Plutos, verachtete ihn mit jedem Augenblick mehr. Doch Achill einzuweihen ... Wie sollte sie ihm in die Augen blicken?

Unvermittelt rannte sie los, ohne zu wissen, wohin sie gehen sollte. Sie rannte über die Blumenwiese, Schmetterlinge stoben von den Blüten hinauf und flatterten unruhig um sie herum. Sie brachte die Ordnung durcheinander, vielleicht allein dadurch, dass sie unter den Lebenden weilte und nicht länger im Reich der Toten wandelte. Aber sie konnte nicht ruhig bleiben, konnte Plutos nicht auf den Olymp folgen. Keine Sekunde würde sie länger an seiner Seite ertragen. Was hatte sie nur dazu bewogen, sich auf diesen selbstgefälligen Gott einzulassen? Welche Eitelkeiten hatten sie in seine Arme getrieben, ja, sie sogar dazu gebracht, ihm die Hand zu versprechen?

Tränen rannen über ihre Wangen. Plutos rief ihr etwas nach, doch sie drehte sich nicht um, rannte, rannte, rannte immerzu, bis sie einen Baum erreichte, dessen Schatten dunkler war als gewöhnlich. Sie lief durch diese Finsternis, Hauptsache fort von Plutos, und blinzelte irritiert, als sich eine Schwere auf sie legte, die ihr allzu vertraut vorkam.

War sie zurück? Zurück in der Unterwelt?

Mit dem nächsten Schritt landete sie in einem Wald, der anders war als jeder, den sie bislang betreten hatte. Die Beklemmung auf ihrer Brust ließ nach, weshalb das Areal nicht zur Unterwelt gehören konnte, dennoch schien es anders. Gab es womöglich Zwischenwelten? Welten, in denen sie nun hausen musste, nicht tot, nicht lebend?

Aber die dunklen Schatten. Sie war für einen Moment nahe des Zugangs zum Hades gewesen ...

Sie drehte sich um, auf der Suche nach der Pforte zur Unterwelt. Wenn sie für einen Augenblick dorthin zu gehen vermochte, so konnte sie womöglich nach Achill rufen. Ihn warnen. Ihm alles beichten. Ihn noch einmal in die Arme schließen, falls er das überhaupt noch wollte, nachdem er die Wahrheit erfahren hatte ...

»Achill!« Sie legte die Hände trichterförmig an die Lippen und rief erneut. »Achill!«

Langsam schälte sich sein großer Körper aus der Finsternis, trat auf sie zu. Ihr Herz erkannte ihn sogleich und flatterte voller Vorfreude. Seine markanten Gesichtszüge, das strenge Kinn, das dunkle, dichte Haar, die breite Statur, aber vor allem die Aura, die ihn umgab. Dieses Kraftvolle und Gute zugleich, die Wärme, die er ausstrahlte, trotz der Jahre, die er im Hades verbracht hatte, das Funkeln seiner dunkelblauen Augen, in denen sie lesen durfte wie in einem Buch.

Das Lächeln auf seinem Gesicht ließ sie sogleich strahlen, ihr Puls schlug schneller und Tränen schossen ihr in die Augen. Sie warf sich an seine Brust, klammerte sich an ihn, als könnte er alles ungeschehen machen.

»Du solltest nicht hier sein.« Seine Stimme ... Wie sehr hatte sie diese ruhige, warme Stimme vermisst.

Er legte einen Finger unter ihr Kinn und hob es an, sodass sie ihm ins Gesicht sehen musste.

»Wieso weinst du?«

Seine Augen waren voller Liebe. O Achill ...

»Ich habe großes Unrecht begangen. Ich muss es dir sagen, jedes Detail verraten, aber dann wirst du mich verachten.«

Wissend schauten seine dunklen Augen auf sie herab.

»Ihr habt geplant, dass ich mich in dich verliebe. Ich sollte den Stab stehlen, damit du zurück zu Plutos gehen kannst. Kommt das der Wahrheit nah?«

»Du weißt davon?«

Er nickte lediglich.

»Aber ich habe es bereut in dem Moment, als ich dich zum ersten Mal gesehen habe. Ich liebe dich, mehr als mein Leben. Es tut mir so leid.«

»Ich weiß.«

»Ich wollte dich davon abbringen, den Stab zu stehlen, ich wollte dir alles erzählen, aber ich habe mich nicht getraut. Ich befürchtete, du würdest mich hassen, mich von dir stoßen. Und als ich mich endlich dazu durchgerungen hatte, war es zu spät.«

»Ich weiß.«

Nur gemächlich drangen seine Worte in ihr Bewusstsein, als hätten sie alle Zeit der Welt. Überrascht schaute sie auf. Er wirkte nicht böse, auch nicht enttäuscht oder als würde er sie verachten. Nein, er blickte sie mit derselben Liebe an wie zuvor.

»Achill, ich habe das nicht gewollt.«

»Ich weiß.« Er lächelte, worauf ihr Herz noch schneller schlug. Dann senkte er den Kopf, umfasste ihre Wangen mit den Händen und drückte ihr einen Kuss auf die Lippen, sanft und unendlich zärtlich.

Sie versank darin, glaubte in seinem Kuss zu ertrinken, klammerte sich an ihn, verzweifelt. Der Kuss wurde stärker, Achill presste sich an sie, als ahne auch er, dass ihnen nicht viel Zeit blieb. Seine Hände wanderten über ihren Rücken und wohlige Schauer folgten seinen Berührungen. Sie umfasste seine Arme, strich über seine Muskeln und hielt sich an ihm fest.

»Helena!«, erklang ein Brüllen, das sie erschrocken zurückfahren ließ. Sie zog den Kopf ein, wissend, wer nach ihr suchte.

»Er ist es. Er will mich zu sich holen.«

Achill legte den Arm um sie, schützend, behütend. »Das lasse ich nicht zu.«

»Du kannst ihn nicht daran hindern. Er ist im Besitz einer Schriftrolle, die ich angeblich geschrieben habe, kurz bevor ich gestorben bin.«

Sanft strich er eine Träne von ihrer Wange. »Was steht darin geschrieben?«

»Dass ich ihm gelobe, seine Braut zu werden, andernfalls darf er verraten, wer den Stab des Asklepios gestohlen hat.«

Seine Kiefer mahlten. »Das bricht den Pakt, den er mit mir geschlossen hat.«

»Was sollen wir bloß tun? Ich weiß, mir bleibt keine Wahl. Ich habe es nicht anders verdient.«

»Es ist egal, was er hat. Ich lasse nicht zu, dass er dich in sein Bett zwingt.«

»Aber welcher Ausweg bleibt uns?«

Nachdenklich betrachtete er sie, nicht länger der Liebende, sondern der Stratege, dem jedes Kriegsmanöver gelang. Sie liebte diesen Blick, das Konzentrierte, das Überlegene. In einem solchen Moment traute sie ihm alles zu. Auch, sie aus dieser ausweglosen Situation zu retten ...

»Ich werde dich vor ihm verstecken.«

Ohne einen weiteren Moment zu zögern, nahm er sie bei der Hand und rannte los. Sie jagten durch die Schatten, nicht gänzlich in der Unterwelt, nicht gänzlich in der Welt der Lebenden, bis sie eine Höhle erreichten, am Fuße eines hohen Berges, der bis in den Himmel zu ragen schien. Doch es war nicht der Berg der Götter, denn der prangte in Sichtweite, gegenüber dem Eingang – was bedeutete, sie befanden sich in Thessalien.

Achills Heimat.

War diese Höhle eines seiner früheren Verstecke, als er noch unter den Lebenden geweilt hatte?

Beunruhigt schaute sie zum Olymp. So nah unter den Augen der Götter wollte er sie verbergen? Konnte das gutgehen?

Achill schob sie hinein, er selbst verblieb in den Schatten. »Warte hier, ich werde bald zurück sein. Und verlass die Höhle nicht, egal was passiert.«

Bevor sie ihm antworten oder ihre Sorgen mit ihm teilen konnte, verschluckten ihn die Schatten und er war verschwunden.

Einen Moment blickte sie ihm nach, doch sie wusste, er würde so schnell nicht zurückkommen. Sie trat einen Schritt nach vorne und schaute sich um. Der Raum war spärlich, aber ausreichend eingerichtet. Es gab ein breites Bett, eine Kommode und eine Waschschüssel nebst Feuerstelle. In der Kommode entdeckte sie Vorräte, Wein, eingelegte Oliven und Früchte, gesalzenen Fisch und Käse, sowie ein paar

Tücher, die sie als Gewand würde verwenden können. Für einige Zeit würde sie überleben – aber wie sollte sie die Ungewissheit aushalten, was mit Achill und Plutos geschah? Sie wollte darauf vertrauen, dass Achill alles richten würde. Nicht umsonst galt er als großer Kriegsheld und Stratege. Wenn jemand ihr helfen und ihnen ein glückliches Beisammensein bescheren konnte, so war er es. Dennoch wanderte sie rastlos auf und ab, betend, dass ihre Geschichte nicht in einer griechischen Tragödie endete.

Mit der Zeit wurde es dunkel draußen, obwohl der Tag noch nicht vorbei war. Schwarze Wolken zogen auf und Donner rollten über die Höhle. Starkregen setzte ein, ein heftiger Wind brauste und zerrte die Baumwipfel hin und her.

Die Götter. Zeus persönlich. Sie bemerkten, dass etwas geschehen war, dass etwas die Ruhe störte.

Wussten sie bereits, dass der Asklepiosstab gestohlen worden war? Dass jemand von den Toten erweckt worden und zurück in die Welt der Menschen gelangt war? Oder zürnten sie Plutos und Achill, die einen Kampf entfacht hatten, der das Gleichgewicht störte?

Die Unruhe trieb ihre Schritte an, obgleich sie dadurch nicht vorankam, währenddessen vergingen Stunden. Das Gewitter wurde immer gewaltiger. Blitze erhellten den Himmel und zeitgleich erklang ein Donnergrollen, wie Helena es noch nie erlebt hatte. Nicht einmal vor Troja …

Damals hatte Zeus sich nicht eingemischt, doch heute würde er über sie richten, das spürte sie. Ihr Puls beschleunigte sich, als das Donnern noch lauter wurde und die Erde erzittern ließ. Die Blitze hatte aufgehört und das Gewitter war weitergezogen. Die Götter wussten folglich nicht, wo Achill sie versteckt hatte.

Bedacht darauf, ungesehen zu bleiben, trat sie näher an den Ausgang. Sie hatte Achills Warnung im Kopf, weshalb sie im Schutz der Höhle verblieb, als eine Herde Zentauren aus dem gegenüberliegenden Wald auftauchte. Zielgerichtet galoppierten sie auf ihr Versteck zu, allen voran der größte und stärkste von ihnen.

Mit klopfendem Herzen zog sie sich in ihre Zuflucht zurück, damit die wilde Horde sie nicht entdeckte. Achill hatte sie an diesem Ort versteckt, weil er ihn für sicher befand. Folglich würde sie es auch sein.

Als die Herde ungebremst auf ihr Versteck zustürmte, nahm ihre Unruhe zu. Kurzerhand rannte sie tiefer in die Höhle, deren Ende sie schon bald erreichte. Dort harrte sie aus, während die Hufschläge der Zentauren durch die Höhle hallten.

Sie waren nicht vorbeigestürmt, sondern zielgerichtet hergaloppiert. Hoffentlich hatte das keinen Grund, der mit ihr zusammenhing ...

Stumm verbarg sie sich in den Schatten. Sie würde im Verborgenen ausharren, bis die Herde zurück in den Wald lief. Doch die Zentauren drangen tiefer und tiefer in die Höhle ein, als suchten sie etwas. Oder jemanden.

»Wo ist sie?«, brüllte einer von ihnen.

»Wir haben sie gleich«, entgegnete ein anderer, dessen Stimme ruhiger klang als die der anderen.

Helena riss die Augen auf. Sie konnte sich nichts länger schönreden, das Geschehene nicht länger als Zufall abtun. Die Zentauren wussten, dass sie sich in dieser Höhle verbarg – woher auch immer. Nicht die Angst vor dem Gewitter hatte sie dazu bewogen herzukommen, nein, sie suchten nach ihr.

Aber wieso? Und woher wussten sie, wo sie sich aufhielt? Hatte Plutos es ihnen verraten? Hektisch tastete sie die Dunkelheit nach etwas ab, mit dem sie sich verteidigen konnte. Nach einem Stock, einem großen Stein, doch es gab nichts als sandige Gesteinskörner, die von der Wand rieselten. Es dauerte nicht mehr lange, bis sie sie entdeckten. Wie sollte sie sich zur Wehr setzen? Sie drückte sich an die Wand, fieberhaft überlegend. Es war so dunkel, vielleicht befand sie sich in den Schatten, die zur Unterwelt gehörten. Womöglich konnte sie sich in ihnen verbergen. Sie hoffte inniglich, betete zu Aphrodite, die sie aufgrund ihrer Schönheit für ihre Schutzgöttin hielt, als eine riesige Hand sie packte und aus den Schatten zerrte.

»Hab ich dich!« Die gelben Augen, in die sie schaute, hatte sie noch nie gesehen. Doch das wilde Gesicht gehörte unverkennbar zu einem Zentauren, auch wenn sie seinen Körper in der Dunkelheit nur schemenhaft erkannte.

Angstvoll weiteten sich ihre Augen. »Wer bist du?«

Er hob das Kinn und blickte verachtend auf sie herab. »Ich bin Abas, der Anführer der Zentauren. Deinetwegen wüten die Götter über Thessalien, unserer Heimat. Du gehörst nicht hier her. Du störst unsere Ruhe.«

»Ihr irrt. Ich bin nicht verantwortlich für den Zorn der Götter, ich —«

»Für Ausflüchte ist es zu spät. Wir haben Opfer zu beklagen, begraben unter umgestürzten Bäumen. Deinetwegen hat uns der Zorn der Götter getroffen. Unrechtmäßig!« Mit den Worten zerrte er sie zu den anderen. Wutentbrannt schaute die Herde sie an. Ihre wilden Augen leuchteten in der finsteren Höhle wie Vorboten einer schrecklichen Strafe.

Sie wollte etwas sagen, die Lage erklären, doch die Zentauren ließen sie nicht zu Wort kommen.

»Meine Kinder sind gestorben.«

»Und meine Frau.«

»Mein Bruder wurde unter einer Kastanie begraben!«

Ihr Zorn war grenzenlos und er entlud sich direkt über ihr.

Abas hob die Hand, worauf die Zentauren verstummten.

»Sie wird für ihre Schuld geradestehen. Wir bringen sie zum Richtplatz und opfern sie den Göttern. Dann wird Zeus seine Wut nicht länger an uns auslassen.«

Entsetzt riss Helena die Augen auf, während das Gebrüll der Herde den Vorschlag begrüßte. Rasch galoppierten sie los, ohne dass Helena etwas dagegen ausrichten konnte.

Abas hielt sie vor sich unter den Arm geklemmt, als wäre sie ein Stück Wild, das er auf dem Weg durch den Wald entdeckt hatte.

»Hilfe!«, schrie sie außer sich vor Angst, doch die Hufe der Zentauren übertönten jeglichen Schrei.

Tiefer und tiefer drangen sie in den Wald ein, entfernten sich immer weiter von der Höhle, in der Achill sie versteckt hatte. Ein Gedanke kam ihr. Wenn die Zentauren sie den Göttern opferten, würde sie in die Unterwelt zurückkehren. Plutos hatte sie nicht länger in seiner Gewalt und sie und Achill waren wieder vereint.

Auch wenn die Schatten der Unterwelt auf ihr gelastet hatten, wäre das eine bessere Lösung, als Plutos zu ehelichen. Die Götter würden besänftigt sein, die Zentauren ebenso, allen voran der Anführer, der sie immer wieder anklagend ansah. Niemals würde sie dieses Gesicht vergessen können. Diese Wut, diesen unbändigen Hass.

Lethargie bemächtigte sich ihrer, wodurch sie nicht länger den Weg wahrnahm, den die Herde einschlug. Deshalb hörte sie auch nicht das alarmierte Hufscharren, bemerkte nicht, wie Abas stoppte und von der Herde umkreist wurde, ja, sie hätte nicht einmal den übergroßen Schatten registriert, der über sie hereinbrach, wenn dieser Schatten sie nicht gepackt und mit sich fortgerissen hätte.

Ihr Herz erkannte ihn, bevor es ihre Augen taten. Langsam holte sein Geruch sie aus ihrer Benommenheit, bis sie begriff, was geschehen war. Achill war auf einem Pferd angeritten gekommen und hatte sie aus den Klauen der brutalen Zentauren befreit.

Sie öffnete die Augen und blickte ihm direkt in das Gesicht. In dieses geliebte Gesicht.

»O Achill …«

»Ich habe den Zorn der Götter unterschätzt. Ich muss dich in Sicherheit bringen.«

»Wo bringst du mich hin? Hast du ein anderes Versteck?«

Kaum merklich schüttelte er den Kopf, eine Trauer über seinem Haupte schwebend. »Nein, wir müssen einen anderen Weg einschlagen.«

Einen anderen Weg einschlagen … Helena wunderte sich über die Bezeichnung, dennoch schmiegte sie sich vertrauensvoll in seine Arme, ließ sich von ihm durch die Welt der Schatten tragen, bis sie an einen Ort gelangten, den sie noch nie zuvor gesehen hatte.

Er hob sie vom Pferd und führte sie auf einen Platz, der von hohen Steinwänden umgeben und nur durch eine schmale Passage zugänglich war. Überdacht wurde er von Bäumen, die hoch oben auf den Felsen wuchsen. Durch die mächtigen Kronen ließ sich der Himmel, der bereits im Licht der untergehenden Sonne erstrahlte, nur erahnen, so dicht war das Blätterdach.

Sie waren allein. Schatten züngelten die Steinwände hinauf, obgleich nichts zu sehen war, das sie hervorrufen konnte. Die Stimmung war schaurig, bedrohlich, in gewisser Weise mystisch. Trommeln erklangen, leise zwar, dennoch hallte der Ton fortwährend über den Platz und drang in Helenas Körper ein, als wollte er ihren Herzschlag beherrschen.

Aus den schmalen Schatten schälten sich drei Frauen. Sie waren jung oder unsterblich, das ließ sich nicht beantworten, trugen weite griechische Gewänder und das Haar zu einem geflochtenen Knoten im Nacken gebunden. Sie blickten ernst auf sie herab, obgleich sie nicht größer waren als Helena selbst.

Eine von ihnen trat näher, betrachtete Helena prüfend und seufzte anschließend auf. »Achill, was hast du getan?«

»Ich konnte nicht anders. Das wisst ihr.«

»Eure Liebe in der Unterwelt war dein Schicksal, aber ihres ist das an der Seite von Plutos.«

»Sie will es aber nicht. Und ich werde nicht dabei zusehen, wie sie gegen ihren Willen einen Mann heiraten muss, der sie ausschließlich als Trophäe betrachtet.«

»Du kennst den Preis, Achill, wir haben ihn dir genannt.«

»Ich kenne ihn und bin bereit ihn zu zahlen.«

Irritiert blickte Helena von den Frauen zu Achill. »Was meinen sie? Von welchem Preis ist die Rede?«

Er umarmte sie, wie nur er es konnte, und flüsterte leise. »Ich habe mich um alles gekümmert. Dir wird eine neue Chance gegeben.«

»Ich darf leben?«

302

»Ja, das darfst du.«

Hoffnung keimte in ihr auf. »An deiner Seite?«

Er drückte sie fester, dann küsste er sie auf die Wange und wandte sich, ohne zu antworten, den drei Frauen zu. »Ich bin soweit.«

Alarmiert hielt Helena ihn am Arm fest. »Was soll das? Was hast du ausgehandelt?«

»Ein neues Schicksal für dich.« Mit den Worten drehte sich alles um sie, die Welt, wie sie war, verschwamm. Nichts gab es, an dem sie sich festhalten konnte, bis ein Gesicht in all dem Farbenwirrwarr erschien.

Achill.

Er blickte sie gefasst an, sehnsüchtig, aber zufrieden. »Ich liebe dich, Helena.« Mit den Worten wandte er sich ab.

Etwas zog an ihr, an ihrer Seele, an ihrem innersten Ich. Sie wehrte sich dagegen, wollte nicht mitgehen, wenn Achill nicht bei ihr blieb. Wie viel war ein neues Leben wert, wenn er nicht an ihrer Seite war?

Doch wie sehr sie sich auch zu entwinden versuchte, die Macht war zu stark.

»Ich liebe dich auch«, rief sie ihm zu, doch er hörte sie nicht mehr. Er blickte die drei Frauen an, die mit einem Mal ebenso klar zu sehen waren wie der Heros selbst. Er wirkte gefasst, ernst, als er etwas entgegennahm, das zart im fahlen Licht schimmerte. Es war eine Sanduhr und sobald er sie in Händen hielt, begann der Sand zu rieseln.

»Das ist die Zeit, die dir noch bleibt«, hörte Helena eine der Frauen sagen, bevor sie in helles Licht eintauchte, das sie von jetzt auf gleich verschlang.

KAPITEL 34

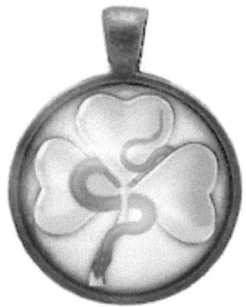

Elli blinzelte mehrmals, um zurück in die Gegenwart und ihre eigene Gefühlswelt zu finden. Der strenge Geruch war verschwunden, das Feuer vor ihr kleiner und die Stimmung hatte sich verändert.

Cheiron saß ihr gegenüber und beobachtete sie. »Nun weißt du, was geschehen ist.«

Sie nickte. Das Gemälde in der Athener Bibliothek fiel ihr ein. Achill, Plutos und sie, der Stab des Asklepios und jetzt verstand sie auch die Gesten der Männer. Plutos forderte sie als seine Frau, weshalb er ihr Handgelenk umfasst hielt.

Achill hingegen sehnte sich nach ihr, ebenso wie sie sich nach ihm, doch er erlaubte sich nicht, seinen Gefühlen nachzugeben, aus Liebe zu ihr, weshalb sie einander nicht berührten. Möglicherweise deutete diese Geste auch die heimliche Liebe

an, die Gefühle, die unerwartet und im Verborgenen ent-
flammt waren.

Nachdenklich ließ sie das im Feuer Gesehene Revue passieren, bevor sie bereit war die notwendigen Schlüsse zu
ziehen, die wesentlichen Fragen zu stellen.

»Waren die drei Frauen die Schicksalsgöttinnen?«

Cheiron nickte. »Achill hat die Moiren aufgesucht und
das Unmögliche möglich zu machen versucht. Er wollte dein
Schicksal verändern.«

Elli presste die Lippen aufeinander. »Zu welchem Preis?«

»Er wird den Zorn der Götter abbekommen, sobald die
Zeit in der Sanduhr verstrichen ist.«

Sie erinnerte sich an die Sanduhr, die sie in einer seiner
Höhlen gesehen hatte. Er hatte nicht gewollt, dass sie sie
anfasste, dass sie erfuhr, was sich hinter der verstreichenden
Zeit verbarg. Aber eines war dadurch klar. Den Kampfgeist
entfacht blickte sie auf. »Die Uhr läuft noch immer.«

»Das tut sie, aber nicht mehr lange. Nur noch wenige
Sandkörner sind im oberen Behältnis verblieben.«

Nachdenklich blickten sie zu Achill, der endlich ruhiger
auf dem Fell lag. Sein Atem ging gleichmäßig, der Kopf
zuckte nicht mehr hin und her. Das Gift ließ nach, doch noch
immer war er nicht erwacht.

»Wie kann er hier sein, außerhalb der Schatten, wo er
doch eigentlich längst gestorben ist?«

Cheiron blickte sie aus wachen Augen an. »Wie kannst du
hier sein, obwohl auch du längst gestorben bist?«

Es konnte nur eine Möglichkeit geben. »Der Stab des
Asklepios.«

Der Zentaur nickte.

»Hält er ihn versteckt?«

»Ja, das tut er, um sicherzugehen, dass du auch in deinem neuen Leben nicht an Plutos' Seite ziehen musst.«

Elli blickte auf ihren Schoß, strich über das Gewand, das wieder einmal am Saum ausgefranst und verstaubt war, und schüttelte langsam den Kopf. »Er hat alles gegeben, um mich zu retten. Und ich habe sein Opfer zugelassen.«

Cheiron strich sich durch den gepflegten Bart. »Auch wenn ich zugeben muss, dass dein früheres Ich schwächer war als dein heutiges, muss man dir einräumen, dass er dich in seinen Plan nicht eingeweiht hat. Ich bezweifle, dass du zugestimmt hättest.«

Sie nickte, obgleich es einerlei war. Dadurch, dass er sie erweckt hatte, war die Ordnung der Götter aus den Fugen geraten. Da sie nicht zu Plutos gegangen war, hatte dieser Achill in der Hand, der noch immer den Stab des Asklepios verbarg. Und die Zentauren zürnten ihr, da sie glaubten, die mythische Helena hätte durch ihre Anwesenheit den Zorn der Götter nach Thessalien gebracht. Eins hatte zum anderen geführt.

»Wer hat mein neugeborenes Ich zu meinen Eltern gebracht?«

»Das war Hermes, er hat es für Achill übernommen. Die zwei verbindet eine enge Freundschaft. Doch nicht nur der Götterbote hat sich auf seine Seite geschlagen. Andere Götter haben den Frevel hinter Plutos' Taten erkannt und zürnen ihm mehr als euch. Das Spiel, das mittlerweile zu einem Wettkampf geworden ist, schaukelt sich hoch, aber so oder so hat Achill Schlimmstes zu erwarten, weil er es niemals zulassen wird, dass Plutos seine Hand nach dir ausstreckt.«

»Er versucht mich zu retten, dabei bin ich selbst es, die die List mit Plutos ausgehandelt hat. Ich würde gerne sagen, dass er seine göttlichen Kräfte eingesetzt hat, um mich dazu zu bringen, aber ich weiß es nicht.«

Cheirons Blick wurde sanft. »Inwieweit die Vermutung den Tatsachen entspricht, vermag nur Plutos zu sagen.«

Auch wenn es stimmte, wusste sie dennoch, dass es damit nicht getan war. Es war an der Zeit, dass sie selbst die Zügel in die Hand nahm. Dass sie sich ihrem Schicksal stellte, mit allem, was dazugehörte, und anschließend würde sie einen Ausweg aus der Misere finden. An diesem Glauben hielt sie fest.

Sie blickte zu Achill, dessen Atmung schneller ging, als spüre er, was sie vorhatte. Langsam erhob sie sich und lief zu ihm. Vorsichtig beugte sie sich über ihn, die Stimme kaum ein Flüstern.

»Achill ... wie soll ich dir je dafür danken, was du für mich getan hast? Aber es stimmt, was Cheiron sagt. Nicht du musst meine Schlachten schlagen, kannst es gar nicht für mich tun, nein, das muss ich selbst machen. Vertrau mir, ich werde einen Weg finden. Ich werde dich retten, vor dem Zorn der Götter, vor einem elenden Schicksal. Wir werden unsere Zeit bekommen, unser Happyend, dafür kämpfe ich. Vergiss das niemals.« Sie küsste ihn sanft, zunächst auf die Schläfe, dann auf die Wange und am Schluss legte sie ihre Lippen sanft auf seine. Er reagierte, nur leicht, doch sein Atem ging schneller, die Blässe schwand ein wenig von seinen Wangen und seine Lippen schienen die ihren festzuhalten. Es kostete sie all ihre Willenskraft, den Kuss zu beenden, sich von ihm zu lösen, doch ihr blieb keine Wahl.

Ein letztes Mal strich sie ihm über die Stoppeln an der Wange, fuhr ihm durch das dunkle, dichte Haar, atmete tief seinen unnachahmlichen Geruch ein. Sie schloss die Augen und verschloss den Moment in ihrem Herzen. Dort würde sie ihn bewahren, für immer, und daraus wollte sie ihre Kraft beziehen, egal, was dort draußen auf sie wartete.

Als sie sich erhob, nickte ihr Cheiron aufmunternd zu. »Es ist Zeit.«

Sie stellte sich vor das Feuer, blickte in den warmen Glanz und atmete tief durch. Dann lief sie zum Ausgang der Höhle. Bevor sie ins Licht trat, drehte sie sich noch einmal zu Achill um, ein wehmütiges Lächeln auf den Lippen. Sie würde für diesen Mann kämpfen. Nicht nur für ihr eigenes Schicksal, nicht nur für seines, sondern für ihr gemeinsames. Was auch immer die Moiren gesponnen hatten, sie glaubte nicht, dass für eine so große Liebe keine Hoffnung bestand. Und daran hielt sie sich fest, während sie die Höhle verließ und den Blick gen Himmel richtete.

Plutos wartete bereits auf sie. Er breitete die Arme aus, auf dem Gesicht ein selbstgefälliges Grinsen.

»Habe ich es dir nicht gesagt, schöne Helena? Heute Abend wirst du in meinem Bett liegen.«

Elli begegnete seinem hochmütigen Blick ohne Angst. Das Kinn erhoben ging sie mit ihm, in ihrem Herzen den Augenblick des Abschieds von Achill. Daraus würde sie ihre Kraft beziehen. Komme, was wolle.

Das war Band 2 der Götterflüstern-Trilogie. Willst du erfahren, wie es weitergeht? Ob Achill und Elli ihr Happyend bekommen? Dann tauche ein in Band 3 »Verfluchte Liebe«.

LIEBE LESER,

nun ist schon Band 2 meiner griechischen Göttertrilogie zu Ende. Ich werde gefühlsduselig, mein Herz schlägt schwerer, weil ich weiß, dass wir Elli und Achill nur noch für ein Abenteuer begleiten dürfen. Oder sagen wir besser bei dem Finale ihres Abenteuers.

Dass Stephanos Achill ist, war von langer Hand geplant. Habt ihr es geahnt? Ich brauchte einen Helden, den auch diejenigen kennen, die nicht sonderlich viel von der griechischen Mythologie wissen. Ein Held, ohne Vorwissen sozusagen. Außerdem fand ich die Vorstellung, dass die Moiren vorhergesagt haben, dass sich einst Achill in Helena verlieben wird, sehr romantisch.

Ihr merkt es vielleicht, mit jedem Buch werde ich romantischer. Trotzdem bleiben die Spannung und das Abenteuer, und natürlich die Magie und die Wunder die Wesensmerkmale meiner Bücher und dabei wird es bleiben.

Ich hoffe, euch hat der zweite Band gut gefallen. Schreibt mir gerne, ich freue mich immer über Rückmeldung von euch, an info@jennyvoelker.com.

Und nun heißt es eintauchen in Band 3 »Verfluchte Liebe«. Und ich kann euch jetzt schon versprechen, dass es spannend werden wird und einige Überraschungen auf euch warten.

Kurz möchte ich die Zeilen nutzen, um meinem Dreamteam zu danken, meinen Testlesern, meinem Lektor, meiner Korrektorin, meiner Coverfee, meiner Familie, meinen Vorablesern und allen, die mich auf meinem Weg als Schriftstellerin unterstützen. Ich lebe meinen Traum dank euch.

Wenn ihr Zusatzgeschichten zu meinen Büchern lesen, an exklusiven Gewinnspielen teilnehmen und fernab von Social Media näher mit mir in Kontakt treten wollt, kommt in meine Lesergruppe. Ein- bis zweimal im Monat bekommt ihr Märchenpost via Email von mir. Es lohnt sich auf jeden Fall und ich freue mich über jeden einzelnen von euch.

Ich wünsche euch eine magisch schöne Zeit und hoffe, wir sehen uns zu Band 3 wieder. Alles Liebe und glaubt an das Glück, an Wunder und an Magie, denn dadurch lässt es sich leichter lächeln, wenn euch etwas aus der Bahn werfen will. Ich glaube daran und es schenkt mir regelmäßig Kraft.

Alles Liebes

Eure Jenny

DIE GÖTTER-SAGA GEHT WEITER!

Götterflüstern – Verfluchte Liebe

Elli muss sich ihrem Schicksal fügen und Plutos auf den Olymp begleiten. Dennoch gibt sie nicht auf, für ihre Freiheit und ihr Glück zu kämpfen. Unerwartete Helfer stellen sich an ihre Seite, als sie Hintergründe aufdeckt, die das Spiel der Götter in einem völlig anderen Licht erscheinen lassen.

Die Zeit rennt, der Sand in der Uhr rieselt unaufhaltsam hinab, während sie sich immer wieder fragen muss, wem sie wirklich trauen kann. Wird es Elli gelingen, sich gegen den Willen der Großen und die Macht des Schicksals durchzusetzen?

Der finale Band der Götterflüstern-Saga, einer Geschichte über Mythen, Götter und eine Archäologin, die seltsamerweise mit all dem verbunden scheint.

WEITERE MAGISCHE WELTEN VON JENNY VÖLKER

Die Weltenfalten – Saga!

Was würdest du tun, wenn du erfährst, dass du eine Hexe bist?

Mayla arbeitet in einer Werbeagentur und geht ihrem geregelten Alltag nach. Eines Morgens beginnen ihre Hände zu kribbeln und Gegenstände explodieren vor ihrer Nase. Als sie auf ihrem Nachhauseweg durch die City auf einmal mitten in einem Wald steht, ist ihr Leben in Gefahr und sie muss sich ihren neuen Fähigkeiten stellen. Aber woher kommen sie? Und was hat der geheimnisvolle Fremde mit all dem zu tun, der ständig bei ihr auftaucht?

Sei an Maylas Seite und finde gemeinsam mit ihr heraus, was es mit ihren mysteriösen Kräften auf sich hat.

Die abgeschlossene Weltenfalten-Saga:
Band 1 "Wenn Feuer erwacht"
Band 2 "Von Wind getragen"
Band 3 "In Eisen verewigt"
Band 4 "Von Wasser geschützt"
Band 5 "Mit Erde verbunden"

Kennst du schon die Geschichte von Ani und Chris?

Die gefallene Fee

Anna arbeitet in einem Baumarkt in der Gartenabteilung und findet nichts schöner, als sich tagtäglich um die Pflanzen zu kümmern. Eines Nachts wird sie von Piraten aus ihrer Wohnung entführt und landet in einem verborgenen Land, in dem Magie zum Leben dazugehört.

Plötzlich ist sie nicht mehr eine Entführte, sondern die einzige Hoffnung, die magische Welt zu retten. Wird ihr das gelingen? Und was hat es mit dem Käpt'n der Piraten auf sich, vor dem sie alle warnen?

Ein spannender Märchenroman voller Magie, Liebe und Abenteucr, in dem es um so viel mehr geht als den Glauben an sich selbst.

Kennst du schon das Märchen von Goldröschen?

Goldröschen

Würdest du einer Fremden in ein geheimes Königreich folgen?

Noah lebt zurückgezogen und als eine Art Schreiner restauriert er alte Möbel. Auf einem Antikflohmarkt entdeckt er einen Schminktisch und in dem Spiegel erscheint nicht sein Abbild, sondern das einer schlafenden Frau. Schneller, als er sich versieht, landet er in dem Märchen, das ihm seine Mutter als Kind erzählt hat, und soll die Königin erlösen. Aber wieso er? Und wird ihm das gelingen?

Erlebe ein magisches Märchenabenteuer und finde heraus, was es mit der Schlafenden in dem Spiegel auf sich hat.

Würdest du gerne mit einem Prinz auf einem Ball tanzen?

Im Bann der verwunschenen Zeit

Hannah hat als Alleinerziehende kaum Zeit für sich. Sie muss ohne Hilfe sämtliche Arbeiten stemmen, um sich und ihre Kinder finanziell über Wasser zu halten. Eines Morgens flattert eine Einladung zu einem königlichen Ball in ihre Wohnung. Von der Königsfamilie hat sie noch nie etwas gehört. Und der Ort, an dem der Ball stattfinden soll, ist nicht mehr als eine verfallene Ruine.

Als am Abend eine Kutsche mit sechs weißen Pferden vor ihrem Haus erscheint, muss sie sich entscheiden. Soll sie ihren Alltag durchbrechen und dieser mysteriösen Einladung auf den Grund gehen? Wird sie mit dem Prinzen tanzen? Aber was, wenn er ein unglaubliches Geheimnis hütet?

Begleite Hannah auf ihrer magischen Reise und erlebe ein spannendes Abenteuer!

Weißt du schon von der Magie der Sterne?

Sternmarie

Als es mitten in der Nacht an Maries Schlafzimmerfenster klopft, ergreift sie die Gelegenheit, ihr Leben zu verändern, und folgt einem Unbekannten in ein uraltes Königreich. Der Unbekannte bezeichnet sie als die Auserwählte, die die Sterne beschützen und den Menschen Hoffnung schenken soll – plötzlich befindet sie sich auf der Flucht und steckt mitten in einem lebensgefährlichen Abenteuer.

Eine magische Reise voller Elfen, Zwergen und Hexen, die auf Besen reiten, beginnt. Folge Marie in ein fantastisches Abenteuer und lass dich verzaubern von der Magie der Hoffnung.

Verwünschung

Eine alte Liebe, die nicht sein darf. Ein todbringender Fluch, der angeblich auf seiner Familie lastet. Und ein unbekanntes Königreich, das auf keiner Landkarte existiert.

Als der erfolgreiche Scheidungsanwalt Kai Lenz bei seinem morgendlichen Dauerlauf im Wald einer Fee begegnet, traut er seinen Augen nicht. Die kleine Fee braucht sofort seine Hilfe und schon bald steckt er in einem lebensgefährlichen Abenteuer – doch was hat seine Familie mit all dem zu tun?

Komm mit auf Kais Reise in ein verborgenes Märchenreich, und entdecke alte Geheimnisse, die nicht nur sein Leben bedrohen.

Wunder, die vom Himmel fallen

Anne ist Bäckerin und schuftet hart im Familienbetrieb. Ihr Ofen geht allmählich kaputt und sie braucht dringend einen neuen. Da sie wieder keinen Stand auf dem Weihnachtsmarkt bekommen hat, weiß sie allerdings nicht, wie sie den bezahlen soll.

Wie gut, dass der Engel Gabriel durch ein Missgeschick auf sie aufmerksam wird. Schon bald wird ihm klar, dass er Anne helfen will. Doch als er verbotenerweise auf die Erde hinabsteigt, ahnt er nicht, welchen Preis er dafür zahlen muss.

Begleite Anne und Gabriel auf ihrer außergewöhnlichen Reise, lass dich verführen vom Duft frisch gebackener Plätzchen und finde heraus, ob es sie noch gibt: die Wunder in der Weihnachtszeit!

JENNYS LESERGRUPPE

Weitere magische und spannende Romane warten auf Euch. Ihr wollt keine Neuerscheinung verpassen? Außerdem freut Ihr Euch über Bonuskapitel und exklusive Gewinnspiele? Dann kommt in meine Lesergruppe!

Ein- bis zweimal im Monat erhaltet Ihr via Email Märchenpost von mir. Ihr bekommt die ersten Kapitel meiner Neuerscheinungen früher als alle anderen zum Lesen, seht die Cover als erstes, erhaltet Zugang zum Geheimen Märchenbereich auf meiner Website und könnt, wenn Ihr möchtet, fernab von Social Media näher mit mir in Kontakt treten.

Alles, was ich dafür brauche, ist eure Email-Adresse. Nicht einmal euren Namen müsst ihr mir verraten, wenn ihr das nicht wollt. Und ihr könnt euch jederzeit wieder abmelden.

Ihr seid neugierig geworden? Dann findet ihr mehr Infos auf meiner Homepage:
www.jennyvoelker.com
Ich freue mich auf Euch!

DARF ICH UM EINE REZENSION BITTEN?

Vielen Dank, dass ihr meine Göttertrilogie bis hierher gelesen habt. Ich hoffe, euch hat die Fortsetzung gefallen und ihr stürzt euch schon bald in das Finale.

Ich würde mich sehr freuen, wenn ihr mir eine Rezension auf dem Buchverkaufsportal eurer Wahl schreiben könntet. Ein oder zwei Sätze reichen völlig aus. Damit helft ihr mir sehr.

Vielen Dank und bis zum nächsten magischen Abenteuer!